新潮文庫

エージェント6
上巻

トム・ロブ・スミス
田口俊樹訳

新潮社版

9262

ゾーイ・トロッドに

エージェント6　上巻

主要登場人物

レオ・デミドフ……………………工場長。元ソ連国家保安省捜査官
ライーサ……………………………レオの妻。教育者
ゾーヤ……………………………　〃　養女
エレナ……………………………　〃　養女
グリゴリ・セミチャツニー……国家保安省時代のレオの部下
ジェシー・オースティン………アメリカの黒人歌手
アンナ……………………………ジェシーの妻
オシップ・ファインスタイン…ニューヨークの旅行代理店経営者
ミハイル・イワノフ……………ソ連宣伝省の官僚
ジム・イエーツ……………………ＦＢＩ捜査官

モスクワ
ルビヤンカ広場
秘密警察本部〈ルビヤンカ〉
一九五〇年一月二十一日

最も安全な日記の書き方――それはスターリンに一語一句読まれているところを想像しながら書くことだ。それでも、どれほど慎重を期しても、両義的な意味を含むフレーズがうっかりまぎれ込んでしまう危険は常にある。書いた文が誤解される危険だ。称賛が嘲弄《ちょうろう》と解されることもあれば、裏表のない追従が諷刺《ふうし》と取られることもあるだろう。どれほど用心深い書き手であっても、考えうるあらゆる解釈からは身を守れない。畢竟《ひっきょう》、日記そのものを隠すことがひとつの自衛手段となる。今回の件で、容疑者ポリーナ・ペシコーワが選んだのもそれだった。ポリーナの日記は暖炉、実際には煙突の中から見つかった。柔らかい布にくるんで、目地のゆるんだレンガとレンガのあいだに押し込んであったのだ。そこから日記を取り出すには――煙突の中のノートの背表紙を手探りするには――暖炉の火が消えるのを待たなければならない。隠し場所にそんな手の込んだところを選んだことが彼女を破滅に導いた。皮肉と言うほかはない。彼女の書きもの机に煤《すす》のついた指紋が残っており、それが捜査官の疑念を招き、注意の向けどころを変えさせたのだ。捜査の見本のような結果になったのはそのためだった。

秘密警察から見れば、内容の如何《いかん》にかかわらず、日記を隠すこと自体がすでに立派な犯罪だ。日記を隠すというのは、私的な暮らしと公的な暮らしを分け隔てようとする試みだからだ。そのふたつにはどんなちがいもあってはならない。いかなる思考も経験も党の支配の埒《らち》外《がい》に転がり出てはならない。この理由から、隠された日記というのは捜査官の垂涎《すいぜん》の的のような有罪証拠となる。日記は誰かに読まれることを意図して書かれるものではない。だから、書き手はたいていガードを低くして、自由気ままに書く。率先して告白する。そのため、嘘《うそ》偽りのない心で書かれた日記は、書き手だけでなく、書き手の友人、家族の人物評価にも大いに役立ち、一冊の日記から新たに十五人の容疑者、十五の手がかりが明らかになることもある。つまるところ、一冊の日記から苛烈《かれつ》な尋問以上の成果が得られることもよくあるということだ。

今回の捜査を担当しているのはレオ・デミドフ、大祖国戦争（訳注　第二次世界大戦の旧ソ連における呼び名）ののち、秘密警察に引き抜かれた、二十七歳の元叙勲兵士で、邪心のない服従、国家に対する信念、些細《ささい》なことも見逃さない冷徹な注意力から、国家保安省《MGB》で頭角を現わしている捜査官のひとりだった。といって、彼の熱意は野心ゆえのものではなかった。ファシズムを打倒した祖国に対する熱烈な敬愛に裏打ちされたものだった。真面目《まじめ》な性格であると同時にハンサムな男でもあり、まさにプロパガンダのポスターの顔と精神の具現者だった。角ばった顎《あご》に一直線の唇。いつでもスローガンに殉ずることのできる顔をしていた。

国家保安省の捜査官になってまださほど長くはなかったが、反ソヴィエト的扇動行為を疑われた者たちに対する飽くなき捜査において、レオはこれまでに何百もの日記の検閲を監督し、そこに書かれた何千もの記載を精査してきた。初めて調べた日記のことは今でもよく覚えている。初恋のように。当時の彼の教育係、ニコライ・ボリゾフから宛《あて》がわれたのはかなりむずかしい事例だった。日記を読むかぎり、犯罪をにおわせるようなところはどこにも見つけられなかった。が、彼の教育係は同じ日記を読んで、一見なんの邪心もない考察に見えるところに着目した。

一九三六年十二月六日。ゆうべスターリンの新しい憲法が制定された。私もまた国のほかの者たちと同じ気持ちだ。換言すれば《T・e》、とことん完璧《かんぺき》に喜んでいる。

ボリゾフは喜びを表わしたこの日記の書き手の一文に満足しなかった。この書き手の関心はむしろ自分の気持ちを国のほかの者たちに合わせることにある。最後の一文は、書き手自身の疑念を隠すための戦略的で冷笑的でむなしい宣言にほかならない。だいたい心から喜んでいる者が自らの感情を表現するときに、〝T・e〟などという省略形を使うか？　その疑問は尋問の場で容疑者に呈された。

ボリゾフ捜査官「今はどんな気分だ？」

容疑者「私は何も悪いことはしていません」

ボリゾフ捜査官「いいか、おれは〝今はどんな気分だ？〟と訊《き》いたんだ」

容疑者「不安でいっぱいです」

ボリゾフ捜査官「そりゃそうだろう。そりゃもう完璧に自然なことだ。だけど、いいか、おまえは今こうは言わなかった。〝私と同じ状況に置かれたら、ほかの誰もが感じるのと同じ気持ちを感じています。換言すれば不安を〟とはな」

その容疑者は十五年の刑を食らった。レオはこのとき貴重な教訓を得た――それは扇動をにおわせる声明を探すのに捜査官は限界を持たないということだ。さらに大切なのは、国家に対する愛や忠誠心を少しでも疑わせる宣言には、常に注意深くあれ、ということだった。

レオは過去三年の経験から、芸術家にしては容疑者の筆跡はなんとも冴《さ》えないなどと思いながら、ポリーナ・ペシコーワの日記をぺらぺらとめくった。どのページも、一度も削ったことがないのではないかと思われるような芯《しん》のまるまった鉛筆で、強い筆圧で書かれていた。ページの裏に指を這《は》わせると、文に沿ってまるで点字のように紙が盛り上がっているのがわかった。日記を鼻先に近づけてみた。煤のにおいがした。親指で紙の表面を撫《な》でると、秋の乾いた落ち葉のようにかさかさという音がした。においを嗅《か》ぎ、じっと見つめ、手で重さを計った――実際に本文を読む以外、あらゆる吟味をした。日記の内容に関する報告は指導中の新米捜査官に任せてあった。最近の昇進にともない、レオは新入りの教育係に任じられており、今や生徒ではなく、先生の立場にあった。そうした新米捜査官は、ひとりで事件を担当できるようになるまで、日中の勤務時間中も、夜間の逮捕にもレオに同行し、経験を積み、レオからさまざまなことを学ぶことになる。

グリゴリ・セミチャッツニーは二十三歳、レオが教える五番目の新人捜査官で、五人の中で誰より頭がよく、誰より昇進が見込めない生徒だった。質問が多すぎ、レオの答に疑問を持ちすぎるのだ。何か愉《たの》しいことを見つけると微笑《ほほえ》み、何か嫌なことがあると、顔をしかめた。だから、何を考えているのか知るには、ただその顔を一目見ればよかった。モスクワ大学を出て入省したのだが、学者の家系に生まれ育ち、大学ではひときわすぐれた学生だった。レオとはいかにも対照的だったが、レオはそんなことでグリゴリに嫉妬《しっと》を覚えたことは一度もない。自分にはあまり真面目に勉強をする気のないことをレオはむしろ進んで認めていた。そうした自分の知的な欠点がよくわかるからこそ、逆にどうにも理解できないのだ。どうしてグリゴリは自分にまるで向かない職業に居場所を求めたのか。秘密警察の捜査官とグリゴリというのはあまりに不釣り合いだった。レオはグリゴリに別の道を見つけるよう忠告することを考えたことさえあった。が、突然の退役というのは精査の的になる。グリゴリを国家の監視下に置くことになる公算がきわめて大きい。だから、グリゴリとしても生きていくには、この道をよちよちと歩いていくしかないのだった。そんな彼のためにできるだけのことをする――レオはそのことを自分の責務と考えていた。

グリゴリは行きつ戻りつ一心にページをめくっていた。見るかぎり、何か特別なものを探そうとしているようだった。そして、最後に顔を上げると、高らかに宣した。

「日記には何もありません」

自分自身の新米時代のことは今でもよく覚えているので、レオにとってグリゴリのその答はことさら意外なものではなかった。むしろ〝弟子〟のへまにいささか落胆しながら、彼は言った。

「何もない？」

グリゴリはうなずいて言った。

「ええ、重要なものは何も」

それはありえないことだった。直接挑発するようなことは何もなくても、日記の中では語られていないことが、実際に書かれたのと同じくらい重要なのだ。レオは訓練生にそうした知恵を授けようと立ち上がって言った。

「ひとつ話をしよう。ある若い男がある日、わけもなく悲しくてならない、と書いたことがある。そのある日は八月二十三日だった。年号は一九四九年だ。そのことから何がわかる？」

グリゴリは肩をすくめた。

「大したことはわからないと思いますけど」

レオはそのグリゴリの返答の隙《すき》を攻めた。

「ナチス・ドイツとソヴィエト・ロシアが不可侵条約を結んだのはいつだ？」

「一九三九年八月です」

「一九三九年八月二十三日だ。ということは、この若い男は条約締結十周年記念日にわけもなく悲しくてならない、と言っているわけだ。ファシズムを負かした兵士たちへの称賛も、スターリンの軍隊の武勲に対する賛美もない中でのこの男の悲嘆は、われわれの外交政策に対する不適切な批判と解釈された。どうしてこの男は自らの過《あやま》ちの上にあぐらをかいているだけで、誇りを口にしないのか？　わかるか？」

「たぶん条約とは関係がないからだと思います。誰だって悲しかったり、淋《さび》しかったり、気分が落ち込んだりすることはあるものです。そういうことがあるたびに歴史的な日付を確かめたりはしませんよ」

レオは苛立《いらだ》った。

「たぶん条約とは関係がないから？　たぶん敵がいないから？　たぶん誰もが国家を愛してるから？　たぶん誰もわれわれの仕事を妨害しようなどとしてないから？　わ

れわれの仕事は犯罪を暴《あば》くことだ。そういうものは存在しないなどと能天気に念じるのではなく」

レオの苛立ちに気づいて、グリゴリも考えた。グリゴリにしては珍しい外交策だったが、返答をトーンダウンした。反論するのはやめ、ただ自分の結論にだけ固執した。

「ポリーナの日記に書かれているのは、自分の日常に関する月並みな考察だけです。私が理解するかぎり、彼女には立件すべきところは何もないと思います。それが私の意見です」

グリゴリが気安くファーストネームで呼んだ女性は、公共の場に壁画の連作をデザインして描くことを命じられた芸術家だった。そんな彼女が——実際のところ、どんな芸術家であれ——作品にひそかに反革命的な〝何か〟をひそませる危険は常にあり、国家保安省は通常業務として、かねてより彼女に眼を光らせていたのだった。保安省の論理はいたって単純だ。彼女の日記に反革命的なものが含まれていなければ、作品にも含まれていない。業務としてはささやかかつ新米向きのもので、捜査一日目の成果は上々だった。彼女がアトリエで仕事をしている隙にグリゴリが日記を見つけたのだ。彼は監視下にあることをポリーナに悟らせないために、日記はもとのところに戻してその日の捜査を完了させ、その旨《むね》をレオに報告した。レオはいっときこの若者にも望みはあるかもしれないと思ったものだ。煤の指紋に気づいたのは秀逸だった。その後の四日間、グリゴリは必要以上の時間を費やして徹底監視を続けた。が、それだけよけいに仕事をしても、新たな報告はできなかった。どんなことであれ、監視による新たな発見は何ひとつなかった。それで今、彼は日記にはなんの価値もないと言っているのだった。

グリゴリから日記を受け取ったとき、レオはグリゴリが日記を手渡すことをどことなく渋ったのに気づいた。今、初めて読み始めてみると、念入りに暖炉の中に隠されていたにしては、予測された反ソヴィエト的なところは一見、どこにもなかった。それにはレオも同意した。それでも、容疑者は無実という結論にすぐに飛びつくのはためらわれ、グリゴリが監視を始めたこの五日間のことが書かれた直近のページに眼を移した。容疑者は、通りの反対側のアパートメント・ブロックに住んでいる隣人と初めて出会ったことを書いていた。それまでその隣人を見かけたことはなかったのだが、隣人のほうから彼女に話しかけてきて、ふたりは通りで立ち話をしたようだった。彼女はその男のことを可笑《おか》しな人と思い、またいつか会えることを念じ、はにかみがちにハンサムな男性と書き添えていた。

あの人は名前を名乗った？　記憶にない。名乗ったにちがいないのに。どうしてこうも忘れっぽいの？　でも、あのときはほかのことに気を取られていたんだと思う。名前が思い出せればいいんだけど。このままだと、この次会ったときに侮辱することになってしまう。この次また会えたら。また会えることをわたしは強く望んでる。

レオはページをめくった。彼女の願いは翌日もう叶《かな》っていた。またその男とばったり出くわしていた。彼女は自分の忘れっぽさを詫《わ》び、思い出すために、改めて名前を尋ねていた。男はイサクと名乗り、ふたりは歩きながら話をした。まるで数年来の友人同士ででもあるかのように気がねなく話した。幸いなことにイサクも彼女と同じ方向に向かっており、アトリエに着くと、イサクとそこで別れるのが彼女にはとても辛《つら》いことに思えた。彼女の日記の記述を見るかぎり、彼のうしろ姿が見えなくなったときにはもう、彼に会いたくなっていた。

これは恋？　もちろんちがう。でも、もしかして恋ってこんなふうに始まるの？

恋ってこんなふうに始まるの？——他愛《たわい》のないことを書きながら、まるで裏切りと陰謀が秘められているかのように慎重に日記を隠すというのは、なんともセンチメンタルなことながら、理解できないことでもなかった。しかし、それは同時にいかにも愚かで危険なことでもあった。この若くて愛想のいい青年の素性を知るには、青年の容姿風体を訊くまでもなかった。レオは生徒の顔を見上げて言った。

「イサク？」

グリゴリは躊躇《ちゅうちょ》したものの、嘘をつくのはやめようと思ったようだった。

「彼女とのやりとりから彼女の性格がわかるかもしれないと思ったんです」

「きみの任務は彼女のアパートメントの捜索と、彼女の日常活動の監視だ。直接接触することじゃない。彼女はきみのことを国家保安省の捜査員かと思ったかもしれない。その結果、きみを欺《あざむ》くために行動を変えるかもしれない」

グリゴリは首を振って言った。

「彼女は私を疑ったりしてませんよ」

レオはグリゴリの初歩的なミスに苛立って言った。

「それはただ彼女の日記を見てわかったことだ。もしかしたら、彼女はもともとの日記を処分してるかもしれない。新たな書き込みをしたこの日記と取り替えたのかもしれない。きみに監視されているのに気づいて」

レオのそのことばを聞き、目上の者に対するグリゴリの遠慮はいっぺんで砕け散った。岩に激突した船のように。グリゴリは見事なばかりの不遜《ふそん》な態度で嘲《あざけ》るように言った。

「この日記全部がわれわれを欺くために書かれてるというんですか？ 彼女はそんなことは考えませんよ。彼女はわれわれみたいには考えませんよ。そんなことはありえない」

レオは忍耐強い男だった。ほかの上級捜査官よりはるかに我慢強かった。それでも、与えられた任務もまともにこなせない新米捜査官に反駁《はんばく》され、そんな彼の忍耐心も限界に近づこうとしていた。

「いかにも人がよさそうに見える人間が、誰よりわれわれが注意深く監視しなければならない人間であるというのは、よくあることだ」

グリゴリはむしろ哀れむような眼でレオを見た。彼の表情とことばが珍しく齟齬《そご》をきたした。

「あなたの言うとおりです。私は彼女に話しかけたりするべきではありませんでした。それでも、彼女はなんの罪もない人民です。そのことについては私には確信がありま す。彼女のアパートメントには何もありませんでした。日々の活動の中、彼女が忠実な人民であることを示唆《しさ》するもの以外何も。日記もなんら罪のないものです。ポリーナ・ペシコーワは尋問する必要のない人民です。彼女には今後も芸術家としての活動が許されるべきです。その分野で彼女はとても優秀なんですから。今なら彼女がアトリエから帰ってくるまえに日記をもとに戻しておくことができます。今回の捜査のことを彼女に知らせる必要はまったくありませんから」

レオはファイルにとめられているポリーナの写真を見た。きれいな女だった。明らかにグリゴリは彼女にまいっている。彼女は疑惑から逃れようとして、グリゴリをたぶらかしたのだろうか。愛に関する記述は、グリゴリがそのくだりを読めば、心を動かされ、彼女を守ろうとすることがわかっていたからだろうか。この愛の宣言については吟味する必要がある。この日記は一行一行読まざるをえないようだ。レオにはもはや生徒のことばはひとことも信じられなかった。愛がグリゴリを変えてしまっていた。過ちを犯しやすい男に。

日記は全部で百ページを超えており、ポリーナは自分の仕事と日々の暮らしのあれやこれやを書いていたが、その記述に彼女の性格が色濃く表われていた。書き方は気まぐれで、話はあちこちに飛び、いきなり何かを思いついたり、何かに驚いたりといった記載がめだった。話題から話題へいとも簡単に飛び移り、途中で放り出されたままのものも少なくなかった。政治に関する言及はなかった。日々の活動と絵のことに集中していた。日記をすべて読みおえると、レオとしてもこの女にはどこかしら人を惹《ひ》きつけるところがあることが否定できなかった。彼女は洞察力に富む正直な眼で自分の過ちを見ては、よく自分を笑っていた。彼女が注意深く日記を隠していたのは、そんな彼女の正直さのゆえということは大いに考えられた。この日記が人の眼を欺くためにでっち上げられた可能性はきわめて低かった。そのことをとりあえず胸にしまうと、レオはグリゴリに坐《すわ》るよう手で示し、自分は立哨《りっしょう》中の警備兵のように立ちつづけた。日記を読んでいるあいだも腰を落ち着ける気になれず、ずっと立っていた。グリゴリは椅子《いす》の端にちょこんと腰かけた。レオは言った。

「教えてくれ。やましいところがないなら、彼女はどうして日記を隠してたんだ？」

ポリーナに対するレオの態度が軟化したのを見て取り、グリゴリは勢い込んで口を開いた。考えうる理由を口早に説明した。

「彼女は母親と弟ふたりと一緒に住んでます。だから、ほかの家族に盗み読みされたくなかったんでしょう。弟たちにからかわれるかもしれないわけですから。そこのところはよくわかりませんが。彼女は愛について語ってます。それが恥ずかしかったのでしょう。それ以外何もありません。重要でないものに行きあたったときにも、われわれはそれを見分ける力を持つべきです」

レオは考えをさまよわせた。グリゴリが若い女に近づいていくところは容易に想像できた。が、若い女が見知らぬ相手の質問に自ら進んで答えているところは想像しにくかった。どうして放っておいてくれと言わなかったのか。これほど開放的になるのは彼女にしても分別が足りないように思えた。レオは上体を屈《かが》め、声をひそめた。といって、誰かに聞かれるのを恐れたのではなかった。秘密警察の捜査官として訊《き》くのではなく、非公式な質問であることを示すためのシグナルだった。

「きみたちふたりのあいだに何があった？　きみはいきなり彼女に近づいて話しかけたのか？　そうしたら彼女は……」

レオは迷った。言いかけながら、次のことばが出てこなかった。それでも、口ごもりながらどうにか続けた。

「そうしたら彼女は……応《こた》えた……？」

グリゴリには判断がつかなかった。レオは同僚として訊いているのか、それとも上司として訊いているのか。結局のところ、レオは純然たる好奇心から訊いているのだと判断し、グリゴリは言った。

「自己紹介もせずにどうすれば人に近づけます？　私は彼女の作品のことを話しまし

た。何点か見たことがあると言いました――これはほんとうです。私たちのやりとりはそこから始まったんです。彼女は気さくで話しやすい人でした」

レオは思った――一般の基準に照らせばそれはいたって珍しいことだ。

「きみのことを不審がった様子はなかったのか?」

「全然」

「不審がるほうが自然だが」

人の心に関して、ふたりが友人同士のように話し合ったのはほんのいっときのことだった。ふたりはまた捜査官に戻っていた。グリゴリは頭《こうべ》を垂れて言った。

「そうですね。彼女としては不審がって当然でした」

グリゴリはレオに腹を立ててはいなかった。自分が腹立たしかった。彼と芸術家との関係は嘘《うそ》の上に成り立っているものだった。彼の思いは手管と欺瞞《ぎまん》に喚起されたものだった。

レオはグリゴリに日記を返した。内心、自分に驚きながら。

「さあ、持っていけ」

グリゴリは手を出さなかった。いったいどういうことなのか。彼にはわけがわからなかった。レオは笑みを浮かべて言った。

「いいから持っていけ。彼女はこのあとも自由に芸術活動を続ければいい。この件はもうこれ以上捜査することはない」

「ほんとうですか？」

「この日記には何も見あたらない」

ポリーナが容疑者でなくなったことがわかり、グリゴリは微笑《ほほえ》むと、手を伸ばしてレオの手から日記を受け取った。が、日記が手から離れる寸前、レオはふと違和感を覚えた。あるページに何かが押しつけられた跡のような手ざわりがあったのだ。文字やことばが強く書かれた跡ではない。何かの輪郭。レオがまだ見ていないものの跡だ。

「待った」

日記を取り戻してそのページを開くと、レオはページの右上の隅を調べた。そこだけ何も書かれてはいなかった。が、そのページの裏側に触れてみると、盛り上がった線が何本も指に感じられた。何かが書かれたあと、消されたのだ。

レオは鉛筆を取り、芯《しん》の側面で繰り返し紙をそっと撫《な》でた。小さないたずら書き、彼の親指ほどの大きさのスケッチが浮かび上がった。松明《たいまつ》を持って台座に立つ女性の絵だった。彫像だ。なんなのかすぐにはわからなかった。が、眺めていると、わかってきた。それはアメリカの記念像だった。自由の女神。レオはグリゴリの顔を見た。

グリゴリは口ごもりながら言った。

「か、かのじょは芸術家です。しょ、しょっちゅうスケッチをしてるんです」

「どうして消されてる?」

グリゴリには答えられなかった。

「きみが不正に証拠に手を加えたのか?」

グリゴリはしどろもどろになりながらも言い募った。

「国家保安省に入省したその日、その最初の日に、私はレーニンの秘書、フォティエヴァムの話を聞かされました。彼女は次のように言っています——レーニンが秘密警察の長官、フェリックス・ジェルジンスキーに尋ねたそうです。きみはこれまで何人の反革命分子を逮捕したかと。ジェルジンスキーはレーニンに千五百と書いた紙を渡しました。レーニンはその紙に×印を書いて返しました。秘書によれば、レーニンは書類を読んだことを示すためによく×印を使っていたそうです。ところが、ジェルジンスキーはそれを誤解して、その千五百人全員を処刑してしまった。私がそのスケッチを消したのはそうしたことのためです。そのスケッチは誤解されるかもしれなかったからです」

実に不適切な弁解だった。レオはもう充分聞いたと思った。

「ジェルジンスキーはわれわれの省の父だ。自分が置かれている状況を彼が置かれていた状況に喩《たと》えるなど、愚の骨頂だ。われわれには解釈などという贅沢《ぜいたく》は許されてはいないんだよ。われわれは判事じゃないんだから。証拠の採否を決めるのはわれわれの仕事じゃない。きみが言うように、彼女が無実なら、それは今後の尋問で明らかになるだろう。彼女を守るためにやったきみの心得ちがいの試みはすでに立派な犯罪だ」

「同志デミドフ、彼女は善き人民です」

「きみは彼女にのぼせ上がってしまっている。そんなきみの判断が信用できるわけがない」

レオの声音はすでに耳ざわりで冷酷なものに変わっていた。そのことに自ら気づき、彼はいくらか調子を弱めて言った。

「しかし、証拠は手つかずでここにあるのだから、きみの過《あやま》ちに眼を向けなければならない理由はどこにもない。きみのキャリアに終止符を打つ大きな過ちにちがいはなくても。報告書を書きなさい。スケッチのことはことさらはっきりと。あとはわれわれよりもっと経験のある者たちに任せよう」

彼は最後につけ加えた。

「グリゴリ、言っておくが、二度も三度もきみを助けることはできないぞ」

モスクワ
モスクヴォレツキー橋
KM路面電車
同日

レオは息を吹きかけて窓を曇らせると、何も考えずに、まるで子供のように、曇ったガラスの上に今日見たスケッチ――自由の女神の大ざっぱな輪郭を指で描いた。そして、描いてしまってから、ごわごわしたコートの袖《そで》で慌《あわ》てて消し、まわりを見まわした。何を描いたのか、彼以外にわかる者はいそうもないのに。そもそも路面電車はがらがらだった。彼以外にはただひとりの乗客しか乗っていなかった。まえのほうに坐っている男で、寒さに備えて何枚も重ね着をしており、顔のほんの一部しか見えていなかった。誰にも見られていなかったことが確信できると、レオは警戒を解いた。そもそも警戒しなければならない理由など、どこにもなかったのだが。それでも、自分が信じられなかった。自分がこんな軽率な過ちを犯すとは。このところ深夜の逮捕が多く、仕事を離れてもなかなか眠れなくなっていた。

中央に太い線が描かれた、巨大なキャンディのような車両で街中をがたごとと走る路面電車は、早朝と夜半を除くといつも混んでいた。やむをえず、そんな混み合った路面電車に乗らなければならないこともよくあった。座席に坐れるのは五十人だが、通路に立って、押し合いへし合いしている乗客を入れると、その倍の数の人間が乗っているのが普通だ。今夜のレオにはそんな混み合った車両の窮屈さのほうが好ましかった。肘《ひじ》で脇腹《わきばら》を突かれたり、誰かに押されたりするほうが。今はゆったりと贅沢に座席に坐って、誰もいない特別待遇のアパートメントに向かっていた――トイレもキッチンも共用する必要のない、彼の仕事の役得であるアパートメントに。男の地位はその男がどれだけの空間を身のまわりに所有するかで決まる。レオが自分の車を持ち、より大きな家に住み、別荘《ダーチャ》を持つことさえ、そう遠い話ではなかった。そうして空間はより広くなり、仕事として彼が監視しなければならない人々とはより疎遠《そえん》になる。

あることばがふと心に浮かんだ。

恋ってこんなふうに始まるの？

レオは恋をしたことがなかった。あの日記に書かれていたような恋はまだ——また会えると思っただけで心が騒ぎ、別れるときには悲しくなるような恋はまだ経験したことがなかった。グリゴリはほとんど知りもしない女のために、自らの命を危険にさらした。それこそ恋の為《な》せる業なのか。確かに、向こう見ずなところが恋というものの特徴のような気はする。レオ自身は国のために何度も命を危険にさらした。並はずれた勇気と献身を示してきた。愛とは犠牲のことなら、彼のただひとつの真実の愛は国家に向けられたものだった。そして、国家もまた彼を愛した。お気に入りの息子のように。彼の愛に報い、彼に特権を与えてくれた。その国家の愛だけでは不充分だなどと思うのは、いかにも恩知らずで恥知らずなことだ。

彼はいくらかでも暖を取ろうと、両手を脚の下に差し込んだ。少しも暖かくなく、身震いがした。車両の鉄製の床には溶けた雪がつくる水たまりができており、彼のブーツの底はその中にあった。胸に重苦しさがあった。疲労と鬱陶《うっとう》しさ以外には症状のない風邪にでもかかったような。窓に頭をあずけて、眼を閉じ、眠りたかった。しかし、窓ガラスは冷たすぎた。レオは窓の曇りを手で拭《ふ》いて外を眺めた。路面電車は雪の積もった通りを抜け、橋を渡っていた。雪は激しさを増しており、大きな雪片が窓にあたっていた。

路面電車がスピードを落として停車した。まえとうしろのドアが開くと、外から雪が吹き込んできた。運転士が開いたドアのほうを向き、闇《やみ》に向けて大きな声をあげた。

「早く！　何をぐずぐずしてる？」

声が答えた。

「ブーツについた雪を落としてるのよ！」

「あんた、ブーツから落とした雪より多くの雪を中に入れてる。すぐ乗らないと、ドアを閉めるよ！」

その乗客が乗ってきた。重そうな鞄《かばん》を抱えた女性のブーツは確かに雪まみれになっていた。背後でドアが閉まると、その女性は運転士に言った。

「電車の中も暖かくはないじゃないの」

運転士は外を示して言った。

「だったら、外を歩くほうがいいのかな？」

女性は微笑み、緊張を解いた。その女の魅力に負けて、無愛想な運転士も思わず笑みを返していた。

女性は車両のうしろに眼をやり、全体を見渡した。レオはその女性に眼が釘《くぎ》づけになった。レオの知っている女だった。ふたりは近所に住んでいた。名前はレナ。これまで何度も出会っていた。眼を惹《ひ》く女性だった。本人は人の眼など惹きたがっていないのだが、そのためによけいに惹いてしまう。そんな女性だった。多くの女と同じように地味な恰好《かっこう》をしていた。しかし、どれほどめだたなくしようと、自らの美しさに抗《あらが》おうと、彼女自身は地味からほど遠かった。レオにしても、人を観察することが仕事でなかったとしても、彼女に気づかずにいるなど、どだい無理な話だった。

レオは一週間前にも地下鉄で彼女とばったり会っていた。混み合った車内でくっつき合うような恰好になり、そのときは挨拶《あいさつ》をしないほうがむしろ失礼になるように思えたのだ。それまでにすでに何度か顔を見かけており、その事実ぐらいは互いに認め合ったほうが礼儀に適《かな》っているように思えたのだった。ただ、どうしても神経質になってしまい、話しかける勇気を奮い起こすだけで数分かかり、やっとそれだけの勇気が持てたときにはすでに遅く、彼女は電車を降りてしまっていた。レオは苛立《いらだ》ち、自分の降りる駅でもないのに、彼女のあとを追って降りた。まったく彼らしくない発作的な行動だった。彼女が改札口に近づいたところで、レオは手を伸ばして彼女の肩に触れた。彼女はすばやく振り向いた。その大きな茶色の眼には警戒の色が現われていた。いつでも危険に対処できるように身構えている眼だった。彼は名前を尋ねた。彼女はレオを一目で値踏みしてから、そばを行き交う乗客に眼をやり、そのあとレナと名乗り、急いでいるので、とだけ言って、彼のまえから姿を消したのだった。その彼女の態度に礼を失したところはまったくなかったが。レオとしてもさらに追いかけるだけの勇気は持てなかった。おずおずとプラットフォームに戻ると、次の電車を待った。その朝は入省して初めて出勤時刻に遅れた。彼にとっては実害をともなう衝動的行動となった。どうにか名前を訊《き》き出せたことだけがせめてもの慰めだった。

そのぎこちない出会いのあと、彼女に会うのは一週間ぶりだった。彼女が通路を歩きはじめると、レオは隣に坐《すわ》ってくれることを期待して、思わず体に力がはいった。路面電車の揺れに合わせて、彼女は彼の横を通り過ぎた。ひとこともなく。気づかなかったのだろうか。レオはうしろを振り返った。彼女は最後尾に近い席に坐っていた。自分に嘘《うそ》をついても意味はない。レオはそう思った。もちろん、彼女は彼を覚えていた。彼を慎重に無視しているのは明らかだった。レオは彼女がふたりのあいだに空けた距離に傷ついた。一メートル一メートルが自分に対する彼女の嫌悪《けんお》の物差しのように思えた。話がしたかったなら、もっと近くに坐っただろう。しかし、考えてみれば、そうしていたらそうしていたで、女にしてはいささか厚かましい行動に見えたかもしれない。自分のほうから彼女に近づけばいいのだ。名前はわかっているのだから。知り合いなのだから。二度目の会話を始めても少しも不躾《ぶしつけ》にはならない。話しかけるのは、待てば待つほどむずかしくなる。たとえ不調に終わっても、なくすのはちっぽけなプライドだけだ。それぐらい失ってもなんでもない――レオは自分にジョークを言った――たぶん自分はどんなことにもプライドを持ちすぎなのだから。

そう思い、だしぬけに立ち上がると、意を決して行動に移った。うわべだけの自信をまとい、大股《おおまた》でレナに近づき、彼女のまえの座席に坐り、背もたれに背中をあずけた。

「レオです。こないだ会いましたよね」

答が返ってくるまでかなり間《ま》ができた。さらに無視するつもりなのだろうか、とレオは思った。

「ええ、覚えています」

そこまで来て初めて、レオは話すことが何もないことに気づいた。内心決まり悪く思いながらも、慌てて思いついたことを口にした。

「この電車は外と同じくらい寒いってさっき言ってましたね。私も同じことを考えてました。とても寒い」

言ったそばから、言ったことのばかばかしさに気づいて顔が赤くなった。そもそも何か話しかけようと思ったこと自体を苦々しく思い、レオは後悔した。レオの外套《がいとう》を見て、彼女が言った。

「寒い？　そんなにいいコートを着ていても？」

レオの捜査官としての社会的地位は、上等の上着や手づくりのブーツや分厚い毛皮の帽子を手に入れることを可能にしてくれていた。彼の着ている外套はそんな彼の社会的地位を高らかに宣言しているようなものだった。秘密警察に身を置いていることを認めたくなくて、彼は嘘をついた。

「父からの贈りものです。どこで買ったのかは知らないけど」

さらに話題を変えて言った。

「よく会いますよね。お互い近所に住んでるみたいですね」

「そのようですね」

レオは彼女のその返答に戸惑った。レナが住所を教えたがっていないのは明らかだった。しかし、そうした警戒は珍しいことではない。だから、何か含むところがあると決めつけることはない。レオはそうしたことを誰よりよく知っていた。むしろ、彼女のそうしたところにも好感が持てた。鋭敏なところ。それもレナの魅力のひとつだった。

レオは彼女の鞄を見た。本とノート、学校の練習帳でふくらんでいた。何気ない振る舞いに見えることを念じて、レオは本の一冊に手を伸ばした。

「学校の先生なんですか？」

そう言って、表紙に書かれている文字をちらっと見た。レナはいくらか背すじを伸ばしたように見えた。

「そうです」

「何を教えてるんですか？」

レナの声が頼りなげになった。

「わたしが教えているのは……」

そう言いかけて、途中で何を訊かれたのか忘れてしまったかのように額に手をやった。

「……政治です。すみません。とても疲れていて」

もうあいまいさはどこにもなかった。彼女はひとりにしてもらいたがっていた。礼儀正しくありたいという思いと本心がせめぎ合っているのがありありと見て取れた。

レオは本を返して言った。

「すみません。お邪魔して」

そう言って立ち上がった。まるで路面電車が嵐《あらし》の海を航海しているかのように足元がおぼつかなかった。保護棒につかまりながら、さきほどまで坐っていた座席に戻った。血管の中で屈辱感が血に取って代わり、体じゅうで脈打っていた。体じゅうの皮膚が焼けるように熱かった。顎《あご》を引きしめてじっと坐り、ひたすら窓の外を眺める数分が過ぎた。頭の中ではまだ彼女のやんわりとした拒絶が鳴り響いていた。あまりに強く拳《こぶし》を握りしめていたのだろう、気づくと、手のひらに小さな弧を描く爪《つめ》の跡がついていた。

モスクワ
ルビヤンカ広場
秘密警察本部〈ルビヤンカ〉
翌日

昨夜、レオは眠れなかった。ベッドに横たわり、ずっと天井を見つめ、屈辱感が消えてくれるのをひたすら待った。そんなことを数時間続けて、ベッドから出ると、檻《おり》の中の獣のように、がらんとしたアパートメントの部屋から部屋へと歩きまわった。自分に与えられた贅沢《ぜいたく》な空間を呪《のろ》いながら。兵舎——一兵卒にふさわしい場所——のほうがはるかに眠りやすかった。彼のアパートメントは多くが羨《うらや》むファミリータイプだった。が、空っぽだった——使われていないキッチンに何も置かれていない居住空間。一日の仕事の疲れを取るだけの場所だった。

いつもより早くルビヤンカに着き、レオはオフィスにはいると、机についた。レナに名前を訊いた日を除けば、いつも定時より早く出勤しており、オフィスにはまだ誰も来ていなかった。少なくとも彼がいる階には。階下《した》の尋問室には誰かいるかもしれない。そこでは尋問が中断されることなく何日も続くことがある。時計を見た。一時間かそこらでほかの職員もやってくる。

レナとの一件を心から押し出してくれることを期待して、レオは仕事を始めた。が、眼のまえの書類に気持ちを集中させることができなかった。いきなり腕を振りまわし、書類を床に払い落とした。耐えられなかった——ほとんど赤の他人といっていい相手にこれほどまでに心を囚《とら》われてしまうとは。どうでもいい相手なのに。こっちははるかに社会的に重要な人間なのに。女ならほかにもいる。いくらでもいる。おれの関心の的になっただけで喜ぶような女がいくらでも。彼は立ち上がると、囚われた気分のまま、アパートメントでやったようにオフィスを歩きまわりはじめた。ドアを開け、誰もいない廊下を歩いた。気づいたときには、容疑者に関する報告書が保管されている部屋にはいっていた。グリゴリが報告書を提出しているかどうか確かめた。グリゴリが感傷的な理由から職責を忘れるか、無視するかしていることを心のどこかで期待していた。書類はちゃんと提出されていた。案件としては優先順位の低いほうに分類され、積み上げられた書類の底近くに収められていた。それらの書類はきわめて些細《ささい》な案件ということで通常何週間も読まれない。

レオはポリーナ・ペシコーワのファイルを手に取った。重さからその中に日記が収められているのがわかった。ほとんど衝動的に、レオはそのファイルを最優先案件のほうにまわし、積み上げられた書類の一番上に置いた——最重要容疑者のファイルにした。それでその書類はまちがいなく今日読まれることになった。係の職員が出勤したらすぐに。

自分の机に戻ると、煩雑《はんざつ》な官僚的な手続きをちょうど終えたときのように眼を閉じた。そこでようやく眠ることができた。

レオは誰かにつつかれて眼を開けた。グリゴリが立っていた。机に突っ伏して寝ているところを見られ、決まりの悪い思いで立ち上がり、今は何時頃なのかと思った。

「大丈夫ですか？」

頭の中を整理して、すぐに思い出した——ファイルだ。

ひとことも言わず、レオは急いでオフィスを出た。廊下は混んでいた。次々と職員が出勤してきていた。歩調を速め、同僚を押しのけるようにして、保管された捜査報告書が精査を待っている部屋に向かった。手伝いましょうという女性職員を無視し、レオはファイルの山の中から、ポリーナ・ペシコーワに関する書類を探した。その書類は一番上にあるはずだった。六十分前に彼が置いたところに。女の事務官がまた訊いてきた——手伝いましょうか？

「ここにファイルがあったはずだが」

「それはもう係官が持っていきました」

ポリーナ・ペシコーワの件はすでに調査分析にまわされていた。

同日

レオはグリゴリの顔に憎しみか嫌悪《けんお》の色が浮かんでいないかどうか確かめた。明らかに、グリゴリはポリーナ・ペシコーワの件が精査中であることをまだ知らないようだった。が、知るのは時間の問題だった。レオとしては、今わかったことをその場で説明するべきだった。あるいは弁明するべきだった——ひどく疲れていたために、ただ一見しただけでグリゴリの報告書を誤って分類してしまった、と。しかし、すぐに思い直した。そんなことはわざわざ知らせることもない。ポリーナに不利な証拠はいかにも脆弱《ぜいじゃく》なものだ。精査されただけで捜査は打ち切られるだろう。どっちみち精査はされるのだ。自分はただその順番を早めただけのことだ。最悪の場合でも、容疑者は短時間の尋問に呼ばれるだけだろう。彼女はこのあとも自由に仕事を続けられる。グリゴリはまた彼女に会える。こんなことはもう忘れ、眼のまえの仕事に集中すべきだ——次の任務に。グリゴリがまた尋ねた。

「大丈夫ですか？」

レオはグリゴリの腕に手を置いて言った。

「ああ、なんでもない」


明かりが消され、部屋の奥に置かれた映写機が音をたててまわりはじめた。牧歌的な村の様子がスクリーンに映し出された。草葺《ぶ》きの木造の家々の庭には夏草が茂り、丸々と肥《ふと》った鶏が陶製の容器から餌《えさ》をついばんでいる。陽の光と明るい雰囲気の中、何もかもが潤沢だった。縞柄《しまがら》のショールに白いシャツという伝統的ないでたちの農民たちが闊歩《かっぽ》していた。トウモロコシ畑から村へと戻っていた。太陽は輝き、空は澄み渡り、シャツの袖《そで》をまくり上げた男たちはみな逞《たくま》しく、女たちもまた逞しかった。形式ばったニュースのアナウンスが気分を高揚させる音楽に取って代わった。

「今日、この農夫たちには思いがけない訪問者がありました」

村の真ん中にいかにも場ちがいな堅苦しいスーツ姿の男たちがいた。絵に描いたような風景の中、肉づきのいい丸顔に笑みをたたえて主賓を案内していた。主賓は背が高く、体格のいい二十代後半のハンサムな男だった。フィルム編集の為《な》せる業なのか、それとも個人の性格のせいか、男は顔に始終微笑を貼《は》りつかせているように見えた。腰に手をやり、ジャケットは着ておらず、農夫たちのようにシャツの袖をまくり上げていた。まわりで繰り広げられている策略的な田舎のパントマイムとは対照的に、男の興奮は本物のように見えた。ニュースのアナウンスはさらに続いた。

「われらが偉大な地をめぐるコンサート・ツアーの一環として、世界的に有名な黒人歌手にして献身的な共産主義者、ジェシー・オースティンがこの村を訪れたのです。アメリカ合衆国の市民でありながら、オースティン同志はわれわれの暮らしと、自由と平等に対するわが国の理念を歌い上げています。そして、歌を通じて、自身が誰より忠実なソヴィエト連邦の友であることを証明してきました」

映像が切り替わり、オースティンのクローズアップになった。彼の声はロシア語に吹き替えられていたが、彼の英語は翻訳の合間から聞き取れた。

「私には世界に伝えたいメッセージがあります。この国は自らの人民を愛しています！　この国は自らの人民に充分な食料を与えています！　ここには食べものがあります！　それも豊富に！　飢餓の噂《うわさ》は根も葉もないものでした！　苦難も困窮もつくり話でした。みんなが必要とするものは自分たちだけが供給できると、みんなに信じ込ませようとしている大企業の資本主義者たちのプロパガンダでした。彼らは、一セントの値打ちしかない食べものを一ドルで買わせておきながら、みんなに笑顔でありがとうと言わせたがっているのです！　自分たちは何百万ドルも手にしながら、賃金は数ドルしか払わず、それでも労働者にそのことを感謝させたがっているのです。ここではそんなことはありえません！　この国では！　私は世界に告げます――別の道のあることを！　繰り返し告げます――別の道のあることを！　私はそれをこの眼で見ました！」

オースティンを警護してまわりを取り囲んでいるスーツ姿の男たちは、笑い声をあげて拍手した。レオは村人のうちいったい何人が国家保安省の職員なのだろうと思った。もしかしたら、全員かもしれない。本物の農夫にこれほどの演技を求めることはできないだろう。

ニュース映画は終わった。部屋の奥から、上司のクズミン少佐がまえに出てきた。部外者には、小柄で、ずんぐりとした体型で、分厚いレンズの眼鏡をかけた彼は滑稽《こっけい》に見えるかもしれない。が、国家保安省の人間でそんなふうに思う者はまずいまい。省の職員はみな彼の権力の及ぶところも、彼がその権力を行使するのにためらうところがないことも熟知していた。彼は言った。

「今のニュース映画はオースティン同志が二十七歳のとき、一九三四年に撮られたものだが、われらが体制に対する彼の熱い称賛は今も消えていない。しかし、そんな彼がアメリカのスパイでないことはどうすればわかる？　彼の共産主義がごまかしでないことはどうすればわかる？」

レオもその黒人歌手についてはいくらか知っていた。ラジオで彼の歌を聞いたことともあった。彼に関する記事を読んだことも。当局がオースティンを重視していないかぎり、それらの記事が公《おおやけ》になるわけがなかった。だから、クズミンの質問はもちろん修辞疑問だった。レオは何も言わず、クズミンが続けてファイルを読むのを待った。

「ジェシー・オースティンは一九〇七年、ミシシッピ州ブラクストンに生まれ、十歳のときに家族とともにニューヨークに移り住んだ。当時、迫害を受けた多くの黒人が南部をあとにしていた。オースティンは私がきみに渡した写しの中でその経験を詳しく述べている。黒人に対するこの憎悪こそ根深い不満のもとであり、黒人たちを共産主義に導く有効な道具になる。もしかしたら、それはわれわれが手に入れられる中で何より有効な道具かもしれない」

レオは上司をちらっと見上げた。クズミンはその憎悪を罪悪としては語っていなかった。彼の中では正しい行為も誤った行為もなかった。すべては政治という計量器にかけられる。だから、黒人の怒りそのものには意味がなかった。クズミンにとってはあくまで計算と分析の問題なのだ。クズミンはレオの視線をとらえて言った。

「何か言いたいことでも？」

レオは首を振った。クズミンは続けてファイルを読んだ。

「南部から北部への大移動時代の一九一七年、オースティンの家族もほかの多くとともに移住した。オースティンが経験したあらゆる憎悪の中でも、彼がニューヨークで経験した憎悪が何より彼を共産主義者たらしめたことが推察できる。彼は白人家族に憎悪されただけでなく、すでにニューヨークで社会的地位を得ていた中流の黒人家族にも憎悪されていることに気づく。彼らは北部の都市が彼のような移住者であふれることを恐れたわけだが、彼にしてみれば、自分たちの側に立つべき人間に背を向けられたも同然であり、その頃が彼の人生における大きな転機となる。最も親密なコミュニティの中にあってさえ、階級というものが人々を分断するさまを彼はその頃つぶさに観察する」

レオはファイルの中のコピーをめくった。オースティンの写真は両親と一緒に写っている若いときのものが一枚だけあった。彼の母親も父親もカメラをまえにして緊張しているのか、やけにしゃちほこばっており、そんなふたりのあいだに若いオースティンが立っていた。クズミンは続けて言った。

「彼の父親は、すでに倒産して久しいが、〈スカイライン〉といううらぶれたホテルのエレヴェーターボーイだった。そのホテルは資本主義者の市《まち》のあらゆる堕落を具現化したようなところだった――麻薬と売春の巣窟《そうくつ》だった。われわれが知るかぎり、彼の父親が不法行為に関与したことはない。いろいろな場面で何度も逮捕されているが、そのたびに不起訴処分となって放免されている。彼の母親は家政婦をしていた。オースティンによれば、彼の子供時代は暴力とも酒とも無縁だったそうだ。ただ、彼の家族は不衛生ゆえに崩壊したのだという。彼らの家は冬寒く、夏暑かった。そして、彼が十二歳のときに父親が他界する。肺結核だ。アメリカには称賛に値する医療施設がいくつもあるが、それは万民に開放されているわけではない。その当時のいい例が、従業員のためにニューヨークの生命保険会社〈メトロポリタン生命〉が建設した最新のサナトリウムだ。オースティンの父親は〈メトロポリタン生命〉の従業員ではなかった。そもそも、どんなサナトリウムにもはいる余裕がなかった。今日にいたるまで、オースティンは、どこかの施設にはいることさえできていたら、父はきっと助かったはずだと言っている。たぶん、この件もまたオースティンに政治に眼を向けさせる大きな要因となったことだろう。生まれによって、肌の色によって、さまざまなことが左右され、労働環境によって受けられる医療も異なる国で、父親の死を看取《みと》ったことが、彼の政治意識を高めたことは想像にかたくない」

ここではレオは手を上げた。クズミンは黙ってうなずいた。

「そういうことなら、どうしてもっと多くのアメリカ人が共産主義者にならないんでしょうか？」

「それはきわめて重要な疑問だ。われわれもずっと不可解に思っていることだ。その答がわかったら、きみには私の仕事ができる」

そう言って、クズミンは笑った。咽喉《のど》をつまらせたような奇妙な笑い声だった。笑いおえると、彼はさらに続けた。

「オースティンは母親を賛美してやまないが、父親の死後、彼の母親は家政婦の仕事をいくつもかけ持ちすることを余儀なくされた。オースティンはひとりで過ごす時間の淋《さび》しさをまぎらわすために歌を歌いはじめ、その子供の頃の夢がやがて現実のものとなる。そんな彼がつくる歌には彼の政治性が色濃く出ているが、彼の心の中では歌も政治も同じひとつのものなのだろう。ほかの多くの黒人歌手とちがい、ジェシー・オースティンの音楽は教会に根ざしていない。共産主義に根ざしている。共産主義が彼の教会だということだ」

クズミン少佐はレコードをかけた。ふたりは坐《すわ》ってオースティンを聞いた。レオには歌詞の意味はわからなかった。が、猜疑心《さいぎしん》が誰より強いクズミンがどうしてオースティンの誠実さを信じているのかはわかった。オースティンの声はレオがこれまでに聞いた中で一番正直な声だった。歌詞もオースティンの心の底から湧き出ているように、警戒や計算による抑制などどこにもないように思えた。レコードを止めてクズミンが言った。

「オースティンはわれわれの最も重要な伝道者のひとりだ。議論を呼ぶ歌詞や商業的な成功に加えて、彼はすぐれた演説者であり、世界的な有名人だ。彼の音楽は彼を有名にし、彼の政治活動に国際的な舞台を与えた」

クズミンは映写技師に身振りで示した。

「一九三七年に彼がメンフィスでおこなった演説を撮ったものがある。注意して見てくれ。翻訳はないが、聴衆の反応を見るんだ」

フィルムのリールが取り替えられた。映写機がうなりだした。今度の映像は何千もの聴衆に埋め尽くされたコンサート・ホールの模様を写したものだった。

「まず聴衆全員が白人であることに注意してくれ。当時、アメリカ南部の州には聴衆は全員白人か黒人でなければならないという法律があったんだ。人種差別撤廃法はまだなかった」

オースティンは黒いネクタイをしめ、大勢の聴衆に向かって話しかけていた。聴衆の中には席を立つ者もいれば、野次っている者もいた。クズミンは会場を出ていく者たちを示して言った。

「面白いのは、この白人の聴衆の大半が演奏中は気持ちよく彼の音楽を鑑賞していたことだ。おとなしく坐り、拍手し、ときには立ち上がって敬意を払いさえしていた。しかし、オースティンは政治的な演説なしにはコンサートを締めくくることができない。そのため、彼が共産主義について語りだすなり、聴衆は立ち上がり、会場を出ていく。あるいは、野次を飛ばす。そんな聴衆をまえにしているというのに、オースティンの表情を見るといい」

オースティンは聴衆の反応に少しもうろたえていなかった。向かい風をむしろ愉《たの》しんでいるようなところさえあり、演説が進むにつれ、彼の身振りはますます有無を言わせぬものになった。

クズミンは明かりをつけると言った。

「きみの今回の任務はきわめて重要だ。わが国への彼の揺るぎない支持表明に対して、彼に対するアメリカ当局の圧力はどんどん強まっている。そのファイルには、アメリカの社会主義系の新聞にオースティンが寄稿した記事もはいっている。自分の眼で見るといい。どれも社会の変革と革命の必要性を謳《うた》っていて、保守的な体制から見ればかなり過激なものだ。もしかしたら、オースティンはこのあとパスポートを取り上げられるかもしれない。残念ながら、今回の訪問が最後になるかもしれない」

レオは尋ねた。

「いつ見えるんです？」

クズミンは部屋のまえのほうに立ち、腕組みをして言った。

「今夜だ。モスクワには二日間滞在する。明日は市内視察で、夜、コンサートが開かれる。万事支障のないようにする。それがきみの任務だ」

レオはいささか驚いた。準備の時間があまりになさすぎた。不安を質問に変えて彼は慎重に言った。

「今夜到着するんですか？」

「この任務に就くのはきみの班だけじゃない。ぎりぎりになってきみを選んだのは、まあ、私の気まぐれだ。しかし、それはもちろんきみのことを高く評価しているからだ、デミドフ。オースティンはアメリカで厳しい監視下に置かれている。もしかしたら、われわれの祖国への彼の忠誠心が揺らぎはじめているかもしれない。だから、私としても今回の仕事には部下の中でも最も優秀な人材を充《あ》てたいと思ったわけだ」

クズミンはレオの肩をつかんで軽く握った。その所作は、レオの能力に対する信頼と、この任務の重要性の両方を伝えていた。

「われらが祖国に対する彼の愛はなんとしても守られなければならない」

モスクワ
セラフィモヴィッチ通り二番地
〈エンバンクメント・ハウス〉
翌日

レオのチームは、オースティンの旅をつつがなく旅程どおり進めるために、それぞれ独自に動く三つの警護班のひとつだった。万一のことがあると、その影響は彼の人生ではなく、ソ連という国家に対する評価に及ぶ。そのため、ひとつのチームに粗相があっても、ほかのチームがカヴァーできるよう余剰人員をつくる。手厚く警護するという目的から三つのチームが重なり合い、同じひとつの任務をこなすという方針が立てられたのだった。その方針には互いに競争させようという意味合いも込められており、そういった過剰なまでの予防措置が、オースティンの訪問の重大さを何より雄弁に物語っていた。

だから、当然のことながら、警護班には車の使用が認められていた。秘密警察本部のあるルビヤンカ広場から、オースティンが滞在しているセラフィモヴィッチ通りの特権的な居住用団地まで、さほどの距離があるわけでもないのだが。当初、オースティンは〈モスクワ・ホテル〉の一室――赤の広場が見渡せる十五階の一室――に滞在する予定だった。が、本人がそれを嫌ったのだ。共同住宅のひとつに泊まりたい――空いている寝室があるなら、一般家庭に泊まりたいというのが彼の要望だった。オースティンは外交官にその要望を伝えた。

共産主義国の現実に首まで浸《つ》かりたい。

彼のその要望は関係者を大いに不安がらせた。なぜなら、彼らに課せられた仕事はオースティンに共産主義社会のいきいきとした姿、共産主義社会が秘める能力の高さを見せることであって、ありのままの現実を示すことではなかったからだ。原理原則を旨《むね》とする理想主義者たるレオにはそのような不正直は納得できなかった。それでも、革命はいまだ発展途上なのだと無理やり自分に言い聞かせた。豊饒《ほうじょう》の時代はほんの数年先のことだと。ただ、眼のまえの問題は、慢性的な住宅難に陥っている市《まち》に、予備の寝室のある家などあるわけがないということだった。あまつさえ、オースティンをロシア人家族とともに過ごさせるというのは、あまりに危険な賭《か》けだった。年がら年じゅう断水したり、停電したりといった生活環境については言うまでもない。また、ロシア人家族が無分別なことをうっかり口にしてしまわないともかぎらない。それに、そもそもオースティンのために理想的なロシア人家族をでっち上げるには——そうした舞台を整えるには——時間がなさすぎた。オースティンがその変更を要求してきたのは空港からの車の中だったのだ。

セラフィモヴィッチ通り二番地に彼を連れてきたのは、慌《あわ》てた当局のとっさの判断だった。そこに建っている建物を彼の宿泊先にするというのは、なんとも突拍子もない思いつきではあったが。現在建設中のほかの多くの典型的な政治エリート向けの共同住宅同様、その建物も千四百万ルーブルを超える建築費をかけて建てられたものだった。小さな部屋が隣り合い、台所も外のトイレも共有という、たいていのアパートメントの間取りとは比較のしようもない。各階にたったふたつの大きなアパートメントというのが、その建物の造りだった。居間だけで百五十平米あり、それは通常、数世帯が賄《まかな》える広さだ。そうした例外的なスペースに加えて、その建物のアパートメントには最高級の設備も備わっていた。ガスコンロに給湯器に電話にラジオ。アンティークの家具に銀の燭台《しょくだい》まであった。オースティンは不平等に敏感な人間だ。レオとしては、洗濯から料理や掃除まで何もかもこなす召使いが侍《はべ》っている状態をなんとかしなければならず、オースティンの滞在中は使用人に暇を取らせるよう、ほかの住人に命じた。彼らはもちろんみな同意した。どれほど富と権力を持った人民であれ、彼らもまた貧乏人同様、何より秘密警察を恐れていたからだ。貧乏人以上にということはないにしても。そもそも、その建物に以前住んでいたのは、およそソ連の普通の人民とはほど遠い者たちだった。共産主義の理論家、ニコライ・ブハーリンや、スターリン自身の子供、ワシーリー・スターリンやスヴェトラーナ・アリルーエワが住んでいたこともある。ただ、彼らの平均寿命は最も劣悪な環境に住んでいる人々よりはるかに短いものだった。贅沢《ぜいたく》も国家保安省から逃れるお守りにはならないということだ。レオ自身、この建物の住人をふたりほど逮捕していた。

車を停め、レオとグリゴリは雪の中を正面玄関に急いだ。中にはいると、レオは上着のボタンをはずし、身分を証明する書類を見せた。建物にはいることが許されている者のリストと書類の照合が終わると、ふたりは地下に向かった。地下には二十四時間態勢で監視をする捜査官チームのための部屋があり、そこにはオースティンがソヴィエトに来訪するはるか昔から監視装置が備えられていた。その建物の住人はみなソヴィエト社会における最重要人物で、国家としてはそんな彼らが日常どんな振る舞いをし、どんなことを話しているか、把握しておく必要があったのだ。オースティンはその部屋から五階上のアパートメントに泊まることになっていたが、もちろんそのアパートメントにも各部屋に盗聴器が仕掛けられていた。監視チームにはそれぞれひとりずつ翻訳者がいて、八時間シフトで任務に就いていた。さらに、オースティンが宿泊するアパートメントには、魅力的な女性捜査官がひとり配置されていた。別の寝室に。そのアパートメントの見せかけの住人として。大祖国戦争で夫を亡《な》くした未亡人という設定だった。当局がおこなったオースティンの人物分析があたっているようなら、そういった身の上はことさらアピールするはずだった。実際、オースティンは何よりファシズムを嫌悪《けんお》しており、ファシズムの敗北は主としてロシアの勝利であり、共産主義者の血によって贖《あがな》われたものだ、とこれまで何度も公言していた。

レオは来訪してからのオースティンのすべてのやりとりを記録した書類に眼を通した——アパートメントに来てからの十時間がすべて時間を追って記録されていた。オースティンは風呂《ふろ》にはいるのに二十分費し、四十五分で夕食を食べおえていた。偽《にせ》の住人の女性捜査官とは大祖国戦争に関する話をしていた。オースティンは見事なロシア語を話した。一九三四年にやってきたあと独学で習得したのだ。レオはそのことを面倒なことと見た。彼のまえでは自分たち捜査官はおおっぴらにやりとりができない。

オースティンはどんなさりげないことばも聞き逃さないだろう。記録を見るかぎり、だだっ広いアパートメントにただひとりの住人という奇妙な点について、彼はすでに疑問を呈していた。その疑問に対して、女性捜査官は戦争における夫の武勲に対する報償だと答えていた。夕食後、オースティンは妻に電話し、二十分間通話していた。

オースティン：きみがここにいてくれたらって心底思うよ。私が今経験していることをきみも見聞きして、私が盲目になっていないかどうか、言ってくれたらどんなに助かるか。私は不安なんだよ。自分はここの現実そのものではなくて、こうあってほしいという現実を見てるんじゃないかって。きみの直感こそ今何より私に必要なものだね。

彼の妻はその返答に、彼の直感もこれまでまちがったことがないではないかと応じ、愛しているとつけ加えていた。

レオはグリゴリに書類を渡した。

「彼は変わった。われわれが見た映画の中の彼じゃない。農園を訪ねた頃の彼じゃない。彼は信念の危機を迎えている」

グリゴリも書類を読み、レオに返して言った。

「そうですね。あまりよくありませんね」

「だから、彼は最後の最後になって滞在先を変えたがったんだ」

アパートメントに未亡人として配置された女性捜査官が監視部屋にはいってきた。

レオは彼女のほうを向いて尋ねた。

「彼はきみに興味を示したか？」

女性捜査官は首を振った。

「それとなく誘いはかけてみたけれど。彼は気づかなかったのか、わざと無視したのか。夫の死を改めて思い出してちょっと取り乱した振りもしてみたんだけど。腕はまわしてきたけど、性的な意味合いはまったくなかったわね」

「まったく？」

「ええ」

グリゴリが腕組みをして言った。

「彼に罠《わな》をかけるような真似《まね》をすることにどんな意味があるんです？」

レオは答えた。

「われわれは彼を裁定しているわけじゃない。しかし、われわれの友人を守るにはその友人がどんな人間なのか知る必要がある。彼をスパイしているのはわれわれだけじゃないんだから」

捜査官のひとりが部屋の隅で手を上げた。

「彼が起きた」


党の職員が数人、大理石の玄関ホールに集まっていた――スーツにスマイルという中堅クラスの中年男、オースティンを村に案内した連中の同類だった。オースティンはＶＩＰ以外の何者でもなかったが、ソヴィエトの高官との会合はあえて設定されていなかった。ＦＢＩにかかると、そうした会合がオースティン像をねじ曲げる道具に使われる危険があったからだ。オースティンはソヴィエトの友と言いながら、実のところ、ソヴィエトの社会体制に魅了された男というより、ただ単にエリートに興味があるだけではないのか――そんな宣伝をされかねなかった。

オースティンが階段の裾《すそ》に姿を現わした。膝《ひざ》までのコートにスノーブーツにスカーフ。どれも誂《あつら》えたものだろう、とレオは思った。地味なものだったが、素材は明らかに高級そうだった。ジェシー・オースティンは裕福な男だ。ファイルには年収七万ドル超とあった。レオは、玄関ホールで待ち受けていた者たちを見まわしたオースティンの顔に一瞬不快げな影が差したのを見た。あまりに取り巻かれ、あまりに群がられ、あまりに管理されているように感じているのだろう。彼はロシア語でみんなに言った。

「みなさん、ずっと待ってたんですか？」

流暢《りゅうちょう》なすばらしいロシア語だった。が、物言い自体はいかにもアメリカ人を思わせた。そのため、訛《なま》りのないすばらしいロシア語なのに、どこか外国語のように聞こえた。一番地位の高い職員がまえに出て英語で答えかけた。オースティンはそれをさえぎって言った。

「ロシア語で話しましょう。私の国では誰もロシア語を話しません。私はどこでロシア語を練習すればいいんです？」

笑い声が起こった。まえに出た職員も笑みを浮かべ、英語からロシア語に切り替えて言った。

「よく眠れましたか？」

オースティンはよく眠れたと答えた。それはその場にいる誰もがすでに知っていた。知らないのはオースティンだけだった。

党の歓迎委員会は〈エンバンクメント・ハウス〉を出ると、雪の中、来賓をリムジンまで案内した。レオとグリゴリは一団から離れ、自分たちの車に向かった。リムジンのあとに続き、目的地でまた合流することになっていた。車のドアを開けながら、レオはふと振り返った。オースティンは侮蔑《ぶべつ》したようにリムジンを見ており、そのうち党の職員に何やら懇願しはじめた。レオのいるところからではなんと言っているのかは聞き取れなかった。ただ、彼らが合意できないでいることだけはわかった。党の職員は見るからに気が進まなさそうだった。が、オースティンは彼らの反論を無視してリムジンから離れると、小走りになって、レオとグリゴリのそばまでやってきた。

「あんなスモークガラスの窓の車になんか乗りたくありません。いったい何人のロシア人があんな車に乗ってるというのです！」

オースティンのあとを追いかけてきた職員が言った。

「ほんとうに、ミスター・オースティン、外交用車のほうがずっと乗り心地がいいですよ。この車は標準的なただの業務用の車です」

「標準的な業務用の車が私にはいいんです！」

党の職員は周到に考えられた計画の変更にまごついていた。ほかの仲間のところに駆けていき、話し合い、また戻ってくると、不承不承黙ってうなずいた。

「すばらしい。では、あなたと私はデミドフ捜査官と一緒に行きましょう。ほかの方々はリムジンでさきに行ってもらうことにして」

レオは助手席のドアを開け、オースティンに坐《すわ》るよう勧めた。が、オースティンはまた首を振った。

「私はうしろに坐ります。お仲間の席を奪いたくはないですから」

レオはギアを入れ、ルームミラーでうしろをうかがった。背の高いオースティンには見るからに窮屈そうだった。〝発育不全の〟内装を不服げに見まわしながら、党の職員が言った。

「この車はきわめて基本的なものです。ただ業務のためだけにつくられているものでして、行楽目的ではありません。あなたのお国の車と比べると、ひどいものだと思います。しかし、私たちは贅沢を必要とはしていないのです」

その職員のことばはもっと重みのあることばに聞こえてもいいはずだった。つい五分前にリムジンの贅沢さを来賓に印象づけようとさえしていなければ。オースティンは言った。

「でも、ちゃんと運んでくれるでしょ？」

職員は笑みを浮かべた。戸惑いを隠すための笑みだった。

「運ぶと言いますと、どこへ？」

「どこであれ、われわれが向かっているところへ」

「ええ、それはもう運んでくれます。そうであってもらいたい！」

そう言って、職員は自分から大声で笑った。オースティンは笑わなかった。彼がこの職員に好感を持っていないのは明らかだった。計画はすでに狂いはじめていた。

モスクワ
ツヴェルスカヤ十四番地
第一食料雑貨店——イェリセイエフ食料雑貨店
同日

　第一食料雑貨店はエリートしかはいることのできない、金《きん》の葉で飾り立てられた装飾品のような壁に囲まれた市内最高級の店だった。柱は大理石で、その上部にも宮殿にこそ似つかわしい豪華で複雑な装飾が施されていた。きれいに磨かれ、ラベルを正面に向けた缶詰が威風堂々と並べられ、新鮮な果物が模様を描くように置かれ、リンゴが螺旋《らせん》状に積み上げられ、丸々としたジャガイモの山があった。数日かけて仕上げられた店の装《よそお》いだった。倉庫を空《から》にして、すべてを前面に押し出し、一分の隙《すき》もなく陳列してあり、どの通路にも在庫の品があふれていた。レオにはそれが完璧《かんぺき》に誤った選択であることがすぐにわかった。党は自分たちの客をまるで誤解している。この店は新しい社会の新しいモデルをまるで代表していない。この店が体現しているのは過去だ。帝政時代のけばけばしい豊かさだ。なのに、党の職員は称賛を期待して、判で押したようにオースティンに満面の笑みを向けている。虚栄に邪魔をさせてしまっている。彼らの来賓がほんとうは何を求めているのか、自分のほうからわからなくしてしまっている。より多くひけらかせば、より深く感心するだろうという自分たちの思い込みを疑いもせず、ただひたすら見せびらかそうとしている。敵のアメリカに比べると自分たちが貧しくみすぼらしく見えることへの根深い恐れが、彼らを盲目にしてしまっていた。

レオはピラミッド型に積み上げられた豆のスープの缶詰のそばで立ち止まった。食べものがそんなふうに積み上げられているのを見たのは、彼にしてもそれが初めてだった——人はどうしてこんな陳列に感心したりするのだろう？　オースティンは蔑《さげす》むような一瞥《いちべつ》をくれただけで、ピラミッドのまえを素通りした。取り巻きの職員の一団は、レオには名前もわからない異国の果物をしきりと指し示していた。この過度な豊《ほう》穣《じょう》を共産主義のイデオロギーで取りまとめる試みとして、買物客——全員が国家保安省の捜査官——がさまざまな世代から選ばれ、誰もが質素な服を着て、底のすり減った靴を履いて歩いていた。あたかも第一食料雑貨店が高齢の老婆《ろうば》から働く若い女まで、みんなの店であるかのように。一方、従業員——食肉カウンターには男、果物のコーナーには女——はオースティンが近づいてきたら、微笑《ほほえ》むように指示されていた。そんな彼らの顔はオースティンが通り過ぎてもそのあとを追った。まるでオースティンが太陽で、彼らのほうは光を求める花でもあるかのように。買物客は店の外にもいた。雪の中、舞台裏で寒さに震えていた。一見不規則な間隔で人々が店に出入りしているように見せかけるためだ。

オースティンの顔はますます険しくなった。もはやことばも発していなかった。ポケットに手を深く突っ込み、背中を丸めていた。それとは対照的に、彼のまわりの買物客は、まるでカササギの群れのように通路から通路へと飛びまわり、光があたっているものならなんでも手に取っていた。レオはそんなひとりの買物かごを見た。赤いリンゴが三個、ビートがひとつ、それにプロセスハムの缶詰。どんな買物をしているにしろ、あまり考えられない取り合わせだった。

取り巻きの一団から離れ、オースティンがまたレオのところにやってきた。どうやらレオのことを普通の人間の代表と見込んだようだった。それはざらついた生地の制服のためか、ぶっきらぼうなまでの無口のせいか。党の職員のたえまないおしゃべりとへつらいとは好対照に、第一食料雑貨店までの車中、レオはほとんどひとことも発していなかった。オースティンはレオの肩に手を置いて言った。

「きみとは話ができそうな気がするんだけれど、同志デミドフ」

「もちろんです、同志オースティン」

「誰もが私に最高のものを見せたがっている。しかし、私が見たいのは普通の店です。普通の人が普通の買物をしているところです。このあたりにもっと普通のところはないんですか？　どの店もこんなだなんて言わないでください。そうでしょ？　それとも、それがあなたたちみんなが口をそろえて言うことなんでしょうか？」

その邪気のない質問に、レオは心臓を握りしめられたかのような圧迫感を覚えた。

「どれも同じというわけではありません。私たちは今、市《まち》の中心にいます。この店はたぶん田舎の店よりはいいものをそろえていると思います」

「私は田舎の店のことを言ってるんじゃありません。みんなの店のことです。わかるでしょう？　市《まち》にはこの店しかないわけじゃないんでしょう？」

「店はほかにもあります」

「歩いていけるところに？」

レオが答えるまえに党の職員が慌《あわ》ててやってきて、しきりと来賓をほかの陳列台のほうに戻そうとした。彼らにはまだオースティンに見せるものが残っていた――焼きたてのパンに最高級のハム。オースティンは職員たちを押しとどめるように手を上げた。彼の心はもう決まっていた。

「私の友達がこれから散歩に連れていってくれます。私をもっと小さな店に連れていってくれます。わかるでしょう、もう少し……そう、普通の店にね」

職員たちは、今オースティンが言ったことはレオの提案でもあるかのように、一斉にレオに鋭い視線を向けた。彼らの生存本能は鋭敏だった。捜査官のほかのふたつのチームもすかさずまえに出てきて、レオに言った。

「そんなのは論外だ。われわれは予定どおりに動く。警備上の理由からも……」

オースティンはそのことばを聞き咎《とが》め、眉《まゆ》を吊《つ》り上げると、首を振って言った。

「警備上の理由？　今のはジョークか何かですか？　私はどんな危険にもさらされていませんよね？　ちがうんですか？」

レオに意見した捜査官は墓穴を掘っていた。自分たちには自分たちの首都の通りを歩く国賓の身の安全さえ保証することができない——口が裂けても言えないことを言ったも同然だった。オースティンは微笑んで言った。

「あなた方に規則や規定があるのは承知しています。私に見せたいものがあることもね。でも、私は探検がしたいのです。いいですか？　このことは強く求めます。いいですね？　私は強く求めます」

そう言って、彼は笑い声をあげ、命令口調を和らげた。それでも、それが命令であることに変わりはなかった。同志オースティンの意向には極力従うようにというのが、党の職員たちが上層部から受けている至上命令だった。そんな彼らがレオを見る眼つきはあからさまに、こんな事態を招いたのはすべておまえのせいだと言っていた。

普通の店を探す〝探検隊〟の隊長に否応《いやおう》なく任じられ、レオは先頭に立って、第一食料雑貨店を出た。オースティンは彼の横に並び、深く積もった雪の中を歩きだしたときには、すっかり機嫌を直していた。レオはうしろを振り返った。職員たちは店の立派な入口のまえに立って、盛んに何やら言い合っていた。そのあいだにも、安っぽいコートをまとい、ぬかりなく質素な恰好《かっこう》をした買物客が次々と現われては、ショーはすでに終わったことを知らされていた。オースティンは何を見たがっているのか——党の職員にはそんなことさえわからなかったにしろ、見せてはいけないものがあることだけはよくわかっていた。人々の長い列や品揃《しなぞろ》えの乏しい店だ。同時に、彼らはオースティンのどんな気まぐれにも応じるようにという厳命を受けており、彼の行動を阻止することはできなかった。

オースティンは親しげにレオの背中に手を添えて言った。

「あなた自身のことを少し話してくれませんか？」

レオには自分のことを話すつもりなどまったくなかった。

「どういうことをお知りになりたいんです？」

どこからともなく、党の職員のひとりが寄ってきた。明らかに、今のふたりのやりとりを聞きつけたようだった。

「レオ・デミドフはわれらが最も勇敢な捜査官のひとりです。戦争できわめて英雄的な働きをして、数かぎりない褒章《ほうしょう》を受けたのです。ミスター・オースティン、どこへいらっしゃりたいのですか？　私たちが準備をするあいだ、お茶でも飲まれたらどうでしょう？」

オースティンは邪魔がはいったことに苛立《いらだ》たしげな顔をし、下手な時間稼ぎであるお茶の誘いを無視して、レオに言った。

「それで今は何をしてるんです、同志デミドフ？」

レオは秘密警察の捜査官という職業の正当性を信じていた。共産主義はあらゆる方面からあらゆる脅威にさらされている。だから、守られなければならない。とはいえ、そのことは今ここで詳しく説明するには話が複雑すぎた。彼は簡単に答えた。

「警察の仕事です」

そう言って、それでオースティンの質問が終わることを願った。が、オースティンは続けて言った。

「市《まち》では犯罪が多発してるんですか？」

「アメリカで起きているような犯罪は起きていません。殺人も窃盗もありません。私が取り締まっているのは政治犯です。国家に対する共謀罪です」

オースティンはしばらく黙り込んでから言った。

「公平を貫こうとすると、どうしても多くの敵ができる。そういうことかな？」

「はい、そのとおりです」

「何かとむずかしい仕事でしょうね」

「ときには」

「それでも価値のある仕事です、同志デミドフ。価値のある仕事だ」

ふたりは暗い話題の周辺でダンスを踊っていた。レオはオースティンの思慮深さに感謝した。それでも、その話題はあとに長い沈黙を残した。次の話に移るには長い間《ま》を要した。ジェシー・オースティンがその沈黙を破り、軽い話題に切り替えて言った。

「深刻な質問はこれぐらいにしておきますね。仕事以外の愉《たの》しみはなんです？　あなたみたいにハンサムな人はもちろん結婚してるんでしょう？」

ハンサムと言われたことと、まだ独身であることを気恥ずかしく思い、レオは顔を赤らめた。

「いいえ」

「どうして？」

「それは……」

「でも、好きな人はいるんでしょう？　きっといるはずだ。恋物語というのは常にあるものです。ちがいますか？」

愛なくして人間はありえない。オースティンの質問はそう言っていた。レオにしてみればそれは無難な話題だった。その手の話題をできるだけ続けたかった。そのためには嘘《うそ》をつくのが一番簡単だった。

「そういう人はいないわけではありません。最近会ったばかりの人ですが」

「その方は何をしてるんです？」

レオは迷った。レナが持っていた何冊もの教科書が頭に浮かんだ。

「教師です」

「今夜のコンサートには是非その人を連れてきてください！」

レオは小さくうなずいて言った。

「訊《き》いてはみます。いつも忙しくしてるようですが、でも、訊いてはみます」

「お願いします。是非連れてきてください」

「訊いてはみます」

彼らは大通りを離れ、脇道《わきみち》をすでに十分ほど歩いていた。党の職員がレオの腕をつかみ、動揺を満面の笑みに隠して言った。

「どこか心あたりがあって歩いてるのか？」

レオが答えるまえに、オースティンが人の列を見つけ、手を上げて指差した。一軒の小さな食料雑貨店の外に長い列ができていた。グリゴリが走り、さきにその店の様子を見にいった。少なくとも三十人の男女がいた。その多くが年配者で、彼らの粗末な外套《がいとう》には雪が薄く積もっていた。グリゴリは振り返ると、警戒するような眼をレオに向けてきた。列をつくっていた人々も振り返り、見慣れない一団を眺めた。国家保安省の捜査官に身なりのいいアメリカ人の著名人――おそらくソ連で最も有名で、メディアが奨励する数少ないアーティストのひとり。

レオはオースティンに向かって言った。

「ここでちょっと待っていてください。何が問題なのか確かめてきます」

レオはそう言って、グリゴリのそばまで走った。グリゴリは声をひそめて言った。

「この店はまだ開店もしてないんです！」

レオは店の窓ガラスを叩《たた》いてみた。店主が奥の部屋からちょこまかと出てきて、ドアの鍵《かぎ》を開けた。レオには警告を発することができなかった。気づいたときにはもうオースティンがすぐそばに立っていた。

「このあたりでは開店時間がちょっと遅いのかな」

寒さにもかかわらず、レオのシャツは汗で湿っていた。

「そのようですね」

ドアが開けられると、オースティンは直接店主に話しかけた。

「おはよう。ご機嫌いかがですか？　私はジェシー・オースティンといいます。私たちのことはどうか気にしないでください。ただ見学させてもらいたいだけですから。いつものようにお仕事をなさってください。決してお邪魔はいたしません！」

店主は眼をまんまるにし、口をぽかんと開けてレオを見た。

「みなさんのために店は閉めたほうがいいんでしょうか？」

オースティンがその場を取り仕切って答えた。

「お客さんはみんな雪の中で待ってるんですよ！　早く中に入れてあげてください。特別なことは何もしないでください！」

買物客は状況を把握できないまま、戸惑い顔で店の中にぞろぞろとはいると、カウンターのまえで二度目の列をつくった。レオはオースティンに説明した。

「さっきの店では客は勝手気ままに品物を見てまわっていましたが、ここではもっと秩序立っています。客は欲しいものを店員に告げたあと、お金を払って品物を受け取ります」

オースティンは嬉《うれ》しそうに手を叩いた。

「なるほど。要は必要性の問題ですね！　客は必要なものだけを買って、よけいなものは買わない」

レオは同意のことばをぼそっとつぶやいた。

「そうです」

前夜、レオはジェシー・オースティンの演説とインタヴューをいくつか読んでおり、そうした資料からわかったのは、騙《だま》されやすい西側の人間向けにつくられた偽りのソ連像の盲信者として、オースティンがこれまで各方面から何度も詰問《きつもん》されていることだった。詰問の矛先はどれも鋭かった。もちろん、オースティンも反駁《はんばく》はしていたが。それでも、あまりに管理されすぎた日程には敏感な反応を示すにちがいない。資料を読んで、レオはそう思い、そのためゆうべのうちにグリゴリと視察経路を調べて、近くにある小さな店に何軒か準備させておいたのだ。視察が突発的なものにならないよう、さきに手を打っておいたのだった。店主に電話で説明し、可能な店には棚に商品を補充しておくようにも指示してあった。人工的な完璧《かんぺき》なモデルより現実の改良版のほうがより効果的というのがレオの判断だった。ただ、個別に店をまわって点検するだけの時間的余裕はなかったので、その後の対処は店主の手に委《ゆだ》ねるしかなかった。レオは店の隅から隅、さらに棚と床に眼をやり、店内が清潔で、比較的品揃えも豊富なのを見て、安堵《あんど》した。焼きたてのパンも卵のカートンもあった。客も選りすぐりの者たちではなく、本物の客で、彼らの上機嫌も本物だった。みな品数《しなかず》の豊富な日にたまたま買物に来られた幸運に驚いていた。

列の一番前にいた老婆《ろうば》は喜び勇んで卵を一カートン買っていた。が、卵が買えた嬉しさと国家保安省の捜査官に見られていることで慌てたのだろう、誤って卵のカートンを床に落としてしまった。それを見て、誰よりさきにオースティンが手を差し伸べた。レオは店主の眼を見やった――恐怖に凍りついていた。何かおかしい。すばやく反応し、レオはオースティンの脇から手を差し出してカートンを拾い上げ、中身を調べた。卵のかわりに六個の小石が詰められていた。

レオはすばやく蓋《ふた》をすると、店主に手渡して言った。

「割れてしまった」

カートンを受け取る店主の手は震えていた。オースティンが声をあげた。

「待って！」

店主は棒のように突っ立って震えていた。レオはカートンの中で六個の小石もまた震えているところを想像した。オースティンは老婆を手で示して言った。

「このご婦人には別のカートンがもらえるんですよね？　無料で」

レオは老婆の肩に手を置いて思った。意気揚々と家に帰り、六個の小石に気づいたら、どれほど落胆していただろう？

「もちろんです」

党の職員の大半は店の外にいた。窓に顔を押しつけ、恐怖のあまり動けないでいた。眼のまえの大失態らしきものと自分たちとのあいだに、可能なかぎり距離を置こうとしていた。それでも、なけなしの勇気を少しずつ拾い集め、こわばった笑みを浮かべながら、店にはいってきた。オースティンが嬉しそうに言った。

「すばらしい、実にすばらしい」

店舗見学は成功裏に終わった。店に来るまえにお茶を勧めた職員がまた同じ提案をした。

オースティンは首を振って言った。

「あなたとお茶とはいったいどういう関係なんです？」

職員たちは笑った。が、オースティンは本気だった。

「もっといろいろ見せてください。次はなんです？」

次の訪問予定先はモスクワ大学だった。職員がそのことを売り込むまえに、オースティンはレオのほうを向いて言った。

「あなたの女性は先生でしたね？」

戸惑いながら、レオはおずおずと訊き返した。

「私の女性……ですか？」

「というか、あなたのガールフレンド？　さっきあなたが話していた方です。先生ということでしたね。学校を見学させてもらうわけにはいきませんか？」

モスクワ
アフトザフォツカヤ
第七小中学校
同日

レオは運転席に坐《すわ》り、ハンドルを思いきり強く握りしめていた。オースティンに対して怒りまくっていた。レオをどれほど危険にさらしてしまっているか、オースティンはまるでわかっていないのだった。彼の行動は屈託がなさすぎた――まさに異邦人の所業だった。祖国で彼を誹謗《ひぼう》中傷している者たちの過《あやま》ちを証明することに熱心なあまり、自分のほうから破壊工作に加担しかねない状況を招いてしまっていた。ロシアの支配体制を崇《あが》め、現実を少しも理解していない男の気まぐれに調子を合わせようと躍起になっているロシア側の見学プランなど、まるで無視してしまっていた。彼の崇める体制は過ちに寛容な体制ではないのに。レオも含め、今回の旅程に関わる全員が重大な危険にさらされていた。なのに、オースティンには、クレムリンが合衆国に輸出したがっている社会の理想像と合致しないものを彼本人が見てしまうことの重大性に気づきもしていないのだった。公式に決められたスケジュールから離れることは、彼にとってもはやただのゲームのようなものにすり替わっていた。それはレナの勤務する第七小中学校まで車で向かうあいだ、彼がずっと口笛を吹いていたことからも容易に知れた。

レオはことばにならない恐怖を覚えながら、第七小中学校を眺めた。コンクリートの柱に支えられた箱形の校舎の新設校で、幸いなことに、学校の建物自体はオースティンの視察に落第する心配はなかった。党の職員たちは、自分たちもきっと喜んで選んだはずの施設をオースティンが名指ししてくれたことに、胸を撫《な》でおろしていた。危険は今やただひとり、レオの肩にだけのしかかっていた。彼は嘘をついていた。レナが自分の愛する女性だと言ったとき、彼はそんな嘘など会話の中に埋もれ、どうせすぐに忘れ去られるだろうと高をくくっていた。その嘘はひとえに、自分には誰も愛する相手がおらず、誰からも愛されていないという事実を認めることの些細《ささい》な恥ずかしさから自分を救うためのものだった。今、彼は自分のそんな愚かさを心底呪《のろ》っていた。どうして自分はひとりぼっちだと素直に認めることができなかったのか。自分で仕掛けた罠《わな》から逃れる術《すべ》はなかった。オースティンは学校を訪ねることを強く主張し、それもまえもって準備がなされていないところがいいと言って譲らなかった。何から何までレオの自業自得《じごう》だった。

車を降り、レオはこの四十五分のあいだにできなかったことを冷静に理性的に考えた。彼女の名前がレナということはわかっていた。が、苗字《みょうじ》はわからない。彼女が政治を教えていることはわかっていた。が、それより何より、決定的なのは、彼女は彼のことを嫌っているという事実だ。処刑台に向かう男のように、脚の力が抜けていくのが感じられた。嘘を認めるという選択肢を天秤《てんびん》にかけてみた。ここで一行を止め、レナのことなどほんとうは知らないことを白状するのだ。孤独な男に見えるのが嫌で、女性とのそんな関係をでっち上げたのだと。なんとも哀れで、屈辱的な告白だ。オースティンは笑い飛ばし、愛に関する慰めのことばのひとつもかけてくれるかもしれない。レナなしでも学校見学はできる。党の職員も何も言わないだろう。しかし、それより、ソヴィエトにとって大切な同胞の考えを意図的に損ねたということで、告発される可能性のほうが高い。よくて降格だろう。それでレオの経歴に終止符が打たれるのは言うまでもなかった。白状することで得られるものが何もない以上、猿芝居を続けられるかぎり続けるしかなかった。

ちょうど昼休みの時間で、子供たちは校庭に出て、雪の中で遊んでいた。レオはその子供たちを時間稼ぎに利用できると思った。彼らと話をするようオースティンに勧め、その隙《すき》に校舎の中にはいり、レナを探すのだ。彼女を言いくるめるには数秒もあれば足りる。ただ微笑《ほほえ》み、質問に答え、レオの嘘《うそ》に調子を合わせるだけのことなのだから。彼女は頭のいい女性だ。それについてはレオには確信があった。きっとわかってくれる。きっと機転を利《き》かせてくれる。

校門を抜けると、グリゴリが走ってそばにやってきた。オースティンが学校見学を言いだしてから、ふたりだけで話せるのはそのときが初めてだった。

「いったいどういうことなんです、同志デミドフ？　その女性というのは誰なんです？」

レオは自分たちのやりとりが聞こえる範囲には誰もいないことを確かめてから言った。

「グリゴリ、おれは嘘をついてしまったんだ」

「あなたが嘘を？」

グリゴリは心底驚いていた。まるでレオのことを、嘘などという人間的なこととは無縁の機械か何かとでも思っていたかのように。

「女のことだ。レナは……彼女はおれのことなど愛していない。いや、お互いほとんど知りもしない仲なんだ」

「この学校の先生というのは？」

「それは確かだ。それだけはほんとうだ、と思う、少なくとも。断言はできないが」

「どうしてそんな嘘をついたんです？」

「わからない。気づいたときにはことばが出ていた」

「これからどうするんです？」

グリゴリはレオの失態から自分だけ身を引こうとはしていなかった。彼は典型的な国家保安省の捜査官の本能のようなものをまだ身につけていなかった。レオと自分とはあくまでチームだと思っていた。レオはそのことを心底ありがたく思った。

「レナに会って、おれの嘘に調子を合わせてくれるよう頼もうと思ってる。きみはオースティンにへばりついていてくれ。彼をあちこちで引き止めて、できるだけおれに時間を稼がせてくれ」

オースティンが校内にはいると、子供たちが走り寄ってきて、彼のまわりに輪をつくった。騒がしい校庭が急に静かになった。子供の誰かが無分別なことを言うのを恐れたのだろう——実際、黒人を見たことがある子供などひとりもいないというのは大いに考えられた——党の職員のひとりが暗黙の脅しを特大の笑みに隠して言った。

「みんな、聞いてくれ。今日はとても大切なお客さまがこの学校にやってこられた。有名な歌手、ジェシー・オースティンさんだ。みんな、われらがお客さまにはお行儀のいいところを見せてほしい」

党の職員たちが抱え込んでしまっている危険については、一番幼い子供にさえ容易に察知できた。オースティンはしゃがみ込むと、子供に質問を始めた。レオには彼がなんと言っているのかは聞こえなかった。すでに校舎の入口をめざしていた。

中にはいり、外から見えないところまで来るなり、走りだした。すべらかな石の床に彼の重たいブーツの音が鳴り響いた。ひとりの女性教師を呼び止め、腕をつかんだ。そのあまりの激しさに女性教師は驚き顔をレオに向けた。

「校長室はどこだ？」

教師は驚いたままぼうっとしており、ただレオの制服を見つめていた。レオはそんな教師の体を揺すって繰り返した。

「どこだ？」

彼女は廊下のつきあたりを指差した。

レオは校長室に飛び込んだ。校長は弾《はじ》かれたように椅子《いす》から立ち上がった。その顔が一秒ごとに青ざめていった。見るも哀れなことながら、逮捕されると思ったのだろう。レオにはよくわかった。五十代後半と思《おぼ》しい見るからにひ弱そうな男だった。不安に唇を引き結んでいた。レオには時間がなかった。

「私はデミドフ捜査官だ。ここで働いているある教員についてすべてを知りたい。レナという名の教員だ」

校長の声は恐れおののく子供の声と変わらなかった。

「教員ですか？」

「レナという名の教員だ。まだ若い。歳《とし》は私ぐらいだ」

「私のことでいらしたのではないんですか？」

レオは苛立《いらだ》って言った。

「ちがう。レナという女性教師のことで来たんだ。時間がない！」

初老の校長はレオの今のことばで生き返った——面倒なことになっているのは自分ではなく、誰か別の人間だった。協力したくてしかたがないと言わんばかりに、机のまえに出てきた。レオはドアのほうを見やった。

「レナ、と言われましたね？」

「政治を教えてる」

「レナという教員ですね？　お役に立てず、申しわけございません。どうやら学校をおまちがえのようです。当校にはレナという名の教員はおりません」

「なんだって?」

「当校にはレナという名の教員は在籍しておりません」

レオはショックを受けた。

「しかし、私は彼女の本を見たんだ。それにはこの学校の名がちゃんと書かれてた」

グリゴリがドアを少しだけ開け、声をひそめてレオに警告した。

「みんなもうやってきます!」

レオは学校の名には自信があった。どこでまちがえたのか? 彼女はちゃんと名乗りもした——彼女の名! それが嘘だったのだ!

「政治を教えてる教員は何人だ?」

「三人です」

「その中に若い女性は?」

「はい、います」

「その教師の名前は? 写真はあるか?」

「はい、個人ファイルの中に」

「急げ!」

校長はファイルを見つけると、レオに手渡した。レオがそれに眼を通すまえに、グリゴリがまたドアを開けた。オースティンと党の職員が校長室にはいってきた。レオは振り向くと、校長に言った。

「校長、こちらはわれらが国賓のジェシー・オースティン同志だ。アメリカに帰国されるまえに学校を視察したいとおっしゃるので、ここにお連れした」

校長は最初のショックからまだすっかり立ち直ったわけではなかった。が、早くも二番目のショックを受けなければならなかった――国際的に有名な歌手に党の上級職員。さきほど外で子供に話しかけたのと同じ職員が今度は校長に向かって言った。同じように暗黙の警告を笑みに隠して。

「ソヴィエトの教育制度は世界で最もすぐれた教育制度のひとつだ。われわれとしてはそれをオースティン同志にお見せしたくてね」

またなんとも頼りない声になって、校長は言った。

「できましたら、事前にお知らせいただければよかったのですが」

オースティンが進み出て言った。

「事前通知はなし。大騒ぎもなし。セレモニーもなし。準備もなし。私はみなさんの日常をのぞいてまわりたいんです。普段どういうことをなさっているのか。どのようにことが進められているのか。どうか私がここにいることは忘れてください」

そう言って、彼はレオのほうを向いた。

「授業を見せてもらうというのは？」

レオはわざと訊《き》き返した。

「科学の授業ですね？」

「それがあなたのガールフレンドが教えてる科目なんですね？　科学が？」

レオのガールフレンドが教員というのを聞いて、校長はまじまじとレオを見た。レオはそんな校長の視線を無視して、オースティンの質問に答えた。

「いいえ。彼女が教えているのは政治です」

「なるほど。われわれはみんな政治が好きだ。でしょ？」

みんなが笑った。レオと校長以外は。オースティンはさらに続けて言った。

「お名前はなんでしたっけ？　もう教えてもらっていましたっけ？」

レオはレナという名前をすでに口にしていたかどうか思い出せなかった。

「彼女の名前ですか？」

レオにはわからなかった。それはもう明らかだった。校長は怯《おび》えすぎているか、あるいは血のめぐりが悪すぎた。およそレオの役に立ちそうになかった。

「彼女の名前は……」

レオはそこでわざと手をすべらせ、ファイルを落とした。書類が床に散らばった。

レオはしゃがみ込み、書類を拾うふりをして盗み見た。

「彼女の名前はライーサです」


校長は二階にある第二十三教室までみんなを案内した。オースティンは校長の横を歩き、党の職員はそのうしろに従った。途中、時々立ち止まっては壁に貼《は》られたポスターを眺めたり、ほかの教室の授業風景をのぞいたりした。その間、レオは、じっと立っていることさえおぼつかないのに、待つことを余儀なくされた。彼に嘘の名前を教えた女がどんな反応を示すか、見当もつかなかった。とうとう目的の教室にたどり着き、レオは小窓から中の様子をうかがった。教室のまえのほうに、彼が地下鉄で出会い、路面電車で話しかけた女が立っていた。彼に自分の名前はレナだと言った女が。この期《ご》に及んで、レオは遅まきながら気づいた。彼女はもう結婚しているかもしれない。もう子供もいるかもしれない。見かけどおり利口な女なら、ふたりはともに難を逃れられるにしても……

レオはさきに進み出て、ドアを開けた。一行もそのあとに続き、ジェシー・オースティンを先頭に戸口付近に校長と党の職員がずらりと並んだ。生徒は驚き顔で一斉に立ち上がった。生徒全員がその眼をレオの制服から、不安げな校長の顔、さらにオースティンの大きな笑みへと向けた。

ライーサもレオを見た。チョークを持った彼女の指は白く汚れていた。オースティンを除くと、彼女はその教室でただひとり平静を保っているように見えた。その落ち着きぶりは驚嘆に値した。どうして彼女にかぎりない魅力を感じたのか、レオは改めて思い出した。本名で——ほかにはどんな名前も知らないかのように——レオは彼女に呼びかけた。

「ライーサ、まえもって何も知らせず、いきなりやってきてすまない。でも、われらが来賓のジェシー・オースティン同志が小中学校を見学したいとおっしゃるんで、ぼくとしては当然、きみのことを思ったわけだ」

オースティンは進み出ると、手を差し出して言った。

「彼のことをどうか怒らないでください。私が悪いんです。みなさんを驚かせたかったものですから」

ライーサは鋭敏に状況を把握してうなずいた。

「確かに驚きました」

そう言うと、レオの制服を見てから、続けてオースティンに言った。

「同志オースティン、あなたの音楽はよく聞かせてもらっています」

オースティンは微笑み、いたずらっぽく尋ねた。

「私の音楽を聞いたことがある？」

「あなたは数少ない西側の……」

ライーサは党の職員たちにすばやく眼を走らせてから、まちがいのないことばを選んで言った。

「……どんなロシア人でも聞きたくなる西側の歌手のおひとりです」

オースティンは嬉《うれ》しそうな声をあげた。

「それはどうも」

ライーサはレオのほうをちらっと見て言った。

「わたしの授業にそんな価値があると思ってもらえただけで光栄よ。大切な国賓の方に見てもらえるなんて」

「見学させてもらってもかまいませんか？」とオースティンは言った。

「わたしの椅子におかけください」

「いえいえ、立っています。お邪魔はしません。約束します！　授業を進めてください。いつもどおりに」

彼女の授業がこのあとも〝いつもどおりに〟進行するなどと思うのは、いかにも滑稽《こっけい》だった。レオは下手をするとヒステリー状態にさえなりかねなかった。頭がふらふらしていた。どこまでも彼女に感謝したかった。彼女の手を取り、その手にキスをしたいという衝動を必死で抑えた。彼女は授業を再開した。彼女のことばなど子供たちの誰ひとり聞いていない事実を巧みに無視して。子供たちはみな突然の来訪者に魅入られたようになっていた。

二十分後、オースティンはいかにも嬉しそうにライーサに感謝の意を伝えた。

「あなたには本物の才能がある。話し方も、共産主義について言われたことも。見学させてくださってほんとうにありがとう」

「こちらこそ光栄でした」

ジェシー・オースティンも彼女に魅せられていた。魅せられないほうがむずかしかっただろう。

「ライーサ、今夜は忙しいですか？　私のコンサートに来ていただけたら、とても嬉しいのだけれど。コンサートのことはレオからはもう聞いてますか？」

ライーサはレオを見やって言った。

「ええ」

彼女はいともたやすく嘘《うそ》をついた。

「だったら、来てもらえますね？　お願いです」

彼女は剃刀《かみそり》のように鋭い自衛本能をにじませて微笑《ほほえ》んだ。

モスクワ
マグニトゴルスク
〈ハンマーと鎌《かま》〉工場
同日

その夜のコンサートを計画した担当者は当初、工員が作業をする建物の中にステージを設《しつら》えることを考えていた。ジェシー・オースティンが機械や労働者に囲まれて歌っているところを〝絵〟にしようと思ったのだ。オースティンが工場見学をしている途中、いきなり歌いだし、偶発的にコンサートが始まったような印象を与えるのが狙《ねら》いだった。が、そのアイディアはあまり現実的ではないことがわかる。客席にできるようなだだっ広い空間がその工場にはどこにもなかったのだ。多くの人々が見るのには重機器が妨げとなった。それに、そういった機器を世界じゅうの精査の的にしていいものかどうかという点にも疑問符がついた。これらの理由から、コンサートは工場に隣接する倉庫でおこなわれることになった。在庫はすべて外に出され、いかにも伝統的な工場の雰囲気に造り変えた倉庫内で。間に合わせのステージが倉庫の北側のへりに設えられ、そのまえに千脚の木の椅子《いす》が並べられた。また、西側世界でおこなわれるコンサートとは対照的な印象を与えようと、聴衆の労働者は工場フロアから直接会場に案内され、家に帰る時間も着替える時間も与えられなかった。聴衆は労働者であるだけでなく、手は油まみれで、額には汗をかき、爪垢《つめあか》が黒く見えるような、正真正銘の労働者にする。このイヴェントは、資本主義国でおこなわれている、チケットに格付けをして聴衆を階層化したような典型的なエリート主義のコンサートとは、厳然と一線を画すものでなければならない。貧しい者たちはステージから遠く離れ、ほとんど何も見えないようなコンサート――もっと貧しい者たちは床を掃除するために、舞台裏の通用口付近に屯《たむろ》してショーが終わるのを待っているようなコンサート――にしてはならない。それが主催者の目論見《もくろみ》だった。

レオは工場から倉庫に向かう労働者を監督していた。が、心はライーサひとりに向けられていた。その日は彼女の学校で、なんとも薄っぺらで不正直で情けない人間を演じてしまっていた。権力を持つ側にいるのは彼であることに変わりはないにしても。ライーサは思ったとおり機転の利《き》く女性だった。だから、ひたすらそうした現実的な理由から、このコンサートに来ることを秤《はかり》にかけていることは大いに考えられた。レオとしてはそれで充分だった。彼女が彼の仕事のことをどんなふうに考えているかということは、やはり気になりはしたが。いくつかの可能性を考えながら、彼はまわりにいる労働者に声をかけ、どこでもいいから空いている席を埋めるよう急《せ》き立てた。チケットはなかった。無料のコンサートだった。男も女も従順に空席を埋めていた。座席についても震えている者もいた。倉庫は冷たい金属の箱以外の何物でもなかった。屋根が高く、ガスヒーターで全体を暖めるには広すぎたので、どのヒーターからも離れて坐《すわ》っている者たちには、こっそり手袋と上着が渡された。レオは手をこすり合わせながら、聴衆を見まわした。コンサートの開始まで時間はいくらもなかった。が、ライーサはまだ姿を見せていなかった。

プログラムはもちろんあらかじめ決められていたが、オースティンはまた予定を変更するかもしれなかった。それは誰にも予測がつかなかった。が、主催者側の要望は、歌の合間に論客らしい短いスピーチをはさんでもらいたいというものだった。そのスピーチはもちろんロシア語でおこなわれることになっていた。歌のほうは何曲かを除き、英語で歌われる。レオは聴衆全体を見まわして、ソヴィエト全土と東ヨーロッパに配給されることになっているプロパガンダ映画では、この光景がどんなふうに見えるのだろうと想像した。そこで何列かうしろの席に坐っている男に気づいて、注意した。

「帽子を取れ」

手袋は映らなくても帽子は映る。映画を見た者に会場が恐ろしく寒いことをわからせるわけにはいかなかった。場ちがいなものはないかと最後の点検をしていると、ひとりの労働者がブーツについた汚れたグリースを顔に塗りたくっているのが見えた。顔をわざと黒くしているのだ。オースティンのように。男のまわりの者たちが笑いだした。男のまわりでどういうことが話されているのか聞くまでもなかった。レオは聴衆を押しのけて男に近づくと、小声で言った。

「そんなことをして人生最後の悪ふざけにしたいのか？」

そう言って、男がグリースを拭《ぬぐ》い落とすまでそばに立ち、まわりで笑った男たちを見た。男たちはレオを嫌っていた。が、それ以上に彼を恐れてもいた。レオはその列から離れ、ステージのまえまで戻った。席をすべて埋めるのに三十分ほどかかっていた。うしろのほうに固まって立っている者もいた。オーケストラはとっくにステージに上がっていた。コンサートはもういつ始まってもおかしくなかった。

そのとき、ライーサの姿が見えた。捜査官のひとりに案内されて会場にはいってくるのが見えた。レオはそれまで実用的な防寒着姿の彼女しか見ていなかった。髪をうしろにひっつめて防寒帽の中に隠した、化粧っ気のない青白い肌の彼女しか。今はコンサートの趣旨を誤解したらしく小粋《こいき》な恰好《かっこう》をしていた。ワンピースをまとっていた。過度に飾り立てたものではなかったが、労働者たちの中ではまぶしいほどめだってい た。多くの聴衆の汚れたシャツと着古されたズボンのあいだを落ち着かない様子で歩いていた。さらし者にでもなったような気分でいることだろう。着飾りすぎて場ちがいなところに来てしまったような。労働者たちの眼がそんな彼女を追っていた。無理もない。レオがこれまで見た中で、彼女は今夜が一番きれいだった。彼のまえまでやってきた。

レオは案内してきた捜査官から引き継いで言った。

「ここからは私が案内する」

そう言って、ステージのまえまで彼女を連れていった。咽喉《のど》がからからになっていた。

「席を用意しておきました。一番いい席です」

ライーサは声にかすかに怒気を含ませて言った。

「ここまでくだけた形式のコンサートだとは聞いていませんでした」

「すみません。あのときは慌《あわ》てていたもので。でも、とてもきれいです」

ライーサは彼のお世辞を受け容《い》れ、いくらかは怒りを和らげた。

「わたしのほうもあなたに嘘の名前を教えたことを謝ろうと思っていました」

そう言った彼女の声はこわばっていた。レオはそのことに気づくと、それ以上彼女に弁明させまいとして礼儀正しく言った。

「謝ることなんてありません。男から名前を訊《き》かれるなんてことはあなたにはしょっちゅうあることだと思います。迷惑なだけですよね」

ライーサは何も言わなかった。レオは沈黙が長くなりすぎるのを恐れて、慌ててつけ加えた。

「いずれにしろ、謝らなければならないのは私のほうです。今日はすごく驚かれたことでしょう。学校を見たいとオースティンに急に言われて、あなたのことを思い出したんです。そんな権利などないのに。あなたにあの場で辱《はずかし》められてもしかたなかった」

ライーサは顔をそらして言った。

「こんな大切な来賓に授業を見学してもらって光栄に思っています」

声音が礼儀に適《かな》ったものに変わっていた。無愛想でそっけないところがなくなっていた。会場を見まわして彼女は言った。

「オースティンの歌を聞くのをとても愉《たの》しみにしています」

「私もです」

ふたりはステージのまえまでやってきた。

「ここです。一番いい席です。さっき言いましたね。

それだけ言って、レオは引き下がった。くたびれきった工場労働者の中で不釣り合いに彼女が光り輝いていることがひそかに誇らしかった。

倉庫の照明が落とされ、まばゆいステージの照明が灯《とも》り、黄色い輝きが倉庫内に洪水のようにあふれた。カメラがまわりはじめた。レオはステージに上がる階段の上に立ち、聴衆を見まわした。彼の反対側からオースティンが現われ、足を弾ませるようにして階段を上がった。彼が醸《かも》し出しているエネルギーは驚くほどだった。ステージに立つと、実際より背が高く見え、また印象も強烈になった。ひかえめな手振りで、拍手を終わらせ、会場が静かになると、マイクを持ってロシア語で話しはじめた。

「ここモスクワに来られたこと、そして、みなさんの職場で歌えることを光栄に思っています。みなさんに歓迎していただくことは常に私には特別な意味を持ちます。私は客という気がしません。家に帰ってきたような気分です。自分の国にいるよりくつろいだ気持ちになることもあります。なぜなら、ここソヴィエト連邦では、私はただ歌っているときだけ、ステージに立ってみなさんを愉しませているときだけ、愛されているわけではないからです。ここではステージを離れても愛してもらえるからです。ここでは私が歌手であるという事実が私とみなさんを隔てることがありません。私たちの職業が大いに異なるものであろうと。ここでは私が歌っていることとは関係なく、私の成功とも関係なく、私は一共産主義者です。私もまたみなさんひとりひとりと同じ同志です。みなさん全員と同じ人間です！　この素敵なことばをもう一度聞いてください。私はみなさん全員と同じ人間です！　それこそが誰にとっても何より尊い栄光です……われわれはひとりひとりみなちがっていても、同じ扱いを受けるということこそ！」

オーケストラが演奏を始めた。オースティンの最初の曲は『友の歌』だった。共産主義青年同盟のために書かれた曲で、新しい都市と道路の建設を訴えたものだ。それがオーケストラ用に編曲され、ちょっとしたプロパガンダの賛歌がより音楽的になっていた。そんなふうに演奏されると、もともとの歌詞のいささか堅苦しい教条主義的なところがまったく鳴りをひそめてしまっていることに、レオは驚いた。オースティンの声は逞《たくま》しく、同時に馴染《なじ》みやすかった。その声が巨大な洞窟《どうくつ》のような空間を満たした。ここにいる誰に訊いても、訊かれた全員がこんなふうに答えることだろう――オースティンは自分に直接歌いかけてくれている、と。レオもそう思った。そして、倉庫いっぱいの千人のくたびれた労働者を黙らせ、慰め、涙させる声というものを実際に耳にして、深い感銘を受けた。最前列にライーサを探した。オースティンの声の魔力に魅せられたように一心に聞き入っていた。それを見てレオは思った。彼女がおれのことも同じ称賛の眼で見てくれることはあるだろうか。

曲が終わると、倉庫のうしろのほうが何やら騒がしくなった。観客の多くが振り返り、暗がりを見やった。レオも階段を降り、騒ぎのもとを確かめようと眼を凝らした。国家保安省の制服を着た男が暗がりから姿を現わした。シャツの裾《すそ》がズボンの中から出ており、ズボンは泥にまみれていた。そんなひどいなりで、左右に揺れながらよろよろと歩いていた。それが自分の生徒のグリゴリであることは、レオにはすぐにはわからなかった。

わかるなり、グリゴリを止めようと、レオはほかの捜査官を追い越して走った。近づいてグリゴリの腕をつかんだ。酒くさかった。グリゴリは、自分の失態が及ぼす危険がわかっていないのか、レオにさえ気づいていないように見えた。間延びした不規則なうるさい拍手で、オースティンを讃《たた》えていた。レオに腕を引っぱられ、倉庫の外に連れ出されると、凶暴な犬のようなうなり声をあげた。

「ほっといてくれ」

レオは両手でグリゴリの顔をはさみ込み、眼を見すえ、急き込んで言った。

「しっかりしろ。何をしてるんだ？」

グリゴリは言った。

「おれの邪魔をするな！」

「よく聞くんだ——」

「よく聞けだと？　あんたのことばなんか聞かなきゃよかったよ」

「何があったんだ、きみに？」

「おれに!?　おれじゃない。ほかの誰かにだ、レオ・デミドフ。芸術家のポリーナにだ。覚えてるか？　おれが愛してる女だ。逮捕された。あんたに逆らって、あの危険なページは破り取ったのに……」

グリゴリは日記のそのページ——自由の女神のいたずら書きの跡が残されたページ——を掲げて見せた。

「日記には何もなかったのに、逮捕されたんだ。あんたの命令に逆らって、こうして破り取ったのに、それでも逮捕されたんだよ！」

グリゴリはよくまわらない呂律《ろれつ》で繰り返した。まるで呪文《じゅもん》か何かのように同じことばをつなぎ合わせていた。レオにはそれ以上恨みごとを聞く気はなかった。

「たとえ逮捕されたとしても、すぐに釈放されて、それで一件落着だ」

「彼女は死んだよ。死んだんだ！」

グリゴリはありったけの声で叫んだ。すでにかなりの聴衆がオースティンではなく、グリゴリのほうを見ていた。グリゴリは続けた。今度は囁《ささや》き声になっていた。

「ゆうべ逮捕されたんだ。彼女は尋問に耐えられなかった。心臓が弱かったんだ。尋問官はそう言ってる。心臓が弱かった……心臓が弱かったって！　それって罪なのか、レオ・デミドフ？　もしそうなら、おれも逮捕すべきだ。おれも逮捕してくれ、レオ・デミドフ。弱い心臓の罪でおれを有罪にしてくれ。おれは弱い心臓でよかったと思ってるから」

レオは気分が悪くなった。

「グリゴリ、きみは動揺してる。いいか、聞くんだ――」

「あんたはおれに聞け聞けの一点張りだ。だけど、もう聞かない。おれはもう聞かないからな、レオ・デミドフ！　あんたの声を聞いただけでぞっとする」

ほかの捜査官もやってきていた。聴衆の中で立ち上がっている捜査官もいた。グリゴリはいきなり走りだした。ステージへの階段を駆け上がり、オースティンめざして、オーケストラのまえを駆け抜けた。レオも走り、グリゴリのあとを追った。が、階段を上がると、ステージのへりで立ち止まった。ここで無理やりグリゴリをステージから引きずりおろそうとしたら、揉《も》み合いになることは眼に見えていた。カメラがまわり、千人の聴衆が見ていた。

グリゴリはステージに突っ立ち、スポットライトのまぶしい光を浴びて、眼をしばたたいた。真実を叫びたい――そう思った。罪もない女が殺されたとみんなに告げたかった。しかし、眼の焦点が前列にいる人々の顔に合うにつれ、彼も理解した。そんなことは誰もが知っていることを。ポリーナが死んだことは知らなくても、彼女の話はみんなが知っていることを。彼女の話は何度も何度も繰り返されている話だった。みんなにしてみれば、今さらグリゴリに教えてもらうまでもなかった。むしろそんな話は聞きたくもなかった。誰ひとり彼にそんな話をしてほしいと思っていなかった。誰もがみな恐れていた。彼のためにではなく、彼のことを。あたかも命に関わる伝染性の病に彼がかかっているかのように。彼は狂人だった。ステージに立ち、自らを標的にするという自殺行為を犯してしまっている狂人だった。彼の行為には崇高なところなど微塵《みじん》もなかった。たとえ真実を話したところで何になる？　彼の真実は危険な真実であり、無益な真実だった。彼はステージに立っているもうひとりの男、世界的に有名なジェシー・オースティンのほうを向いて、思った――自分は何を望んでいるのか。もしかしたら、この国に対する夢を腕一杯に抱え込んでいる男に、真実を聞かせたかったのか。共産主義の擁護者を共産主義の批判者に変えたかったのか——そういうことができたら、それはポリーナが殺されたことに対する意趣返しにはなるかもしれない。国家はそのことで打撃をこうむるかもしれない。しかし、オースティンのやさしい眼をのぞき込み、グリゴリは悟った。この男もまた真実を知りたがってはいないことを。

オースティンはグリゴリの肩に腕をまわし、聴衆に向かって言った。

「私にはこの方が私のファンなのか、それとも私に黙れと言っておられるのか、わかりません！」

聴衆はどっと笑った。グリゴリは酔っており、ことばが不明瞭《ふめいりょう》になっていた。くたびれ果て、打ちひしがれていた。

「オースティン……同志……」

グリゴリは日記の一ページを示した。

「これは……あなたにとって……何を意味しますか？」

オースティンは受け取ると、そこに書かれたいたずら書きを見てから、聴衆のほうを向いて言った。

「われらが友はわれらが時代にあって何より大切なものの絵を見せてくれました。ニューヨークの自由の女神像です。私の国ではこの像は果たされるべき約束を表わしています——すなわち、出身にも人種にも関係しない、あらゆる男女の来たるべき自由を。ここでのみなさんの自由は本物です」

グリゴリは泣いていた。人々に囲まれながら孤立していた。客席のうしろのほうまで届くほどの大声で、彼はオースティンのことばを繰り返した。

「ここでのわれわれの自由は本物だ！」

ステージに上がる階段に立っていたレオは別の捜査官に腕をつかまれた。

「なんとかしろ！　何か手を打て！」

「どうすればいい？　ステージに上がるのか？」

「そうだ！」

レオは少しずつオースティンとグリゴリがいるほうに近づいた。が、オースティンは首を振り、自分ひとりで対処できることを示した。そして、別の歌を歌いはじめた。それは一番最後に披露されるはずになっていた曲だった。フィナーレを飾る歌だった。オースティンとしてもこの思いがけない出来事を無難に収める必要を感じたのだろう、その歌——共産主義の聖歌『インターナショナル』——を今このときに持ってきて歌いだした。

起《た》て、飢えたる者よ
今ぞ日は近し

多くの聴衆がただちに立ち上がった。遅れを取った者もそのあとにすぐに続いた。なぜオースティンは混乱を収拾するのにこの歌を選んだのか、レオにはよく理解できた。この歌の歌詞なら聴衆全員が知っているからだ。最初のうち、聴衆の歌声はためらいがちなものだったが、それはただ単に一緒に参加してもいいものかどうかわからなかったからで、オースティンに促されると、その声は徐々に大きくなった。最後には男も女も誰もが声をかぎりに歌うまでになった。声がかすれるほどの大声で歌うことで、自分がグリゴリのような奇怪でみじめな存在になることを防ごうとするかのように。国家への忠誠は声の大きさで測られるかのように。レオも歌った。しかし、心を込めて歌うことはできなかった。破滅を決定づけられた新米捜査官のことしか考えられなかった。グリゴリの若い顔には涙があった。明るいスポットライトを浴びて、その涙が光っていた。彼もまた歌っていた。

暴虐《ぼうぎやく》の鎖断つ日　旗は血に燃えて
海を隔てつわれら　腕《かいな》結びゆく

オースティンは一番だけ歌って、そこでやめた。リフレインが終わると、倉庫じゅうに大きな拍手が鳴り響いた。捜査官が数人、拍手をしながらステージに上がると、見せかけの笑みを浮かべ、その背後に冷酷さを隠してグリゴリに近づいた。グリゴリはそれにも気づかず、突っ立ち、彼の眼にしか見えていない遠くにいる友に手を振っていた。結ばれた腕《かいな》が築く世界に別れを告げるかのように。

レオはまた誰かに腕を引っぱられた。ライーサだった。席を立って、彼をしっかりとつかんでいた。彼女が彼に触れたのはそのときが初めてだった。ライーサは小声で言った。

「あの男の人を助けてあげて」

レオはライーサの眼に恐怖を見た。それはグリゴリの身を案じての恐怖であり、自分自身の身を案じる恐怖でもあった。彼女は恐れていた。その恐れが彼女をレオに近づけたのだ。レオもようやく理解した――自分には彼女に何が提供できるか。安全と庇護《ひご》だ。それは大変な才能などなくてもできることだ。が、この危険な時代にはそれだけで充分と言えるものだ。家庭を築くのにも、妻を満足させるのにも、誰かの愛を獲得するのにも。ライーサの手に自分の手を重ね、レオは言った。

「やってみる」

十五年後

モスクワ
ノヴィ・チェレムシュキ
〈フルシチョフのスラム〉
一三一二号室
一九六五年七月二十四日

階段を上がりはじめただけで、レオ・デミドフはすぐに汗みずくになった。シャツが背中と腹に貼《は》りつき、貼りついたところが透けて見えた。一歩一歩、足に体重がかかるたびに靴下からも汗が滲《し》み出た。エレヴェーターは壊れ、一階で停まっていた。ドアが半開きになり、中の明かりが死にゆく動物の眼のようにちかちかと瞬《またた》いていた。十三階ものぼらなければならないのに、その途中、誰にも出会わなかった。昼日中にアパートメント・ビルが森閑としているというのはどこか気味が悪かった。廊下で遊んでいる子供もおらず、買物袋を抱えた母親もおらず、ドアが閉まる音も、言い合いをしている隣人の声も聞こえなかった——普段の喧騒《けんそう》は今日で六日も居坐《いすわ》っている熱波に押し殺されていた。この手の共同住宅は守銭奴が金《きん》を貯《た》め込むように熱を抱え込む。最上階にたどり着くと、一三一二号室にはいるまえにレオは息を整えた。その階の住人も誰ひとり廊下にはいなかった。

狭苦しい室内を見まわしてから、彼は体に食いついた蛭《ひる》でも引き剝《は》がすようにシャツを脱いだ。居間を抜け、キッチンに行き、顔に水を浴びせた。蛇口の水は水圧が弱く、げんなりさせられるほどぬるかった。それでも顔に水を浴びせる感覚は心地よく、眼を閉じ、ちょろちょろと流れ出る水を頰に唇に瞼《まぶた》に、しばらく受けた。蛇口を閉めると、水が顔から垂れ、首すじを伝うのに任せた。小さな窓を開けた。建てられてまだ数年しか経《た》っていないのに、蝶番《ちょうつがい》がぎしぎしと軋《きし》り、窓の開閉はスムーズにいかなかった。外の空気はどんよりと淀《よど》み、風の気配もなく、熱波がアパートメント・ビルを締め上げていた。眼のまえにあるのも彼のアパートメント・ビルと同じデザインの住居用建物で、蜃気楼《しんきろう》のように光り揺らめいていた。縦にずらりと並んだ窓が陽射《ひざ》しを浴びて震えていた。

彼のアパートメントもあらゆる点で典型的なものだ。個別の寝室はひとつだけで、居間をぞんざいに二分割して、そのひとつが就寝用スペースになっていた。この当座しのぎは多くの家庭においてよく見られるもので、レオのアパートメントも壁から壁に綱を渡し、そこにシーツを掛けて、小さなシングルベッドがふたつ置かれたスペースとキッチンとを区切っていた。レオは共有スペースと就寝エリアを隔てている境まで行った。荷造りを終えた鞄《かばん》がひとつずつベッドの脇《わき》に置かれていた。旅の準備はもうできていた。それぞれの鞄の重さを確かめた。どちらも重かったが、片方がやけに重かった。何年ものあいだ、何百というアパートメントの家宅捜索をして、どんなものであれ、レオは場ちがいなものを嗅《か》ぎ分ける嗅覚《きゅうかく》を発達させてきた。個人の秘密はどんな些細《ささい》なものからでもあらわになる。それと相俟《あいま》って容疑者の有罪も暴《あば》かれる。アパートメントの家具の表面にたまった埃《ほこり》の厚さや、床板にできた小さな疵《きず》、机に残された煤《すす》のついた指の跡が手がかりになることもある。レオの眼がベッドのひとつに惹《ひ》き寄せられた。この夏の酷暑の中、毛布は取り払われ、薄いシーツが掛けられているだけなので、マットレスがのぞいていた。そこに小さな盛り上がりがあった。皮膚の表面に現われていないにきびのように、一見しただけではわからなかった。秘密警察で訓練を受けた者以外、ほとんど誰も抱きそうにない違和感だった。

培《つちか》われた直感に従い、レオは就寝スペースにはいると、マットレスの下に手を差し入れた。指先が本のへりにあたった。つかんで引っぱり出した。それはノートで、固い表紙がついていたが、その表紙には何も書かれていなかった。タイトルも絵も。いずれにしろ、学校の子供が使う薄っぺらで安っぽいノートではなかった。紙も高級紙が使われていた。背は縫い綴《と》じになっている。レオは手の中でひっくり返し、使った跡が何ページぐらいあるか確かめた。全体のほぼ半分、二百ページほどに書き込みがあるようだった。逆さにして振ってみた。何も落ちてはこなかった。外からの点検を終えると、一ページ目をめくってみた。芯《しん》をよく削った鉛筆で、小さくて正確で丁寧な文字が手書きで記されていた。一度書いて消され、書き直されたかすかな汚れが残っているところも数個所あった。時間も労力もかけて書かれていた。レオはこれまで多くの日記を調べていたが、日記というものは、大した考えもなしに飛び出したことばがぞんざいに手早く書かれることが多い。慎重に書き直されているということは、それだけですでにその日記に何か重要な告白が書かれている可能性を示唆《しさ》していた。最初の日付はちょうど一年前のもので、それがこの日記帳を使いはじめたことを示すものか、それとも日記というものを初めてつけはじめたことを示すものか、レオはどちらだろうと思った。その疑問は最初に書かれている一文があっさり解決してくれた。

わたしは今、自分が考えたことを記録に残す必要性を生まれて初めて感じている。

レオはすばやく日記を閉じた。今の彼はもう捜査官ではない。もう国家保安省では働いていない。それにここは容疑者のアパートメントではない。彼自身のアパートメントだ。さらに、その日記は彼の娘のものだ。

もとあった場所に戻そうとしたところで、玄関の錠前に鍵《かぎ》が差し入れられる音がした。レオは慌《あわ》てて予測した――日記をきちんと戻しておくだけの時間的な余裕はなかった。戻しているところを見られてしまう可能性のほうが高かった。かわりにレオは日記を持った手をうしろにやり、気をつけの姿勢を取った兵士のように顔を起こすと、ベッドから離れて玄関に向かった。

彼の妻――ライーサは鞄を脇に置いて、玄関の戸口から彼を見ていた。帰ってきたのは彼女ひとりだけだった。ドアを閉めると、アパートメントの中にはいり、暗がりに姿を消した。が、暗がりの中にあっても、レオには彼女の眼が彼を仔細《しさい》に見ているのがわかった。昼の熱気のせいではなく、恥ずかしさに頰が熱くなった。熱い塊が皮膚の下にはっきりと感じられた。ライーサは彼の良心だった。レオはライーサには絶対に嘘《うそ》がつけなかった。また、重大な決断をするときにはほとんどいつも想像した――彼女はなんと言うか。月が潮を満ち干させる力を持つように、ライーサはモラルの力で彼の感情を引きつけていた。その結果、ライーサとの関係が深まるにつれ、レオと国家との関係は弱まった。レオはよく思う。実際、そういうことだったのだろうか、と。自分と国家保安省との密接な関係が終わることは、彼女に恋したときからほんとうは自分にもわかっていたのだろうか。レオは今、小さな工場の工場長をしていた。製品の配送の監督やら、受領証の整理やらといった業務をこなしていた。厳格なまでに公正な上司――それが工員のあいだでの彼の評判だった。

ライーサが暗がりから明るいところに出てきたのを見て、レオは改めて思った――彼女は若かった頃より今のほうがさらに美しい。眼のまわりには小皺《こじわ》ができ、肌も若かった頃の張りも繊細さもなくし、その面差しにもたるみが現われていたが、レオは若さがもたらすどんな完璧《かんぺき》な美しさよりそうした変化を愛していた。それらの変化は彼自身が眼にしてきた変化だった。彼が彼女のそばにいるときに起きた変化だった。ふたりが今の関係を築き、ともに過ごしてきたことの証《あか》しのようなものだった。そして、それらは何より大切な変化――昔の彼女は彼を愛していなかったが、今の彼女は彼を愛している――を彼に思い出させてくれる変化だった。

そんな彼女の視線を受け、レオは彼女に気づかれずに日記をもとに戻すという考えを放棄し、かわりに彼女に差し出した。ライーサは手に取ろうとはせず、ただ表紙を見下ろした。彼は言った。

「エレナのだ」

ふたりが結婚してまもない頃に養子に迎えた姉妹の妹——十七歳の娘だ。

「どうしてあなたが持ってるの？」

「マットレスの下にあったんだ……」

「あの子が隠してたってこと？」

「ああ」

ライーサはそのことをいっとき考えてからレオに尋ねた。

「読んだの？」

「いや」

「ほんとうに？」

詰問《きつもん》を受けた未熟者さながら、レオはほんのささやかなプレッシャーにもすぐに屈した。

「最初の一行だけ読んで、すぐに閉じた。戻そうとしていたところにきみが帰ってきたんだ」

ライーサはキッチンテーブルまで行き、買ってきたものを置くと、帰ってきて初めてレオに背を向け、グラスに水を注いだ。そして、三回に分けてゆっくり飲み干すと、シンクにグラスを置いて言った。

「帰ってきたのがわたしじゃなくて、子供たちだったらどうしたの？　あの子たちはあなたを信じてるのよ。そうなるにはすごく時間がかかったけれど、今はあなたを心から信頼してる。その信頼を危険にさらしたいの？」

ライーサが言った〝信頼〟というのは〝愛〟の遠回しな言い方だった。彼女がただ養女たちのことを言っているのか、それとなく彼女自身の感情についても言っているのか、レオには判断がつかなかった。彼女は続けた。

「あの子たちに過去を思い出させる必要がどこにあるの？　昔のあなたを？　あなたの昔の職業を？　その歴史を忘れ去らせるにはあなたにしても長い時間がかかった。おかげで今はもうそれは家族の一部でなくなった。あの子たちもついにあなたのことを父親と思うようになってくれた。捜査官じゃなく」

彼女のことばには計算された冷ややかさがあった。ふたりの過去をわざわざ持ち出すのは必要のないことだった。それはつまり、彼女がそれだけ彼に腹を立てているということだった。彼が傷つくようなことばが口を突いて出たのはそのためだった。しかし、これにはさすがにレオも反駁《はんばく》しないわけにはいかなかった。彼女のことばに傷つき、彼は初めて感情をあらわにして言った。

「マットレスの下に何かがあるのがわかった。誰だって興味を惹かれるんじゃないのか？　どんな父親だっておれと同じ行動を取るんじゃないのか？」

「でも、あなたはどんな父親ともちがう。ただの父親じゃない」

それはそのとおりだった。彼はこれまでただの夫ではなかった。ただの父親でもなかった。以前国家の敵に対してガードを固めていたのと同じくらい、彼には自らの過去についてもガードを固める必要があった。ライーサの眼に悲しみの影が差した。彼女は言った。

「ごめんなさい。言いすぎたわ」

「ライーサ、誓って言うよ。おれは家族のことを心配する父親として日記を開いたんだ。このところエレナは様子がおかしい。それにはきみも気づいてるはずだ」

「旅行をまえにして神経質になってるのよ」

「いや、それだけじゃない。あの子はどこか変だよ」

ライーサは首を振って言った。

「その話はもうやめましょうよ」

「おれはきみたちに行ってほしくない。どうしてもそんなふうに思えてならないんだ。

この旅行は――」

ライーサは彼のことばをさえぎって言った。

「もう決めたことよ。準備ももう何もかも整っている。今度の旅行についてあなたがどんなふうに思っているのか、それはもうわかってる。最初から反対してるんだから。これといった理由もなく。あなたが来られないのはほんとうに残念よ。できることなら、一緒に来てほしかった。あなたがそばにいてくれたら、向こうでも心おだやかに過ごせることはわかりきってるんだから。だから、あなたも一緒に来られるように嘆願書も出した。でも、無理だった。これ以上わたしにできることはないわ。でも、もっともな理由もなく、最後の最後で手を引くなんて、それは行くよりはるかに危険なことよ。少なくとも、それがわたしの考えよ」

ライーサは日記をちらりと見た。彼女も誘惑に駆られたのだろう。

「お願い、日記をもとあったところに戻して」

レオは日記を持つ手に力を込めた。手放すのを拒むかのように。

「最初に書いてあったことがどうしても気になるんだ――」

「レオ」

ライーサは大きな声をあげたわけではなかった。そんな必要はなかった。

彼は日記をもとに戻した。マットレスの下に――背を手前に向け、肘《ひじ》まで差し入れたあたりに、見つけたのとまさに同じ場所に――慎重に置いた。それから、屈《かが》んでマットレスにどこか変なところはないか確かめると、すべてを終え、ベッドから離れた。その間ずっとライーサに見られていることが強く意識された。

翌日

レオは眠れなかった。あと数時間で、ライーサはこの国を離れる。きわめて例外的な場合を除き、これまでふたりが一日以上離れて過ごしたことは一度もなかった。彼は大祖国戦争を戦い、武勲を挙げて叙勲までされた男だったが、しばらくひとりで過ごすことを考えただけで落ち着かなくなった。寝返りを打ち、彼女の寝息に耳を傾けた。彼女が彼の息に合わせて、ふたり分の呼吸をしているような気がした。ゆっくりと手を伸ばし、伸ばした手を彼女の脇腹の上に置いた。眠りながらも、彼女はそれに反応し、彼の手を自分の腹に押しつけた。まるで大事な形見か何かのように。彼の手を軽く握ったあとは、寝息がまたもとのリズムに戻った。旅行に対する彼の不安は、ほぼまちがいなく彼女に行ってほしくないという思いから発したものだった。彼は何度もライーサたちの計画に対する不安を訴え、どうして国にとどまるべきか諭し、安全性と警備にかこつけた意見を表明していた。が、それはただ単に利己的な理由に突き動かされただけのことかもしれなかった。むしろその可能性のほうが高かった。ほ

ん の一時間でも休もうという考えを最後に捨てると、彼はベッドからそっと出た。

暗がりの中を歩いて、彼女のスーツケースにつまずいた。すでに荷造りされ、出発したくてうずうずしているかのようにベッドの裾《すそ》に置かれていた。その洒落《しゃれ》たスーツケースは十五年前、彼がまだ国家保安省の捜査官で、特別な店にはいれたときに買ったものだ。仕事柄、長期の出張もよくあると言われ、最初に買ったもののひとつだった。自らの前途に気持ちを高揚させ、自分に与えられた仕事の重要性に胸をふくらませ、任務とあらばどこへでも出かけ、国じゅうを縦横に移動する自分を思い描いて、一週間分の報酬をすべて注ぎ込んで買ったのだった。今の彼にとって、そのときの自負心あふれる野心的な若者はまさに赤の他人だった。捜査官時代に貯《た》まった贅沢品《ぜいたくひん》はもうほとんど何も残っていなかったが、物入れの奥に押し込まれ、埃《ほこり》をかぶっていたそのスーツケースだけが当時の名残の品だった。彼としてはとっくに捨てたかったものだ。ライーサもその彼の気持ちに賛同してくれるだろうと思ったのだが、彼の以前の職業に対しては憎悪《ぞうお》しか抱いていないにもかかわらず、彼女は彼のそんなセンチメンタルな行為を許そうとしなかった。ふたりの今の賃金ではそれと同じものなどとても買えなかった。

レオは腕時計を窓に近づけ、月明かりにあてた。午前四時——あと数時間で家族を空港まで送り、別れを告げ、そのあと自分だけこの国に残ることになる。レオは暗がりの中で服を着替えると、そっと寝室を出た。が、ドアを開けるなり、下の娘がキッチンテーブルについているのを見て驚いた。両手を組んでテーブルの上に置いていた。祈りを捧《ささ》げるかのように。あるいは、深いもの思いに沈んでいるかのように。十七歳のエレナはレオにとって奇跡のような娘だった——どんな悪意とも敵意ともまるで無縁に見えた。欠点というものがほとんど見あたらない性格をしていた。それは無愛想で、ときにぶっきらぼうで、攻撃的で、些細《ささい》な挑発にもすぐに熱くなる上の娘、ゾーヤとはいかにも対照的だった。

エレナは顔を起こしてレオを見た。レオは彼女の日記を見つけたことに一瞬うしろめたさを覚えた。が、最初の一文を読んだだけでまたもとに戻したではないか、とすぐに自分に言い聞かせた。娘の横に坐《すわ》ると、彼は囁《ささや》き声で言った。

「眠れないのか？」

彼女は部屋の反対側、ゾーヤが寝ているほうに眼をやった。明かりをつけてゾーヤの眠りを妨げたくなかったので、レオは短くなったろうそくに火をつけ、ろうを紅茶用のグラスの中に垂らし、ろうそくをその中に立てた。エレナは黙ったままだった。グラス越しの屈折したろうそくの明かりに催眠術にでもかけられたような顔をしていた。彼女に対するレオの観察はまちがっていなかった。緊張しているのも無口になるのも、まったくエレナらしくないことだ。これが国家保安省の尋問なら、彼女が何かに関わっていることをレオは確信しただろう。が、彼はもう捜査官ではない。むしろ、昔受けた訓練の成果がいつまでも抜けない自分に苛立《いらだ》った。

トランプを取り出した。このあと二時間ばかり何もすることがなかった。カードを切りながら、彼は言った。

「緊張してるのか？」

エレナはむしろ怪訝《けげん》な顔をしてレオを見た。

「わたしはもう子供じゃないのよ」

「子供じゃない？　ああ、それはわかってる」

エレナはレオに言われたことに腹を立てていた。が、レオはあきらめなかった。

「何か問題でも？」

エレナは自分の手を見つめ、しばらく考えてから、首を振りながら答えた。

「飛行機に乗るのは初めてでしょ？　それだけ。ほんと、馬鹿《ばか》みたいだけど」

「父さんに話してくれるよね？　何かあったら？」

「うん。話す」

レオにはそのことばを額面どおり受け取ることはできなかった。

トランプの最初の手札を配った。結局のところ、彼は彼女たちの旅行を許してしまっていた。そして、それは正しい選択だったのだと自分に言い聞かせようとしていた。が、うまくはいかなかった。できるかぎりの反対はした。が、そのうちただ単に自分も一緒に行けないという理由だけのために反対しているような気がして、もうあきらめたのだった。国家保安省を辞めたという履歴はどこまでも彼についてまわった。外国旅行の許可が得られるなど夢のまた夢だ。そうした状況で彼女たちを引き止めるというのは、彼にしても公正なこととは思えなかった。彼女たちにしても、外国旅行の機会が与えられるというのはきわめて稀《まれ》なことだ。もう二度とないものと思ってもいいことだった。

トランプを三十分もやっていると、ライーサが寝室から出てきた。微笑《ほほえ》み、あくびをして、レオたちと一緒にテーブルにつくと、自分もゲームにはいる意を示してぼそっと言った。

「一晩ぐっすり眠れるとは最初から思ってなかった」

部屋の反対側からわざとらしい大きなため息が聞こえた。ゾーヤもベッドから出てきた。部屋を仕切っているシーツを横にやり、レオたちがトランプをしているのをしげしげと眺めた。レオはすぐに謝った。

「起こしてしまったか？」

ゾーヤは首を振って言った。

「最初から寝てなかったわ」

エレナが言った。

「わたしたちの話を聞いてたの？」

テーブルまでやってくると、ゾーヤは妹に笑みを向けて言った。

「一生懸命眠ろうとしながらね」

そう言って、空いている椅子《いす》に坐った。四人全員がぼさぼさの頭をして、ちろちろと光るろうそくの明かりの中にいるというのは、なんとも滑稽《こっけい》な光景だった。レオはみんなにカードを配り、家族がカードを手にするのを見守った。彼に万能の力があったら、時間を凍りつかせていただろう。夜明けを止めていただろう。太陽が昇るのも阻止し、さよならを言わなければならないときが来るのを永遠に遅らせていただろう。

マンハッタン
地下鉄　二番街駅
同日

地下鉄の駅を出ると、オシップ・ファインスタインはゆっくりとした足取りで気ままに歩いた。ちょっと変わった落ち目の紳士——そんな紳士が見るからに行き当たりばったりに歩いているといった姿を巧みに演じていた。もっとも、それは彼の現実とそう遠くないせいもあったが。ゆっくり歩いているのは、彼のあとを尾《つ》けているのが誰であれ、そいつを見きわめるための露骨な手段だった。尾行者はたいてい自分をさりげなく見せることが生理的に不得手な新米のＦＢＩ捜査官だった。彼らは、着ているシャツと一緒に自分の肌にも糊《のり》を利《き》かせたかのようにこわばっている。まるで棒を呑《の》み込んだみたいに背すじをぴんと伸ばしすぎている。通常、オシップは月に一度尾行されていた。が、それは何かを立件するための尾行というより、むしろＦＢＩのお決まりの嫌がらせに思えた。それがこのひと月にかぎって言えば毎日続いていた。監視レヴェルが一気に上がっていた。ＦＢＩの活動が活発化しているというのは、ＣＰＵＳＡ——アメリカ合衆国共産党——からも報告が来ており、オシップはそんなＦＢＩ捜査官を気の毒に思っていた。なぜなら、オシップたちの大半はスパイでもなんでもないからだ。彼らは革命と平等と公正を夢見る信奉者——合法的な政党の正規の党員——にすぎなかった。共産主義自体は犯罪でもなんでもない。が、そんなことにはなんの意味もないのだ。政治活動に関わっているというだけで、彼らの暮らしは執拗《しつよう》な言いがかりと精査の的にされた。そして、彼らの雇用者のもとには、彼らの勤務時間外の行動に関する調査報告書が届けられ、その結びには常にこんなことばが書かれていた。

会社も商店もその従業員の振る舞いによって判断される。

さらに、その一文の下には電話番号が書かれている。つまるところ、雇用者は誰もが国家のためにスパイとなることが求められているということだ。その結果、今年はこれまでのところ三人の男が職を失っていた。家族、友達、ただの知り合いまで尋問を受け、ノイローゼになった男もひとりいた。また、どうしても監視されているとしか思えず、怖くて家から出られなくなった女性もいた。

オシップは立ち止まり、うしろをざっと見て、背後の人々をさりげなく観察した。立ち止まったり、彼のほうを見たりしている者はひとりもいなかった。彼はすばやく通りを渡り、百メートルほどまたゆっくりと歩き、そのあと早足になった。次の通り、さらに次の通りもそうして歩き、ぐるっと一周してほぼもとの位置に戻った恰好《かっこう》になった。そして、また歩きだすまえに背後の人々を改めて見やった。

落ち合う場所は、彼と同じうらぶれた移民が住む、日干しされたような薄汚い低層住宅の一室だった。いや、とオシップは思い直した。おれと同じとは言えないかもしれない。世の中スパイだらけではないのだから。もっとも、彼にしてもそのことに確信はなかったが。うららかな宵、低層住宅の入口付近は賑《にぎ》やかだった。階段にしゃがみ込んで、戸外にいる者たちがまだ何人もいた。オシップは顔色が悪く、着ている服も適度にすり切れていたので、彼に注意を向ける者などひとりもいなかった。それは彼がその場にうまく溶け込んでいるからなのか、それとも、どこであれ、五十九歳の落ちぶれた風体の男などには誰も関心を向けたりしないからか。シャツを汗で肌に貼《は》りつかせ、彼はその低層住宅の廊下に足を踏み入れた。暑苦しい悪臭を帯びた空気が屍衣《しい》のようにまとわりついてきた。ぜいぜい息を切らし、七階まで階段をのぼった。

ろくでもない場所だろうという見当はついていても、そのあまりのひどさに驚かないわけにはいかなかった。廊下の壁はしみだらけだった。建物全体が病んでおり、発疹が出ているかのようだった。七三号室のドアをノックすると、少しだけドアが開いた。

「誰かいますか？」

返事はなかった。彼はドアを広く押し開けた。

夕陽の澱《おり》のような陽射《ひざ》しが薄汚れたレースのカーテン越しに射し、歪《ゆが》んだ影を部屋に映していた。狭い廊下がバスルームのまえを通って狭い寝室まで延びていた。寝室には、シングルベッドがひとつと折りたたみ式のテーブル、それに椅子が一脚置かれていた。照明は天井から吊《つ》るされた裸電球ひとつ。ベッドのシーツは何ヵ月も取り替えられていないのか、油染《じ》みていた。ひどい悪臭が立ち込めていた。オシップは椅子を引いて坐った。スープのようによどんだ暑苦しさの中、眼を閉じた。そのうちうつらうつらしはじめた。

人の気配にうたた寝から覚めると、口を閉じて上体を起こした。戸口に男がひとり立っていた。陽はもう沈んでいた。弱々しい天井の明かりは男がつけたのか、最初からついていたのか、オシップには思い出せなかった。男は玄関のドアに鍵《かぎ》をかけた。ひび割れた革のスポーツバッグを持っていた。寝室を眺めまわし、油染みたシーツにその眼を向けたところで、不快げに顔をしかめた。そのことからそこが男のアパートメントではないのは明らかだった。キルトのベッドカヴァーを広げてから、男はベッドの端に腰かけた。歳《とし》は三十代後半から四十代前半。何もかもがぎゅっと詰まった印象を与える男だった。腕も、脚も、胸も、顔の造作も。膝《ひざ》の上に鞄《かばん》を置くと、ファスナーを開き、何やら小さなものを取り出して、オシップのほうに放った。オシップはそれを手で受け取った。彼の手に握られたのはアヘンの包みだった。何年も繰り返し、完成された動きで、オシップはその包みをジャケットの内側のポケットに入れた。そのポケットには小さな穴があいており、アヘンはその穴からジャケットの表地と裏地のあいだに落ちた。スパイには依存症患者が多い。ある者はギャンブル、ある者はアルコールで、オシップはアヘンだった。ほとんど毎晩やっていた。仰向けに横たわり、意識を遠のかせ、世界で一番すばらしい感覚が得られるまで――すなわち無感覚になれるまで――やっていた。が、麻薬への依存には副次的効果もあった。彼の直属の上司にしろ、彼の活動をソ連で監督している連中にしろ、みんなの疑念を弱められることだ。彼が麻薬中毒であるかぎり、彼らとしては安心することができた――こいつはまだ自分たちの支配下にある、と。自分たちはこいつを所有している、と。こいつはわれわれに依存している、と。彼のコードネームはずばり〝茶色の煙《ブラウン・スモーク》〟だった。その命名には侮蔑《ぶべつ》の響きも当然あったが、オシップ自身は気に入っていた。いかにもネイティヴ・アメリカンのような名だったからだ。移民のスパイにしてみれば、なんとも皮肉な名だった。そこが気に入っていた。

男はまだひとことも発しておらず、それだけでも男がＦＢＩの囮捜査官《おとり》である可能性は低かった。囮捜査官なら、もうとっくに嘘《うそ》の百ぐらいおずおずと並べ立てているだろう。男がまたスポーツバッグの中に手を入れた。何が出てくるのか、少しでも早く確かめたくてオシップは前屈《まえかが》みになった。望遠レンズ付きのカメラだった。オシップは言った。

「それを私に？」

男はなおも口を利くことなく、無言でカメラをテーブルに置いた。オシップは続けて言った。

「どこかで行きちがいがあったようだね。私はその手のことをする工作員じゃない」

男の声はしゃがれていて低かった。しゃべっているというより、うなっているように聞こえた。

「工作員じゃなかったら、なんなんだ？　役に立つ情報なんか何ひとつ寄越さないで。自分じゃ工作員の数を増やしてると言ってるようだがな、おたくが寄越す工作員はなんの役にも立ってない」

オシップは首を振り、わざと憤慨してみせた。

「私は自分の命を危険に——」

「おたくが命をさらしてるのは何も失うもののない男の計算された危険だ。おたくってほんと、何もしないことのエキスパートだよ。だけど、もう限界だ。こっちはこれまで何千ドルおたくに払わされてきたと思う？　その金がこれまでどんな役に立った？」

「ソヴィエト連邦のために私にはもっと何ができるか。そういう話し合いなら喜んでやりたいものだがね」

「話し合いはもう終わった。おたくにしてもらうことはもう決まってる」

「それが私の能力に見合ったものであればいいんだが。私としてはそう言うしかないね、忠告として」

男はシャツの上から胸を掻《か》くと、そのあと恐ろしく長くて汚れひとつない自分の爪《つめ》を見つめて言った。

「きわめて重大な計画が進行中だ。それを成功させるには、ふたつのことをおこなう必要がある。で、おたくにはカメラが渡された。おれにはこいつが渡された。見せてやろう」

そう言って、男はテーブルの上に銃を置いた。

ニューヨーク市上空
同日

雲の覆《おお》いがきれいに分かれた。まるでニューヨーク上空を旋回している観客のために、誰かの手が劇場の幕を引いて開けたかのように。ハドスン川とイースト・リヴァーが細長いマンハッタン島の両脇《りょうわき》で音叉《おんさ》のように分かれていた。島の上には、つくりものめいた無数の摩天楼が整然と建ち並び、市《まち》全体が完璧《かんぺき》な直線でつくられた幾何学の産物のように見えた。ライーサは、ニューヨークという市《まち》を空から見ても巨大に見えるものと想像してはいた。鋼鉄の巨像が並び、八車線の道路が走り、車が何マイルもアリの行列のように数珠《じゅず》つなぎになっているさまを思い描いてはいた。が、今、実際に初めてアメリカを目《ま》のあたりにして、自分が息を止めているのに気づいた。民話と伝説の秘境にたどり着き、現実と神話を比較している探検家さながら。今回の旅行は彼女のアメリカ初体験というだけでなく、飛行機に乗ること自体初めてなら、都市を空から見るのもこれが初めてだった。まさに夢のような瞬間だった。といって、彼女がアメリカに来ることをこれまで夢見てきたわけではないけれども。彼女の夢はあくまで分限をわきまえ、ソヴィエト連邦国境内に限定された、ひかえめなものだった。アメリカに来るなど思いもよらないことだった。もちろん、政府がとことん批判し、最大の敵と見なしている国——腐敗と道徳的堕落の見本のような社会とされている国——について考えたことはあった。政府の断定を額面どおりに受け取ったことなど一度もない。それでも教師という立場上、ときに怒りと憤《いきどお》りを込めた強い調子で、アメリカを繰り返し批判してきたことも事実だ。アメリカを語る口調を和らげたりしようものなら、生徒から糾弾されかねない。そういったことを差し引いても——彼女が信じていようと信じていまいと——これまでついてきた嘘が彼女自身に少しも影響を与えなかったと言えば、それも嘘になる。彼女にとってこの都市もアメリカという国もあくまで概念の産物だった。現実に存在するところではなく、クレムリンに操られた想像上のものだった。ソヴィエトのメディアには、貧民のための給食施設や長い行列をつくる失業者の写真しか掲載することが許されない。それも、注文仕立てのスーツを着て、腹をはち切れんばかりにさせている男と、その金持ちの巨大な家を並べて載せることとしか。そんな謎《なぞ》の年月を経て今、ニューヨークが彼女の眼下にその身を横たえていた。手術台の上の患者のように全身をさらしていた。解説も資格証明書もなく、プロパガンダの扇動的なナレーションもなく。

突然、ライーサは不安になった。娘たちをこの見知らぬ新しい世界へ連れてきたのは、もしかしたらまちがったことだったのではないか。隣に坐《すわ》っているエレナを見た。旋回する飛行機の小さな窓から外を見ていた。

「どんな感じ？」

エレナは興奮しすぎており、ライーサの質問が聞こえなかったようだった。ライーサはエレナの肩を叩《たた》くと、ふざけて言った。

「思っていたより小さなところね」

エレナは振り向くこともできず、こんなことしか言えなかった。

「ほんとに来たのね！」

ライーサは立ち上がって、うしろの座席に坐っている上の娘を背もたれ越しに見た。ゾーヤもまた小さな子供のように窓に顔を押しつけ、どんな些細《ささい》なものも見逃すまいと外を見ていた。ライーサには確信できた。やはり娘たちをニューヨークに連れてきたのは正解だった。こんな機会はめったにあるものではない。

着陸が近いことを告げる機長のアナウンスがあった。空港ではライーサたちを待ち受ける準備がすでに整えられているということだった。なんらかのセレモニーがあるのはまちがいなかった。出発に際してモスクワで開かれたセレモニーの席では、ライーサたちの乗る飛行機の機長が、一九五九年、フルシチョフ首相が全米行脚《あんぎゃ》したときの飛行機を操縦した人物で、フルシチョフが利用したのと同じ飛行機――燃料を補給しなくとも長距離飛行ができる数少ない一機――に乗ることになるという説明を受けていた。ソヴィエトの国際的なイメージを考えたクレムリンが、ライーサたち一行は世界最新の飛行機で行くべし、と強く主張した結果だった。

そのツポレフ114がジョン・F・ケネディ空港に着陸するまえに、いったん海上に出た。マンハッタン島の南の先端にある小さな島がライーサの眼に飛び込んできた。彼女は窓に指先を押しつけ、エレナに示して言った。

「あれが見える？」

エレナはどんなものも見逃すまいと、まだ窓に顔をくっつけていた。

「うん、見える。あれは何？」

ライーサは娘の腕をぎゅっとつかんで言った。

「自由の女神よ」

雲の覆いが分かれてから初めてエレナは振り向いた。

「なんなの、それ？」

もうすぐ十八歳になるものの、エレナは今から自分が訪れようとしている市《まち》について、ほとんど何も知らなかった。身の危険を冒し、発禁書や不法に持ち込まれた雑誌を読んでいた時期がライーサにはあった。が、その頃でさえ、娘たちにそんな本を読ませようとは思わなかっただろう。教師の直感と娘を守らなければならない母の本能との葛藤《かっとう》では、これまで常に母が勝ってきた。どんな知識であれ、情報であれ、娘たちに悪影響を及ぼしそうなものは意図的に遠ざけてきた。そんなふうにして娘たちを守ってきた。だから、彼女は今もよけいなことは言わなかった。

「ニューヨークの名所」

機内全体を占めているソヴィエトの生徒たちの興奮した顔を見ると、ライーサにしても不安の中に誇らしげな思いがあるのを否定することはできなかった。彼女は今回の旅行の企画実現に向けて、最初から深く関わっていた。が、そうした彼女の立場は政治的なコネによって得られたものではなかった。事実、そういうものとは一切関係がなかった。むしろ彼女にはハンディがあった。レオとふたりで過去に抱え込んだ深刻な問題をまず克服する必要があった。レオはモスクワの複雑な政治の地形の中ではのけ者だった。国家の治安部隊の職に就くことを拒んだために、彼の名声は地に落ちていた。この十年近く、彼はずっとめだたない存在だった。一方、彼女のほうは教育組織の中でめきめきと頭角を現わした。勤めていた小中学校の校長に昇進したあとは、子供たちの読み書き能力をテーマに定期的に大臣と話し合うまでになっていた。彼女の学校の生徒がみなめざましい成績をあげた結果だった。生徒の成績は、自分が関わっていなければ――ただ聞かされただけだったら――彼女もきっとただのプロパガンダと退けただろう。それほどの成果だった。まさに運命の大逆転と言えた。かつて力もコネも持っていたレオは今、昇進の望みを断たれて孤立し、一方、彼女は教育界で実績を積み、権力の階段を一歩一歩昇っていた。しかし、レオがそんなライーサを妬《ねた》んだことは一度もなかった。ライーサとともに暮らしはじめて以来、レオは今が一番幸せだった。彼は家族を愛していた。家族のために生きていた。家族のためなら死ぬことができた。そのことに疑問の余地はなかった。ライーサは今彼がここにいないことに、自分たちと同じ経験をすることが彼にはできないことに、鋭い痛みのような悲しみを覚えた。レオがニューヨークを愉《たの》しむかどうかはわからなかった。むしろ、どこかによからぬ企《たくら》みや陰謀がひそんではいないかと警戒して、ぴりぴりすることだろう。それでも、彼女たちとともにいることを喜ぶはずだった。

　敵対するふたつの国家の現在の関係を考えると、今回の企画はいかにも愚直なものと言えた。実際、すでに多くの政治解説者がそうしたレッテルを貼《は》っていた。二国間の関係改善のために、ソヴィエトの生徒一行がニューヨークとワシントンDCでコンサートを開くというのは、夢物語のようなアイディアだった。数年前に起きた事件以降、とことん冷えきっている二国間の関係を思うとなおさら。ソ連とアメリカが核戦争を始めてもおかしくないところまで行ったのがキューバ・ミサイル危機だ。それに比べれば、そのあとに続くほかの事件――ニューヨーク万国博覧会からソ連が閉め出されたといったような事件――は些細なものだ。それでも、双方の国民感情を悪化させる効果は充分にあり、両国間の緊張はまた高まりかけていた。そうした状況の緩和策として、学校の生徒を訪問させるという企画に両国政府は飛びついた。両国ともきわどい軍事問題では譲歩できない以上、外交的に開かれた道はそういくつもなかったからだ。ささやかに見えても、このコンサートを開催することで合意できたのは、両国にとって数少ない外交成果のひとつだった。

双方の外交官が協議を重ねた結果、この演奏旅行――〈生徒たちによる国際平和ツアー〉――の公式スローガンは次のように定められた。

今日《こんにち》の子供たちは生涯、平和しか知ることがないように。

十二歳から二十三歳まで、ソヴィエトの生徒たちはあらゆる地域から集められていた。そんな彼らひとりひとりに対応できるように、アメリカ側も五十の州から生徒たちを選んでいた。そして、ステージではふたつの国が溶け合い、並んで立ち、手をつなぎ、世界じゅうのメディアと外交エリートをまえに歌い、演奏することになっていた。いかにも露骨な外交パフォーマンスで、準備段階では茶番劇が演じられることもしばしばだった——ステージの上で一方がもう一方よりめだつのを避けるためには、生徒の身長や体重のバランスを取る必要があるのではないか——そんなことまで議論された。そうしたばかばかしさにもかかわらず、ライーサは企画それ自体は称賛されてしかるべきものだと思っていた。当初、彼女は国を代表するにふさわしく、またこの計画に意欲的な生徒を選ぶ仕事を依頼されただけだったのだが、その後、思いがけず、旅行団の団長になることを打診されたのだ。彼女としては娘ふたりをあとに残しては行きたくなかった。エレナとゾーヤもメンバーに加わることになったのはそのためだ。ゾーヤは自分が国を代表するということに違和感を覚えたはずだが——彼女は祖国を愛しておらず、むしろ自ら抑制できないほど強い反抗心を持っていた——このような旅行の機会はもう二度とやってこないと察するほどには抜け目がなかった。そもそも拒否するなど論外だった。彼女はソ連でも有数の病院の外科医になることをめざしており、そのためにはまず模範的な市民になる必要があった。彼女もエレナも、秘密警察の捜査官として働くことを拒否したレオが国家から受けた仕打ちをつぶさに見ていた。一方、エレナのほうは姉とは対照的に今度の旅行になんの懸念《けねん》も抱いていなかった。むしろ、今度の計画を聞かされると、ひどく興奮して、絶対に団長の仕事を引き受けるようライーサに懇願したほどだった。

飛行機が下降を始め、機体が軽く揺れた。乗客の興奮がいっとき静まり、生徒の一団と数人の教師が喘《あえ》ぎ声を洩《も》らした。飛行機に乗ったことのない者が大半であることを考えると、それまでの飛行中、彼らは驚くほど冷静だった。きれぎれの雲を抜けると、エレナはライーサの手をつかんだ。今度のことをどのように見ているにしろ、ライーサにとっても今日が記念すべき日であることに変わりはなかった。自分がアメリカを訪れる日が来ようなどとは夢にも思わなかった。ましてや家族まで連れてこようなどとは。十代の頃、彼女が置かれていた悲惨としか言いようのない状況――大祖国戦争の避難民であったこと――を思うとなおさら。生き残ること――それがその頃の彼女の一番大きな野心だった。彼女は今日《こんにち》でさえ、愛するすばらしいふたりの娘を養女にすることができた自らの幸運を奇跡と思っていた。

着陸したあとも、呆然《ぼうぜん》としたような機内の静寂はしばらく続いた。空から陸に移動したことを疑うかのように。彼らは今、アメリカの大地にいた。機長のアナウンスがはいった。

「窓の外を見てください。右側の窓です！」

誰もがすぐさまシートベルトをはずして、窓の近くに駆け寄り、外をのぞき見た。ライーサは生徒たちを座席につかせるように客室乗務員に言われたが、無視した。彼女自身、窓の外を見たいという思いに逆らえなかった。外には何千という人々がいた。無数の風船が宙に浮かび、英語とロシア語で書かれた横断幕が掲げられていた。

アメリカへようこそ！

ライーサは言った。

「誰を待ってるの？」

客室乗務員が答えた。

「あなたたちですよ」

機体が停止し、ドアが開けられた。開くなり、学校のブラスバンド演奏が始まり、その音が機内を満たした。その音のあまりの大きさに戸惑いながらも、乗客は全員通路に並んだ。ライーサはその先頭に立った。ブラスバンドはタラップの下にいて、優雅にというより懸命に演奏していた。ライーサはうしろから押されるようにしてタラップを降り、最初のひとりとして、アスファルト舗装の上に降り立った。一方の側に報道関係者がいて、二十人ばかりのカメラマンが盛んにフラッシュを焚《た》いていた。どのように振る舞えばいいのか、どっちに行けばいいのかもわからず、ライーサはうしろを振り返った。身軽にレセプションを愉しむために、各自荷物は機内に置いたままにするように言われていた。歓迎委員会が彼女たちを出迎え、笑みを浮かべ、握手を求めてきた。

ライーサはそうした人たちと離れたところに、男たちの小さな一団がいるのに気づいた。みなスーツを着て、ポケットに手を深く埋めていた。そして、あまり友好的とは言えない顔をしていた。バッジを見なくても、銃を見なくても、ライーサにはわかった——アメリカの秘密警察だ。

FBI捜査官、ジム・イエーツは、背の低い者をまえに、高い者をうしろにしてきれいに三列に並んだソヴィエトの一行をしげしげと眺めた。ブラスバンド、風船、観衆、まるでこの子供たちが映画スターででもあるかのようにフラッシュを焚いているカメラマン。しかし、子供たちはひとりも笑っていなかった。みな唇を引き結び、固い表情を崩していなかった。まるで機械のようだ、とイエーツは思った。まるで機械のようだと。

マンハッタン
四十四丁目
〈ホテル・グランド・メトロポリタン〉
翌日

今度のコンサートについて誰かに訊《き》かれたら、ゾーヤは肩をすくめ、うまくいけばいいとは思っているけれど、すべては母のためよ、とでも答えただろう。彼女自身は自分から深く関わろうとは思っていなかった。また、このイヴェントの意味もさして信じていなかった——ただ歌を歌って国際親善を図ろうというあまりに楽天的な考えは、彼女から見れば滑稽《こっけい》なだけだった。政治にもイデオロギーにも決して近づかない。それが彼女のルールだった。今は外科医になる勉強中で、彼女が相手にしているのは、人体であり、肉であり、骨であり、血だった。理念でも理論でもない。医者になろうと思ったのは、可能なかぎり道義的なあいまいさのない職業を求めた結果だった。病人を助けるためにベストを尽くす覚悟はできていた。だから、彼女が今回の旅行に参加することを決めたのは、実利的な計算以外の何物でもなかった。ただ旅行がしたかった——それが彼女がここにいる理由だった。ニューヨークを見てみたかった。アメリカ人に会ってみたかった。いくらか習った英語を使ってみたかった。それにゾーヤにとって、自分の眼の届かないところへ妹のエレナを行かせるなど、そもそも考えられないことだった。

今、彼女はベッドの端に腰かけ、一メートルと離れていないところからテレビを見ていた。一日じゅう映っているように思えるアメリカのテレビ番組にすっかり夢中になっていた。テレビ画面は光沢のあるクルミ材のキャビネットに収められ、一方の脇《わき》にスピーカー、もう一方の脇に小さなダイヤルパネルが嵌《は》め込まれていた。キャビネットの上には操作法をロシア語で書いたカードが置かれていたが、どのチャンネルに合わせても、どのボタンを押しても、同じ番組が映った。時間帯によってアニメ番組があり、〈エド・サリヴァン・ショー〉という音楽番組もあった。スーツを着たエド・サリヴァンという人が司会をし、ゾーヤが聞いたこともないバンドの音楽が実況中継されていた。そのあとはまたアニメ番組で、猫とネズミが追いかけっこを繰り返し、猫がフライパンで頭を叩《たた》かれたり、芝刈り機で毛を刈られたり、口の中でダイナマイトを炸裂《さくれつ》させられたりしていた。ゾーヤが知っている英語のフレーズはごくかぎられたものだったが、アニメにはほとんど会話がなく、〈エド・サリヴァン・ショー〉も音楽番組だったので、充分愉しめた。音楽をやっていないときでも、司会が話をしているときでも、何を言っているのかわからなくても、それでも彼女は魅了された。これがアメリカ人がいつも見ているものなのだろうか。これがアメリカ人の服装なのだろうか。テレビ番組を見ていると、催眠術をかけられているような気分になった。長時間見るために早起きまでした。自分の寝室に、それも自分専用のバスルーム付きの寝室にテレビがあるのに、それほど信じられない状況にいるのに、無駄に寝て過ごすなど愚の骨頂だ。

アニメ番組が終わるところだった。ゾーヤは期待に胸をふくらませて身を乗り出した。アニメや音楽以上にすばらしいのが、それらの合間にはさまれる番組だった。それは三十秒ばかりの短い番組で、男や女がカメラに向かって話しかけるものが多く、彼らは車や食器や道具や機械について説明していた。今やっている番組では、繁盛《はんじょう》しているレストランを舞台に、チョコレートソースをかけたアイスクリームと果物をふんだんに盛った大きなグラスが子供たちのために運ばれていた。それに続く短い番組は家のイメージを描いていた。家と言っても、一家族向けにしてはありえないほど大きく、家というより別荘《ダーチャ》のようだったが。しかし、田舎にあるダーチャとちがって、それらの大きな家は何軒も隣り合って建っており、きれいな芝生の庭があり、子供たちが遊んでいた。そして、どの家にも自動車が停まっていた。ニンジンやジャガイモやネギを刻んでスープにする装置を中心に据えた番組もあった。女性のためのフェイスクリームの番組も。男性用のスーツの番組も。あらゆる用途に向けてあらゆるものがあった。あらゆる仕事にあらゆる機械があり、それらはすべて売りものだった。どれも政治体制のためのプロパガンダではなく、製品のためのプロパガンダだった。こんなものを見たのは初めてだった。

誰かがドアをノックした。ゾーヤはテレビのヴォリュームを落としてから、ドアを開けた。ミハイル・イワノフ。生徒の随行員の中では一番若い三十歳前後のプロパガンダの専門家で、その職務は、生徒に国家を辱《はずかし》めるような行為をさせないことと、アメリカから過度に影響を受けないよう眼を光らせていることだった。ゾーヤはミハイルが嫌いだった。顔だちはなかなかハンサムだったが、傲慢《ごうまん》で中身がなく、ユーモアのかけらもない、党に忠実な教科書のような男だった。出発する三ヵ月前の準備段階から加わり、生徒たちに週に数時間、講義をしていた。アメリカが抱える社会問題を強調し、なぜ共産主義は資本主義よりすぐれているか力説していた。気をつけなければならないことのリストも生徒に渡していた。旅行中どこへ行くにも、生徒はラミネート加工されたそのリストを持ち歩くことを義務づけられ、そのリストには次のようなことが挙げられていた。

少数の者たちのこれみよがしの富
多数の者たちからの収奪

ミハイルが口を開くたびにゾーヤは顔をしかめたくなった。貧しい者たちを見えないところや周辺に追いやり、マンハッタンの中心に富のシンボルを置いて、来訪者に印象づけるのはたやすいことだ。ゾーヤにもそういう理屈はわからないではなかった。それでも、党の教条をのべつまくなしに並べ立てるミハイルが退屈な男であることに変わりはなかった。それればかりか、この旅行に参加している中でゾーヤが誰より信用していないのがミハイルだった。

彼はゾーヤの脇をすり抜け、テレビのところまで行くと、怒りに任せて手首を大げさに振ってスウィッチを切った。

「言ったはずだ。テレビはなしだと。これはアメリカのプロパガンダだ。こんなものを真に受けてどうする？　彼らはおまえを馬鹿《ばか》のように扱い、おまえは彼らが扱うとおり馬鹿さながらの振る舞いをしている」

最初のうち、ゾーヤはできるだけ彼を無視しようとした。が、その作戦はあまりうまくいかなかったので、そのあとは彼を苛立《いらだ》たせて愉しむことにしていた。

「洗脳されずに何かを見ることもできると思いますけど」

「おまえはこれまでテレビを見たことがあるのか？　おまえに見せている番組に彼らが思想を盛り込んでないとでも思ってるのか？　ここで流されてるテレビ番組はアメリカ市民が見ている番組じゃないんだ――おまえたちだけのためにつくられたものだ。あのミニバーと一緒に」

生徒たちの部屋には、コカコーラとイチゴミルク味のキャンディ、それにチョコレートバーが収められた冷蔵庫が置かれていた。親切にロシア語に訳された手紙が添えられ、その手紙には、これらは無料であり、ホテルのサーヴィスとしてお愉しみくださいと書かれていた。ゾーヤは部屋にはいるなり早々とコーラを飲み、チョコレートもたいらげていて、ミハイルがそれらを没収しにきたときには、冷蔵庫の中にはもう何も残っていなかった。ミハイルは怒りまくり、彼女の部屋を徹底的に〝捜索〟したのだが、何も見つけられなかった。ゾーヤは残ったキャンディを窓の外の窓台に並べて隠していた。きっとレオに誉《ほ》めてもらえるだろうと内心ほくそ笑みながら。

ミハイルは、今度はテレビのことで怒り、ゾーヤにはもとに戻すことができないとでもいうかのように、テレビのプラグをコンセントから引き抜いた。

「テレビの力を見くびるんじゃない。彼らは人民の心を麻痺《まひ》させるためにこういう番組を流してるんだ。これはただの娯楽じゃない。彼らが自分たちの権威を維持するための重要な武器だ。彼らは人民により深い疑問を覚えさせないために、こうした愚かな逃避主義を垂れ流してるんだ」

彼を怒らせ、怒った彼を見るのはそれはそれで面白かったが、そうした悪ふざけもすぐに退屈になり、彼女は彼を早く引き上げさせようとドアのほうへ歩いた。すると部屋を見まわして、彼が言った。

「エレナはどこだ？」

「バスルームにいます。今、うんこをしています。アメリカ人への侮蔑《ぶべつ》として。きっとあなたは喜ばれるだろうと言ってました」

彼は決まり悪そうな顔をして言った。

「おまえが今回の旅行に加わっているのは、ひとえにおまえの母親のおかげだ。おまえを連れてきたのはまちがいだった。おまえはまるで妹とちがう。歌を練習しておけ。今夜のコンサートはきわめて重要なものだ」

そう言って、彼は出ていった。

ゾーヤは乱暴にドアを閉めた。ミハイルにエレナと自分を比較されたことに腹が立っていた。たいていの党の職員同様、ミハイルもまた人々を、家族を、友達を分類することで人を支配しようとしていた。ゾーヤはこの世にいる誰より妹を近しく思っており、ふたりを分断するようなことは、たとえ示唆《しさ》であれなんであれ、国家の誰であれ、許せなかった。ドアに耳を押しあてて、ゾーヤはミハイルが立ち去ったことを確かめた。ミハイルは立ち去ったふりをしてこっそり居残り、人々が彼のことをなんと思っているか、盗み聞きするような輩《やから》だった。何も聞こえなかったので、ゾーヤはしゃがみ込むと、ドアの下の隙間《すきま》から外の様子をうかがった。人影はなかった。ただ廊下の明かりがすじになって見えただけだった。

ゾーヤはバスルームのまえまで行くと、妹に声をかけた。

「大丈夫？」

か細いエレナの声が返ってきた。

「大丈夫。すぐ出る」

エレナがバスルームにこもって、すでにいっときが過ぎていた。ゾーヤはテレビのプラグをコンセントに差し込むと、ベッドの端に腰かけ、テレビのスウィッチを入れた。ヴォリュームはほんの少し下げた。もしかしたら、アメリカのテレビ番組は視聴者を洗脳するものなのかもしれない。しかし、こういうものに好奇心を覚えないのは、クレムリンに洗脳された者だけだ。

もう胃の中には何も残っていないのに、エレナはまた吐きたくなった。グラスに水を注いで口をゆすいだ。たまらなく咽喉《のど》が渇いているのに、一口の水すら飲める自信がなかった。彼女は口にふくんだ水を吐き出した。そして、タオルを取ると、顔を拭《ふ》き、身なりを整えた。鏡に映った自分の顔のあまりの青白さに驚いた。深呼吸をした。もうこれ以上遅れるわけにはいかなかった。

ドアを開け、廊下に出た。ゾーヤがまだテレビに夢中になってくれていることを願いながら、戸棚の中を漁《あさ》った。ゾーヤが訊いてきた。

「何を探してるの?」

「わたしの水着」

「プールへ行くの?」

「ほかにどこで泳げっていうの?」

エレナは神経がぴりぴりしているのを隠そうと、わざと小生意気な口を利《き》いた。が、それは彼女らしくないことで、口調がどこかおかしくなった。幸いゾーヤは気づかなかったようだが。

「一緒についていってほしい？」

エレナはぴしゃりと答えた。

「いいえ」

ゾーヤは立ち上がると、妹を見すえて言った。

「どこか具合が悪いんじゃないの？」

小生意気な口を利いたのはまちがいだった。

「どこも。とにかく泳ぎたいのよ。それじゃ、一時間か二時間したらまた」

「昼食には母さんも戻ってくるけど」

「それまでにはわたしも戻るわ」

体操用のバッグを持って、エレナは部屋を出た。

そして、左右を見て誰も見ていないのを確かめてから急いで廊下を歩き、部屋から離れた。が、エレヴェーターには向かわなかった。かわりに二〇四四号室のまえで立ち止まり、ドアノブをまわした。鍵《かぎ》はかかっていなかった。中にはいると、ドアを閉めた。部屋は暗かった。窓にはカーテンが引かれていた。暗がりからミハイル・イワノフが姿を現わし、エレナの背中に腕をまわした。彼女は彼の胸に頭をあずけて囁《ささや》いた。

「準備はいいわ」

ミハイルは彼女の顎《あご》の下に手をやって、顔を上向かせると、キスをして言った。

「愛してる」

マンハッタン
一番街東四十四丁目
国連本部
同日

　ライーサが抱いた畏怖《いふ》の念は建物によって惹《ひ》き起こされたものではなかった。国連本部の建物は特に高くもなければ、ことさら美しいものでもない。自分がここにいるという純然たる事実が彼女を畏怖させたのだった。ニューヨークにやってきて丸一日、外国にいるという初めての体験に――祖国では〝第一の敵〟と言われる国にいること自体に――彼女は圧倒されていた。ゆうべは真夜中に眼が覚め、すぐにはどこにいるのかわからず、ベッドをまさぐってレオを探したりもしていた。もちろん、レオはおらず、カーテンを開けると、オフィスビルの外郭が描く市《まち》のスカイラインの断片と、路地裏ほどにも心惹かれない景色――窓の連なりとエアコン機材――が見えた。それでも、彼女は半ば陶然となって窓辺に立ち尽くした。まるで眼のまえには雪をかぶった美しい山々が連なっているかのように。

国連本部のロビーにはいった。ソ連の一行の中ではライーサがただひとり、国連総会議場で今夜おこなわれるコンサートに関する事前会合に出席するメンバーで、おもだったソヴィエトの駐米外交官と話をすることになっていた――アメリカ当局を相手に今もなお継続中の込み入った外交交渉をしている外交官と。しち面倒くさい会合になることが予測された。彼らは彼女の企画の詳細をあれこれつつきまわしてくることだろう。今夜の公演には国連に加盟しているほとんどの国からの外交使節が集まる。今回のツアーの中でも最も重要なイヴェントだった。明日予定されている二度目の公演は一般の聴衆向けのもので、それはフィルムに収められ、世界に配信されることになっていた。そのあと、一行はワシントンDCに列車で向かい、最後の公演を開く。

チェスのゲームのような交渉の一環として、ソヴィエト当局は、ニューヨークであれ、ワシントンDCであれ、アメリカ側が生徒たち一行を観光に連れ出すことを拒否していた。モスクワの官僚たちは、ソヴィエトの生徒が摩天楼や自由の女神に見惚《みと》れ、驚きのあまりぽかんと口を開けていたり、まるで飢えた貧しい子のように、ホットドッグやプレッツェルによだれを垂らしたりしているところを写真に撮られることだけは、なんとしても避けたかったのだ。そうした写真は恰好《かっこう》の宣伝材料になる。平和のための公式行事ながら、双方とも自国を利する聖像《イコン》となるものを今回のツアーに求めていた――のちのちまで人の記憶に残り、世界にばら撒《ま》けるイメージとなるものを。その結果、一行の表向きのイメージを陰で演出し、アメリカ側の世話係が設定する状況を査定するお目付役に、ふたりの外交官が任命されていた。そんなゲームには端《はな》から関心のないライーサとしては、せっかくニューヨークにいながら――おそらくはもう二度と来られないというのに――多くの場所が立入禁止になっているのはなんとも腹立たしく、夜中にエレナとゾーヤを連れ出し、こっそりニューヨーク見物をすることを半ば真面目《まじめ》に考えていた。警備の眼をすり抜けるのはむずかしいだろうし、そんなことを考えるのは教師としての本能が自己を主張しすぎているせいだろう。リスクが大きすぎる。ライーサはひとまずその考えは脇《わき》に置いて、外交官との目前の打ち合わせに心を集中させることにした。

モスクワに住み、まわりから敬意を集める仕事に就きながらも、自分の恰好が田舎臭く見えていないか、いささか不安だった。気前のいい支度金で新調したその鋼鉄のような色のスーツを着るのは今日が初めてだった。なんとも着心地が悪かった。誰か他人の服を着ているような気がした。モスクワでは厳に一度かぎりのこととして、旅行に出る彼女とほかの教師のために、特別店が一時的に開放された。ライーサたちの服装が国を代表する者としておかしなものにならないように。それでも、ライーサには国際的なファッション・センスなどなく、特別店ではスタッフからニューヨークのエグゼクティヴの身なりについて講義を受けたのだが、そのスタッフ自身ほんとうにわかって講義をしているのかどうか、はなはだ疑問だった。これから彼女が会おうとしている外交官は、国際的な最重要人物と渡り合う世界に長年浸ってきた高級官僚だ。ライーサは、オフィスにはいるなり、彼らが彼女のことをモスクワの外にさえめったに出たことがない、薄給の女教師と即断するところを想像した。表向きは、微笑《ほほえ》み、礼儀正しく、高ぶらない態度を取るかもしれない――内心は、彼女のことを卑賤《ひせん》の中から引き抜かれ、国際的な舞台にいきなり引きずり出された凡百の輩と思いながら。そのことは、彼女の地味な靴とジャケットの仕立てに向けられる彼らの一瞥《いちべつ》からすぐに明らかになるだろう。これが普通の状況なら、自分の身なりを他人がどう思おうと、そんなことは少しも気にならなかっただろう。ライーサは虚栄心とは無縁の女だった。むしろ、めだたないほうがよかった。が、今回の場合、彼女には有無を言わせぬ敬意を集める必要があった。彼らの信頼が得られなければ、計画の粗探しをされるのは眼に見えていた。

エレヴェーターの中で、ライーサは最後の自己点検をした。アメリカ側の世話係がそんな彼女のぴりぴりした様子を見ていた。髪を横分けにした、教養のある若い男で、見るからに高級なスーツを着て、ぴかぴかに磨かれた靴を履き、いかにも鷹揚《おうよう》な笑みを彼女に向けてきた。彼女の不安が見当はずれでないことを裏づけるような笑みを。彼女の靴は地味すぎ、彼女の服はみすぼらしすぎ、彼女の身なりはこの建物で働いている者たちの標準からかけ離れている——その笑みは彼女にそう告げていた。さらに悪いのは、彼女に対する世話係の寛大な態度だった。あなたの限界についてはよく理解しており、そのことについて必要な配慮は充分してある——世話係の態度は彼女にそう告げていた。ライーサは何も言わず、自らの心の奥底を探り、気を取り直した。よけいなことは考えないことだ。そう思い直し、ソ連の国連代表部のオフィスにはいった。

非の打ちどころのないスーツを着た男がふたり、立ち上がった。彼女はそのうちのひとりを知っていた。ウラディーミル・トロフィモフ。四十代半ばのハンサムな男で、今回の旅行を公的に決めた教育省の役人だった。彼女はモスクワで彼に会っていた。子供になど無関心な政治の世界の住人。そんな男を思い描いていたのだが、会ってみると、トロフィモフは気さくで、生徒たちとも積極的にやりとりをする、とても社交的な男だった。そんなトロフィモフがもうひとりの男にライーサを紹介した。

「こちらがライーサ・デミドヴァ」

そのあとは英語風の発音で名前を言った。

「こちらはエヴァン・ヴァス」

彼女はアメリカ人が打ち合わせに出席するとは思っていなかった。五十代後半の背の高い男で、相手をまごつかせるような鋭い視線の持ち主だった。彼女の服や質素な靴をさりげなく見るようなことはしなかった。ライーサは手を差し出し、ヴァスと握手を交わした。ヴァスの握手にはほとんど力が込められていなかった。彼女の手が何か恐ろしいもので、怖々握っているかのように。さらに、握っただけで振ろうとはしなかった。ただ握っただけだった。彼女としてはすぐにも手を引っ込めたかった。が、ヴァスのほうは彼女にそんな思いをさせていることにまったく気づいていないようだった。練習はしたものの、きわめてかぎられた英語でライーサは言った。

「お会いできて光栄です」

トロフィモフは笑ったが、ヴァスはにこりともしなかった。彼女の手を放しながら、完璧《かんぺき》なロシア語で言った。

「私の名前はエフゲニー・ワシーレフだ。みんなにはエヴァン・ヴァスと呼ばれてるが。ジョークとして。そう、ジョークなんだろう、私は面白いと思ったためしがないが」

トロフィモフがジョークの説明をした。

「エヴァンはアメリカにずいぶん長くいて、すっかりアメリカの流儀に毒されてしまってるものだから、新しい名前をみんなで進呈したんだよ」

トロフィモフの軽口はライーサを混乱させた――〝アメリカの流儀に毒されている〟。激しい糾弾以外の何物でもなかった。とても笑って言えることではなかった。なのに、ふたりにとってはただのジョークにすぎないようだった。深刻な糾弾がどんな危険も呼び寄せないきわめて稀《まれ》な世界。どうやらこのふたりはそんな世界の住人らしい。ライーサはトロフィモフに水をグラスに注いでもらいながら、自分に言い聞かせた――ふたりがどれほど寛大なところを見せ合おうと、自分と彼らとは住む世界がちがう。ふたりは免れても自分は逃れられない鉄則がある。

トロフィモフの紹介のしかたには面食らったものの、ライーサはいつまでもそのことに拘泥《こうでい》することなく、今回のコンサートが持つ意味を改めて説明し、選曲から舞台上での演出まで、段取りひとつひとつの重要性を強調した。昨夜はライーサと同じ立場にいるアメリカ側の担当者と打ち合わせをしており、このあと二度目の打ち合わせを総会議場ですることになっていた。午後にはリハーサルもある。トロフィモフは彼女の説明のあいだずっと煙草《たばこ》を吸い、笑みを浮かべ、うなずき、エアコンが送り出す微風に舞う煙草の煙を眼で追っていた。ヴァスのほうは、石炭のように黒い眼をひたと彼女に据えているだけで、なんの反応も示さなかった。ライーサが説明を終えると、トロフィモフは煙草の火を揉《も》み消して言った。

「すばらしい。私のほうからつけ加えることは何もないね。あなたは何もかも完璧に監督している。今度のコンサートは大成功まちがいなしだね」

男たちはともに立ち上がった。明らかにライーサに辞去を促していた。ライーサはわけがわからず、不確かな思いのまま、そろそろと立ち上がった。

「何かおことばはいただけないのですか？」

トロフィモフは微笑んで言った。

「ことば？　そうそう、グッド・ラック！　コンサートを愉《たの》しみにしてる。大成功まちがいない。これは偉業だよ。私はそのことを少しも疑っていない。では、今夜また」

「午後のリハーサルにはいらっしゃらないんですか？」

「そうだね。必要なさそうだからね。あなた方の邪魔になってもいけないし。われわれはあなたを信じてる。完璧に」

トロフィモフはまえに出て、ライーサにドアを示した。若い世話係はこのあと彼女を総会議場まで案内するため外で待っていた。トロフィモフは彼女に別れの挨拶《あいさつ》をした。エヴァン・ヴァスもした。ライーサはうなずいて応《こた》え、彼らの反応に戸惑いを隠しきれないまま、エレヴェーターに向かった。彼らは彼女を尋問しなかった。権威を笠《かさ》に着て難題を押しつけてもこなかった。外務省の許可を取りつけるのに何ヵ月もかかり、自分たちも関わってきたはずなのに、コンサートにはまるで関心がないように見えた。

ライーサは世話係の腕に手を触れ、英語で言った。

「トイレはどこですか？」

世話係は歩く向きを変え、彼女をトイレまで案内した。ライーサはトイレにはいると、自分ひとりしかいないことを確かめ、洗面台にもたれ、鏡を見た。ファッション・センスに欠ける野暮ったい服と、力のはいりすぎている肩が映っていた。今度の旅行に関するレオの直感はもしかしたら正しかったのかもしれない。

ニュージャージー州
バーゲン郡
ティーネックの市《まち》
同日

FBI捜査官ジム・イエーツは眠っている妻のそばに立ち、まるで現場に最初に駆けつけた警官が死体を見るかのように妻を見下ろした。夏の盛り、彼の妻はサウナ風《ぶ》呂《ろ》ほどにも暑い寝室で、分厚いキルトの掛け布団《ぶとん》にくるまっていた。音に対する過敏症のため、彼女の耳からは脱脂綿がキャンプファイアの煙のように渦を巻いてはみ出ていた。分厚い黒のアイマスクが永続的な闇《やみ》をつくって彼女を守り、世界を彼女から閉め出していた。彼の妻は今朝のように晴れて気持ちのいい朝さえ蔑《さげす》んでいた。彼は上体を屈《かが》め、唇を妻の額のあたりにさまよわせて囁《ささや》いた。

「愛してるよ」

彼女は寝返りを打って横向きになり、彼に背を向けた。その顔は苛立《いらだ》ちに歪《ゆが》み、彼を追い払うように眉間《みけん》には深い皺《しわ》が寄っていた。アイマスクをはずしもしなければ、何か答えようともしなかった。彼は上体を起こした。一瞬、ひとつのイメージが心にひらめいた。彼女のアイマスクをつかみ取り、指先で彼女の瞼《まぶた》を押し上げ、眼を見開かせ、彼を見させ、おだやかに、適度な大きさの声で、怒鳴るのではなく、感情的になるのではなく、もう一度言うのだ。

あい・して・る

それを繰り返すのだ。少しずつ声を大きくして。妻が答え返してくるまで。

わたし・も・あい・して・る

そこで礼を言う。妻はやさしく微笑む。それが正常な一日の始まりというものだ。夫が妻に愛していると言えば、妻も愛していると答えるのが。真実でなくてもいい。しかし、世の中には従うべきお決まりの手順というものがある。その手順に従って、ほかのどんな家庭も、どんなまともな郊外も機能しているのだ。ノーマルなアメリカの家庭はどこも。

イエーツは窓辺まで歩き、カーテンを開いて庭を眺めた――雑草がはびこっていた。花壇では草が膝《ひざ》ほどの高さにまで伸び、魔女の髪のようにもつれ合っていた。芝生はとうの昔に枯れ、岩のように固い土くれが転がり、ひょろ長い黄色い草の茂みのあいだからのぞく地面は、ぎざぎざにひび割れていた。無愛想な月面のように。よく手入れされた近所の庭に囲まれ、文字どおり醜態をさらしていた。イエーツは庭師を雇おうと言ってみたこともあった。が、その提案は言下に妻に拒否されていた。赤の他人が家に出入りし、音を立て、隣人と話をするなど考えただけで……実際、そう言っただけで彼の妻は取り乱した。イエーツは、庭師におしゃべりをしないように、家の中にはいらないように、できるだけ音はたてないように頼めばいいのでは、とも言ってみた。とにもかくにも、わが家を放ったらかし放題の恥ずかしい見世物から救うことだけやってもらおうと。彼の妻はそれも拒否した。

家を出る支度が整うと、イエーツはいつもの出がけの日課をやった。窓を見て、ちゃんと閉まっていることを確かめた。電話も見て、コードが抜かれているのを確かめた。それらの点検をすませてから、階段を降りた。かなりの費用をかけて、階段には異国趣味の分厚い最高級素材のカーペットが敷かれていた。音を少しでも和らげるために。家を出ると、玄関のドアに表示板を掲げた。

ベルを鳴らさないでください。
ドアをノックしないでください。

もともとは最後に〝留守にしているので〟という一文がつけ加えられていた。しかし、その一文に誘惑される泥棒もいるはずだと妻が不安がったので、それ以降は消してあった。仕事から帰ると、その表示板は取り下げられる。が、外出するときにはいつでも、日課のような点検をしてから、一時間でも、たとえ五分でもその表示板が掲げられた。彼の妻はどんな刺激に対してもうまく反応することができないのだった。

イエーツは車に乗り、ハンドルを握った。が、すぐにはエンジンをかけなかった。運転席に坐《すわ》ったまま家をじっと眺めた。この家を買った頃、彼はこの家を愛していた。公園にも商店にも近く、家々の美しい前庭が続くこの通りを愛していた。夏には刈ったばかりの芝のにおいがし、この界隈《かいわい》は常に街中より涼しく感じられた。人々は通りで必ず手を振り合い、挨拶を交わす。何より彼を怒らせるものがあるとすれば、それはこんな郊外に住めることの幸運を理解しようとしない輩《やから》の無知蒙昧《もうまい》さだ。去年の八月、ジャージーシティで起きた人種暴動ほど見苦しかったものもない。男も女も見境なく、自分たちが住んでいるところを破壊したのだ。ティーネックの公立学校における人種差別撤廃政策に反対している彼にしてみれば、ジャージーシティのその暴動によって、自らの正しさが立証されたようなものだった。社会の進歩などとのたまって、多くの人間がそうした政策を誇りに思っているようだが。イエーツは公《おおやけ》の席で口にしたことこそなかったが、そういう政策のせいで、よそ者が大挙して押し寄せ、不必要な緊張が生まれてしまっているのだ。パラダイスに進歩など要らない。実際、ジャージーシティの写真——割れた商店の窓や、燃えている車の写真——を見たときにはショックを受けたものだ。確かに雇用問題など、市《まち》には正当な不満も一部にはあるのかもしれないが、問題というのは常にあるものだ。しかし、自分の家を修理するのではなく、壊そうなどとするのは、心を病んだ人間か、見境のない人間のすることだ。同じことがここでも起きたら、イエーツは断固戦うつもりだった。

私道を出て、車で三十分ほどのマンハッタンに向かった。ゆうべは遅くまで——というか、今朝の早い時間まで——マンハッタンにいた。〈グランド・メトロポリタン〉に滞在しているソヴィエト派遣団のメンバーが報告されているとおりの人物にまちがいないかどうか、ひとりひとり点検していたのだ。そのチェックが終わり、全員が各自の部屋にいることが確認できたら、まっすぐ妻のもとに帰ってもよかったのだが、そうするかわりに、彼はブロードウェイから少しはずれたところにある〈フルート〉という地下のバーに寄っていた。そこにここ三ヵ月逢瀬《おうせ》を重ねているウェイトレスがいた。彼より二十歳若く、きれいな女で、ＦＢＩに関して彼がでっち上げるたいていのつくり話に興味を示した。彼が椅子《いす》に坐り、シャツのボタンをはずしながら、自らの〝冒険譚《たん》〟をつまびらかに語るのを、裸になってベッドに横たわり、両手で頭を抱えて聞くのだ。セックスとほとんど同じように彼が気に入っているのが、彼のどんな話の最後にも彼女が〝しん・じ・らん・ない《アン・ビ・リーヴ・アブル》〟と言うその言い方だった。まるでそれが四つのことばででもあるかのように――〝信じられない〟というのが男の受ける最高の賛辞ででもあるかのように――言うのだ。

　まともな妻なら彼を疑っていただろう。朝の四時に帰宅すると、彼はカーペットを敷いた階段を音もたてずに上がり、病気の動物みたいに毛布にくるまっている妻、ダイアンを見た。何日ものあいだ、そういう恰好《かっこう》をしている妻しか見ていなかった。眠るには暑すぎ、彼は裸になると、掛け布団の上に身を横たえた。レベッカのにおいをさせたまま。浮気夫になりたかったわけではない。不倫を美化して考えたこともない。むしろ彼はいい夫になりたかった。それ以外、世界に望むものはなかった。毎日感じる罪悪感をダイアンのせいにしたりしないように心がけてもいた。苛立ちが昂《こう》じ、自分たちのこの家を壊したいと思ったこともあった。羽目板を一枚一枚、レンガをひとつひとつ自分の手で剝《は》がすのだ。できることなら、人生をやり直したかった。やり直してひとつひとつ、まったく同じことをしたかった——ダイアンを除いて。

昨年、彼の両親は五十回目の結婚記念日を祝い、自宅の庭でパーティを開いた。そのパーティには二百人以上の客が集まった。ほかの州からもやってきた。飛行機で来た者たちもいた。ダイアンはそのパーティにも来られなかった。彼は二時間懇願した。が、最後にはテーブルを叩《たた》き、両親へのプレゼントに買った二十年物のワインを割り、ガラス・キャビネットにパンチを繰り出して手の甲を切った挙句、ひとりで出席したのだった。時間に遅れ、手には包帯を巻き、すでにスコッチを一リットル近くも飲んでから。そして、バーベキュー係になり、口の利《き》けない愚鈍な召使いのように突っ立ち、肉が焼けて脂《あぶら》のかたまりが火の上に落ちるのを見つめていたのだった。隣近所との関係もとことんみじめで不愉快なものになっており、それはすでに誰もが認めてしまっていることだった。そうしたあまりの屈辱感に死にたくなる日もあった。心臓が停止し、肺が砂塵《さじん》ほどにも乾ききって感じられ、ほんとうに死ぬのではないかと思う日も。

ダイアンは医者にもセラピストにも診てもらっていたが、彼らが言うのは多かれ少なかれ同じことだった。彼女の神経にはどこかおかしなところがある――百年もまえにくだされたようにも聞こえる診断だった。そんな診断が今もなされていることがイエーツには信じられなかった。治療薬はないのか？　それは与えられはした。彼女も飲んではいた。が、どんな薬も一向に効かなかった。崩壊していく彼らの結婚生活の救済策として、ふたりは子供を持とうとしたこともあった。が、ダイアンは妊娠したものの、流産してしまった。そのことを彼女のせいにしたりしない強い意志を持ちたいとイエーツは祈りさえしたが、結局、彼女を責めた。おれの子供が生まれることなく死んでしまったのはおまえのせいだ、と言って。ウェイトレスも妻のせいだった――自分の人生にまつわりついている不愉快なことはすべて妻のせいだった。なぜなら、不愉快なことはすべて彼女から発しているからだ。彼には夢があった。非の打ちどころのない結婚生活、子供、非の打ちどころのない家庭。彼にはそうしたものを物質的にも精神的にも与えることができたのに。心の準備はちゃんとできていたのに。それを彼女が自らの狂気で破壊してしまったのだ。そう、それが狂気というものの定義だ――なんの理由もなく、よいものを破壊する。それが狂気というものだ。

彼は西一四五丁目に来ていた。車を通りに停めて窓を閉めた。その通りに停まっているのは彼の車をいれても四台しかなかった――家の中が荒れ放題になっていてもベッドから出られない狂った女が住んでいても、近所の誰も気づかないような通りだ。ダイアンはこういう界隈に住めばいいのだ。彼女はふたりのあの家には値しない。ここには緑もなければ、子供が遊ぶ公園もない。子供たちはここでは通りを走りまわっている。まるで道路というのは車のためではなく、子供たちのために造られたものであるかのように。アスファルト舗装された路面に、石蹴《いしけ》り遊びのための線をチョークで引いて跳ねている。そういった子供たちを見るたび、イエーツは足を止めた。この子らには遊ぶ場所も未来も希望もない――そんなとき、働くべきなのに働かず、この子らに庭を、前庭の芝生を与えるべきなのに何もせず、戸口にただ坐り込んでいる男たちに対して、彼はこらえようのない憤《いきどお》りを覚えた。彼らは何もしない。ただ、うずくまっておしゃべりをしているだけだ。何か議論をしなければならない重要な案件でもあるかのように。まさにジョークだ。しかし、このジョークの笑えないところは、社会の落ちこぼれが地面に坐り込んで駄弁《だべ》っているそばを、老婦人が、七十歳にもなろうかという女たちが、重い買物袋を抱えて歩いていることだ。ひとりでもいい、老《ろう》婆《ば》に手を貸す者はいないのか。イエーツは落ちこぼれがそんなことをするところを一度も見たことがなかった。買物袋を持とうと申し出るにしろ、ドアを開けてやるにしろ。やつらは仕事というものを見くだしているのだ。イエーツは心底そう思っていた。仕事をするには彼らは高貴すぎるのだ。そうとしか思えない。

車を出ると、外の暑さは途方もなかった。低層住宅の赤レンガは太陽のひとかけらまで吸収する。ティーネックに比べると、この界隈の夏ははるかに過ごしにくいことだろう。西一四五丁目は熱帯地方のような執拗《しつよう》な熱に覆《おお》い尽くされていた。表通りが汚ければ、裏通りにはまた別の汚さがあり、ゴミが山と積み上げられていた。まるでいつか洪水がやってきて、それらをすべて洗い流してくれるのを待っているかのようだった。それも悪くない考えだ、とイエーツは思った。洪水というのも。全知全能の大洪水ともなれば、この落ちこぼれの怠け者たちも一緒に洗い流してくれるかもしれない。彼は通りを渡った。みんなの眼――陽射《ひざ》しに細められた百ほどの眼――が向けられたのを感じながら歩いた。子供たちも遊ぶのをやめていた。男たちはおしゃべりをやめて、表面上、嫌悪《けんお》を抑えた眼で彼を追っていた。自ら面倒を引き込むほどあからさまではなくとも、彼に対する憎しみだけはしっかりと伝えられる眼で。憎みたければ勝手に憎め。イエーツはそう思った。おれのことを肌の色を第一に考える人間だと思いたいのなら、勝手に思っていればいい。が、実のところ、イエーツは彼らの肌の色など少しも気にしていなかった。彼が気にしているのは彼らがどんな人間かということだ――いわば彼らの魂の色だ。男は働くものだ。働いて自分の国をよりよくしようとするものだ。仕事を持たない男は男じゃない。彼は彼らにそう言いたかった。言ってもどうせわからないだろうが。彼にとって彼らはまさに異邦人だった。ソヴィエトの共産主義者とまちがいなく同等の輩だった。

イエーツが所属しているのは、〈コインテルプロ〉という部署だった。これは、FBIが一九五六年に設立した〝防諜《ぼうちよう》プログラム〟のことで、イエーツは在籍九年にして、〈コインテルプロ〉の中心的捜査官のひとりになっていた。〈HUAC――非米活動調査委員会――を廃止する連邦委員会〉の活動を抑え込むことで名を挙げたのだ。委員会を廃止する委員会。しかし、そうした命名の滑稽《こつけい》さを指摘するウィットの持ち合わせは活動家にはなかった。彼らの活動そのものについては言うに及ばず。彼らはそんなことより反逆者の権利について論じることに忙しかった。公共の福祉より個人の権利のほうが重要という抽象的な空理空論に関わることに、身も心も捧《ささ》げていた。多数が必要とするもののほうが少数が必要とするものより重要である道理ぐらい、共産主義者も心得ているものとイエーツは思っていた。が、共産主義者は祖国に現実的なダメージを与える策略が現実に存在する事実について、まるで無関心だった。その手の議論はただのデマゴーグとして取り合わなかった。イエーツはそんな彼らの自己満足に吐き気さえ覚え、そうした策略も陰謀も見てきて、今はこんなふうに理解していた。共産主義者の生き方そのものが手強《てごわ》い敵に忌《い》み嫌われている以上、彼らとしてもなんらかの庇護《ひご》が必要なのだろう、と。

いずれにしろ、さらに昇進すると、彼はＣＰＵＳＡ——アメリカ合衆国共産党——担当になった。ＣＰＵＳＡの党員の数自体は減少していたが、それはもしかしたら新党員には地下にもぐることが命じられたせいかもしれず、はっきりしたことはわかっていなかった。ただ、党側としても今は危険を冒せないときだった。〈コインテルプロ〉の狙《ねら》いは党の解体にあったからだ。〈コインテルプロ〉はそこまでやらないと満足しない。ＣＰＵＳＡの新しい指導者、ガス・ホールはモスクワの国際レーニン学校で学んだ男で、〈コインテルプロ〉は、ＣＰＵＳＡの社会的認知度を高める余裕を彼に与えるつもりもなければ、自分たちの包囲網をかいくぐって秘密のネットワークをつくらせるつもりもなかった。阻止する手段はいくつか選べた。潜入捜査、心理戦、合法的な嫌がらせなどなど。税金も利用された。税務署員を党本部に向かわせ、あらゆる書類を調べ、重箱の隅をつつくような粗探しをさせたのだ。地元警察を介して、最終的には非合法の嫌がらせもおこなわれた。イエーツ自身はそういうことには関わらなかった。その手の汚れ仕事は退役警官や、ＦＢＩとは直接関係のない者たちによって請け負われた。だから、当然のことながら、イエーツはなんら良心の呵《か》責《しゃく》を覚えなかった。実際、エドガー・フーヴァーFBI長官は次のように言っている。

防諜活動の主眼は破壊することだ。だから、起訴するに足る事実があろうとなかろうと、それは大した問題ではない。

〈コインテルプロ〉の捜査官の仕事は反逆分子がなんらかの暴力行為を起こすまえに、本人をピンポイントで特定し、組織を弱体化させることだった。イエーツはそうした捜査官としてきわめて優秀なひとりだった。

赤レンガの五階建ての建物の中にはいると、気温が一気に上昇したように思われた。あまりの暑さにイエーツは立ち止まり、ハンカチを取り出して額を拭《ぬぐ》った。あれこれ入り交じった、なんのにおいかあまり深くは考えたくない悪臭が立ち込めていた。階段をのぼるうち、イエーツの皮膚からゆうべのアルコールが滲み出てきた。ひび割れた漆喰《しっくい》、裂けた床板、ぼろぼろになっている水道管を見まわした。厚板とボール紙という不釣り合いなもので補強されているドアもあった。何かの口論の末に誰かが蹴破ったのだろう。廊下にいる者たち――共同スペースをうろうろしている人々の敵意がはっきりと感じられた。仕事に行くあてもなく、提供できる技術もなく、ただ不公平に対する先天的過敏症しか持ち合わせない輩《やから》の敵意。彼らは日に二十四時間ただ駄弁っている。自分たちがいかに不当に扱われているか、自分たちの国がいかに自分たちを駄目にしたか。CPUSAの党員の少なくとも二十パーセントが黒人と思われ、それは国全体の黒人の人口比率よりはるかに高かった。それが仕事を得られないことに対する彼らなりの解決策というわけだ。この国の全体系を取り壊すことが。イエーツは彼らに笑みを向けながら歩いた。そういうことをすれば、彼らの神経を逆撫《さかな》ですることがよくわかっていたから。石炭から発せられる熱のような彼らの憎しみが感じられた。そういう憎しみが彼になんらかの影響を与えているものと彼らが思っているなら、それは見当ちがいもはなはだしかった。イエーツとしてはむしろ窓敷居に腰かけている若い男に自分から尋ねたかった。

おまえらの憎しみに何か意味があるとでも思ってるのか？

こいつらの憎しみは世界のすべての憎しみの中で一番些細《ささい》なものだ。

最上階までたどり着き、イエーツはドアをノックした。中に入れてもらえたことは一度もなかったが、このドアのところまではこれまで何度も来ていた。捜査令状を取ることもできなくはなかった。が、隣近所に知られることなく、家宅捜索をするのは不可能だった。彼らは互いを知り尽くしていた。互いに互いのアパートメントの内にも外にも住んでいるようなものだった。個人的にはイエーツはまわりに知られようがどうしようが知ったことではなかった。繊細さを要する仕事とも思えなかった。むしろ、何かが見つかることを期待してというより、心理戦の一環として強引に押し入ってもいいのではないかと思っていた。が、人種問題があった。不当捜査は黒人社会と警察との関係に悪影響を与えかねない。そう言われて、思いとどまったのだ。物盗《ものと》りの仕業に見せかけることはどだい無理な話だった。こんなネズミの巣のようなところにそもそも泥棒がはいるわけがなかった。

彼はもう一度ノックした。今度はより強く。ほぼ一室しかない小さなアパートメントであることはわかっていた。中で何をしていようと、玄関に出てくるのに数秒もかからないはずだ。もしかしたら、ノックの音から察知したのだろうか――こらえ性のない、苛立《いらだ》たしげなノックの音から。この建物の住人はそういうノックをしないのかもしれない。ようやくドアが開いた。イエーツのまえに現われたのは、ＦＢＩにコードネームで〝大きな赤い声《ビッグ・レッド・ヴォイス》〟と呼ばれている男だった。イエーツは言った。

「よお、ジェシー」

ハーレム
ブラッドハースト地区
西一四五丁目
同日

イエーツ捜査官はドア枠にもたれたまま、物理的に可能なかぎりアパートメントの中に体を入れた。それに対抗するかのように、ジェシー・オースティンの妻が進み出て夫に加わり、人間バリケードとなって、できるかぎり家の中を見せまいとした。そんな行動自体がイエーツを喜ばせた。この家にはこのあたりのほかの家とちがって、麻薬にしろ盗品にしろ、隠さなければならないような不法品など何も隠されていないことは、彼にもよくわかっていた。いわばためにする抗議行動だった。夫婦は手を取り合って、プライヴァシーを守ろうとしていた。なけなしの尊厳を懸けて。イエーツが体現する権力に対する見るも哀れな自己主張だった。

ジェシーは上背も横幅もあり、かつては逞《たくま》しい大男だった。が、それは昔のことで、今の彼は背中が曲がり、筋肉も削《そ》げ落ち、肥《ふと》ったというのではなく、全身がぶよぶよにたるんでしまっていた。それとは対照的に、妻のほうは体重を落としていた。十五年前、彼女は豊満な体軀《たいく》と優雅な曲線の持ち主だった。今は日々の肉体労働からすっかり瘦《や》せ細ってしまっていた。眼の下の皮膚はたるみ、額には皺《しわ》が何本か走っていた。アパートメント自体、守らなければならないようなものではなかった。寝室は居間と兼用で、居間は台所と兼用で、台所はダイニングルームと兼用で、ベッドからレンジまでは数歩で行け、レンジからバスルームまでも数歩で行けた。公正を期して言うなら、イエーツがこれまでに見てきたネズミにたかられたスラムのアパートメントの中では、ペンキがいくらかはきれいに丁寧に塗られていた。ほかのアパートメントとの何よりめだつちがいは――このアパートメントにも語るべき物語があることの唯一《ゆいいつ》の証《あか》しは――高価な家具が気まぐれに置かれていることだった。それは落ち目になった彼のキャリアの残骸《ざんがい》の中から救い出された美術館クラスの代物《しろもの》だった。場ちがいなアンティークの飾り簞笥《だんす》や装飾的なサイドテーブル。窮乏の淵《ふち》に突き落とされ、それらの家具が昔のパーク・アヴェニューの住まいを恋しがって泣いていた。

イエーツはジェシーの妻に注意を向けた――アンナ・オースティン。彼女は抑制を失うなどまずありえない、冷静で分別のある女性だった。彼女のことはイエーツも内心称賛していた。ほんとうに称賛していた。彼女もかつては美しかった。毛皮をまとい、どこかの王女のように宝石を身につけて大きな催しに出席し、裏切者の夫の腕につかまっているところを写した写真をイエーツは見たことがあったが、その写真を見ながら思ったものだ。誓ってもいい、この完璧《かんぺき》な笑み、不自然な白さのこの歯、これは絶対象牙《ぞうげ》でつくられたものだ、と。そんな見事さはもうどこにもなかった。ここまで落ちぶれ果てるとは。ダイアモンドは塵《ちり》となり、輝きは黒ずみに変わっていた。そんな苦難にもかかわらず、ジェシーが自ら招いた不必要な不幸にもかかわらず、自業《じごう》自得の窮乏にもかかわらず、アンナは今でも夫の腕につかまっていた。ただ、今の彼女は壊れたクリスマスの飾りもの、輝きもきらめきもなくした安ピカの飾りにしか見えなかった。

ジェシーが手を伸ばし、そんな妻の手を握ったのが見えた。イエーツと彼の同僚がふたりに石つぶてのように投げつけたあらゆるものにもかかわらず、ふたりは今も固い絆《きずな》で結ばれている。そういうところをわざとおれに見せつけたいのか、とイエーツは思った。イエーツがふたりに投げつけたものの中には、ジェシーの不道徳な行為の噂《うわさ》も含まれた。ジェシーが白人の少女たちにいたずらをしたというものだ。そういった申し立てはいとも簡単にでっち上げることができた。コンサートのあと、彼がファンに——若い女も混じる多くの女性ファンに——取り囲まれているところを写した写真などいくらもあるのだから。ジェシーは気軽に人と触れ合う男で、人々の肩によく手を置いたり、可愛《かわい》い少女に腕をまわしたりしていた。そのため、その噂はたちまち効果を発揮した。多くの新聞があれこれ書き立て、多くの少女が彼から不適切な行為を受けたと申し出てきた。もちろん、彼女たちはイエーツたちに促されたのだった。彼らに脅され、すかされ、共産主義のシンパとして告発されることを恐れた結果だった。が、アンナは揺るぎもせず、ことあるごとに少女たちを嘘《うそ》つきと言って非難した。FBIに毅然と立ち向かう勇気のないことを憐《あわ》れむと公言してはばからなかった。もし彼女がもっと弱い人間だったなら、夫を見捨てていたなら、ジェシー・オースティンはもう二度と立ち上がれなかっただろう。彼女は志操堅固で、真実で、揺るぎないままだった。妻が夫に対して示せる美徳のすべてを示した。ジェシーを愛しつづけ、彼のそばに寄り添い、彼の手を握りつづけた。彼のその大きな手が今でも彼女を守ってくれるかのように。同時に、彼女は現実的にもならなければならなかった。彼の大きなやさしい手はもう彼女を守れなくなっていた。彼女にはそのことがその手で殴られるより身にこたえた。それでも、ふたりが自分たちの愛を誇りに思っていることは少しも変わらなかった。自分たちの関係を大いに誇りに思っていることにはなんの変化もなかった。もしかしたら、とイエーツは思った。こいつらはおれの役立たずの頭のいかれた女房のことを誰かに吹き込まれでもしたんだろうか。内心思ったことが、彼の口をついて出た。

「たとえそうであろうと、そんなこと誰が気にする？」

ジェシーもアンナも恐れると同時に奇異な眼で彼を見た。イエーツはふたりに恐れられていることがいたく気に入っていた。

ポケットに手を入れて煙草《たばこ》を探した。車に置いてきてしまっていた。ゆうべの酒がまだ残っていた。

「ビッグ・オールド・ジェシー、教えてくれ。ソヴィエトのあんたの友達がニューヨークにいるあいだに、連中と連絡を取る予定はないのかい？　やつらのほうはあんたと連絡を取ろうとしてるよな。それも何回も何回も。手紙とか招待状とか……そういうものは全部われわれが差し止めてるが、中にはひとつかふたつ洩《も》れちまったのもあるかもしれない。それとも、誰か人を寄越してきたとか？」

ジェシーは無表情のままだった。煙草がないので、イエーツはマッチを取り出して、マッチ棒で歯をせせりはじめた。

「なあ、駆け引きはなしだ。おれたちは古い仲じゃないか。まさかソヴィエトの共産主義者のガキどもが国連の大会場で、今夜歌を歌うことになってるのを知らないなんて言うんじゃないだろうな？　子供たちは愛と世界の調和と、共産主義者どもが好きそうなあらゆることについて歌うそうだ。おれも行こうと思ってたんだがな。あんたも現われるかどうか確かめに」

アンナが答えた。

「わたしたちは何も知りません」

イエーツはアンナに顔を近づけ、アンナを無理やりうしろに退かせながら言った。

「知らない？」

ジェシーが答えた。

「ああ、私たちは何も知らない。それに、私たちの手紙を差し止める権限はあんたたちにはない」

ジェシーが答えているのに、イエーツの眼はずっとアンナに向けられていた。

「おれはそんなひかえめなあんたにいつも魅力を感じるんだよな、ミセス・オーステイン。だから、これが二十年前だったら、あんたが長いつけ睫毛《まつげ》をつけて、威張りくさって街を闊歩《かつぽ》して、お祭り騒ぎに出たり、雑誌の表紙を飾ったりしてた頃なら、うまくいってたかもしれない。おれはもうあんたにメロメロになってたかもしれない。

おれはきれいな女に弱くてね。だから、悪魔と契約して、あんたとファックできたりしてたら、ご亭主に対する捜査は取りやめてたよ。あんたはおれとのファックを愉《たの》しみながらも、おれの背中に爪《つめ》を立てて自分に言い聞かせるのさ。これはすべて夫のためにやってることだってな」

イエーツはジェシーが拳《こぶし》を握りしめたのを見た。年老いたジェシーの顔に怒りが沸き起こった。動くこともなく、あえて一歩踏み出すこともなかったが。イエーツは言った。

「やれよ、ジェシー。妻のために立ち上がれよ。男になるんだ。一発思いきって振りまわしてみろよ。その一発で、こんなネズミの巣みたいなアパートメントに女房を住まわせてることの償いが少しはできるかもしれないぜ」

ジェシー・オースティンの顔が憎しみに震えた。チェロの弦が引き絞られてぴんと張ったときのように。それでも、どうにか平静を保つと、すでに妻が言ったことを繰り返した。

「われわれはもうソヴィエト当局とどんなコンタクトも取っていない。彼らがニューヨークにやってきたことも知らなければ、彼らがどんな計画を立てているのかも何も知らない」

イエーツは尊大にうなずいて言った。

「新聞も読んでないのか？　だったら、ソヴィエトがどこにあるのかも知らないのか？　そうなのかい？　だけど、ロシア人が歌うんだぜ？　なあ、ジェシー、若くて可愛い共産主義者の女の子が歌を歌うことほど、あんたの好みにぴったり合うこともないんじゃないか？　あんたも昔は歌ってたんだろ、ちがったかい？　昔はその手のことをやってたんじゃなかったのかい？」

「昔はね、ミスター・イエーツ。ただ、あんたたちにやめさせられた」

「おれにはなんの関係もないことだよ。歌を歌うのは犯罪でもなんでもない。ただ、人気の出る歌もあれば、あんたら共産主義者が好きな歌みたいに、最近はあんまり多くの聴衆を集められない歌もあるだけの話だ。時代が変われば、好みも変わる。人々も忘れ去られる。わかるだろ、ジェシー？　悲しいことだよ。悲しいことだと思わないか？　おれだっておいおい泣きたいよ。世界じゃ悲しいことがいっぱい起きてるんだから。一生懸命築いてきたキャリアが無に帰したり、才能がすり切れちまったり。悲しい悲しい悲しいことだよ。くそ悲しいことだよ」

アンナはびくっとして、ジェシーに眼をやった。夫が何か軽率なことを言い返しはしまいかと思ったのだ。それこそイエーツの思う壺《つぼ》だった。彼女は言った。

「今日はどういうことで見えたんですか、ミスター・イエーツ？」

「おれは怒ってもいいってことかな。どうやら話をちゃんと聞いてもらえてなかったようだな。ソヴィエトはあんたらを今夜のコンサートに招待した。あんたらに接触しようとした彼らの試みのひとつやふたつは、こっちも阻止できたかもしれない。だけど、彼らはそう簡単にはあきらめない。今夜あんたに姿を見せてもらいたがってる。おれが知りたいのは、それはなぜなのかってことだ。あんたらみたいな輩《やから》に眼を光らせてるのがおれの仕事なんで——」

イエーツのことばをさえぎって、ジェシーが言った。

「私たちのような輩というのはどういう輩のことだ？」

イエーツはまわりくどい物言いに自らうんざりしはじめていた。

「おれが話してるのがどういう輩かって？　それはソヴィエトと戦争になっても、自分はアメリカのためには戦わないなんてことを歌ったレコードを出して、飯を食ってた輩のことだ。この国に住みながら、ことあるごとに国への背信を表明してる輩のことだ。どんなやつのことを話してると思った？　共産主義者のことだよ、おれが話してるのは」

イエーツはジェシーの靴を見た。履き古された靴だったが、すばらしい素材の高級品であるのはまちがいなかった。イタリア製か、ブランド物のようだった。それまたジェシーが大金を――イエーツが一生かかって稼ぐ額を――一年で稼いでいた頃の名残だった。しかし、今はそんなことが誰にわかる？　なおも靴を見ながら、イエーツは続けた。

「ジェシー、おれには何が一番腹立たしいかわかるか？」

「あんたには腹立たしいことがたくさんあることだけはわかるが、ミスター・イエーツ」

「それは当たってるよ。多くのことがおれの体を熱くしてくれる。だけど、何より腹立たしいのは、あんたみたいにこの国でうまくやり、何もないところからいっぱい金を稼ぎ出して、大いに成功しておきながら、この国に背を向けて、ほかの国とベッドにはいるようなやつらがいることだ。ソヴィエトはあんたに何も与えちゃくれなかった。やつらは自分たちの国民さえ食わすことができないんだからな。なんでおれたちじゃなくて、そんなやつらを愛することができるんだ、ええ？　どうしておれたちのことじゃなくて、やつらのことを歌うなんてことができるんだ？　あんた自身がアメリカン・ドリームじゃないのか？　それがわからないのか？　あんたはアメリカン・ドリームそのものじゃないのか？　恥を知れよ」

イエーツは額の汗を拭《ぬぐ》った。心臓の鼓動が高鳴っていた。もう面白くもなんともなくなっていた。彼は深呼吸をして言った。

「ここはやけに暑いな。よくこんなところで寝られるもんだ。どうやって息をしてるのかもおれにはわからんね。あんたらの肺はたぶんおれたちのとは種類のちがう肺なんだろうな」

アンナがやさしい声音で言った。

「息をするのはわたしたちもあなたたちと変わりません、イエーツ捜査官」

イエーツはアンナのことばを疑うかのように唇を歪《ゆが》めて言った。

「あんたらがまえに住んでたところにはエアコンがあったよな？　さぞエアコンが恋しいことだろうよ」

ふたりは何も答えなかった。イエーツはふたりを挑発することに興味をなくして言った。

「いいか、今日はもう終わりにしよう。いなくなってやるよ。あんたらだけにしてやる。だけど、帰るまえにひとつだけ最後に訊《き》かせてくれ。おれたち誰もが考えなきゃならない哲学的な問題だ。ソヴィエト連邦にも自分の国を憎んでる連中がいるとは思わないか？　そういう連中はこっちに住んで、あんたらはあっちへ行って住んだら、世界はもっとずっと単純になるとは思わないか？」

　ジェシーが即座に答えた。

「ミスター・イエーツ、私のことを侮辱したいなら好きなだけすればいい。だけど、この国はあなたの国であるのと同じくらい私の国だ。私の国じゃないなどとは言わせない。それは――」

　立ち去りかけながらも、イエーツはジェシーのことばをさえぎって言った。

「おれはあんたにただ言ってるんじゃない、ジェシー。あんたにわからせようとしてるんだ。それからもうひとつ。今夜のコンサートには近づかないのが賢明というものだ。近づいたりしなければ、それであんたも賢い爺《じい》さんになれるってことだ」

マンハッタン
同日

　震えを抑えるために、エレナは手をぎゅっと強く握りしめ、拳をつくった。心臓が胸骨を叩《たた》いていた。一秒に二度も。落ち着く必要があった。彼らの最初の計画はうまく進んだ。誰にも見られることなく、ホテルを出るところまではうまくいった。〈グランド・メトロポリタン〉の造りは、恋人のミハイル・イワノフがまえもって調べていて、警備の手薄なところもわかっていた。五階にあるプールとサンテラスは、正面入口からしか監視されていなかった。アメリカの秘密警察はそこにはほかに出入口はないと誤った判断をしたのだ。

　彼女を乗せたタクシーはセントラル・パークを過ぎ、市の北に向かって走っていた。彼女も心のどこかではわかっていた。まわりを、公園を、高層住宅を、歩道を歩く人々をしっかり見るべきだと。しかし、どうしても気が散り、心を景色に集中させることができなかった。何もかもがぼやけて見えた。バックミラー越しに誰かにあとを尾《つ》けられていないか確かめた。これほどの交通量の中を走るのは初めての経験だった。信じられないほど多くの車が走っていた。公用車はごく少なかった。大半が個人の所有する車のように見えた。これほど気分が悪く、頭がくらくらしていなければ、この経験もきっと大いに愉しめたことだろう。気分が悪いのは車に揺られているせいだ。彼女は自分にそう言い聞かせた。神経が昂《たか》ぶりすぎているせいとは思いたくなかった。これまでの人生において彼女は妹であり、ずっと弱いほうの人間だった——二人姉妹のうち、おとなしくて、品行方正で、決してトラブルを惹《ひ》き起こしたりしないほうのひとりだった。彼女とは対照的に、姉のゾーヤは独立心と意志が強く、人に強い印象を与えるタイプだった。そのためふたりのことはいつもゾーヤが決め、エレナに対するゾーヤの権威は絶対的で、エレナは常に従順に姉の判断に従っていた。ふたりの関係はエレナの記憶にあるかぎりずっとその繰り返しだった。しかし、言うまでもなく、エレナもひとりの独立した人間である以上、今こそ姉の陰から姿を現わし、自らのアイデンティティを確立するときだった。これほど重要なことを任されたのは生まれて初めてのことで、そんな彼女の隠れた能力を見いだしたのは家族以外の人間だった。ミハイルに選ばれたのだ。彼は彼女を立派な大人と見なして、対等に扱ってくれた。恋に落ちるまえから、彼女に対して上からものを言うことはなかった。今回の旅行における彼のほんとうの任務を打ち明け、彼女を相談相手に選んでくれたのだ。

ミハイルは宣伝省《プロパガンダ》の〈A機関〉と呼ばれる秘密部署の役人で、エレナには、自分の仕事は共産主義と外国の資本主義との相違を明確にすることだと説明していた。資本主義の制度化された不公正を指摘し、軍事力にも恐怖の行使にも頼らない共産主義を世界に知らしめることだと――すなわち、自分たちの国民に対する過去の過剰な政策に汚されたイデオロギーを若返らせる試みだ、と。そればかりか、エレナから実の両親を殺された話を聞くと、党も過去に過《あやま》ちを犯してきたと素直に認め、そうした過ちがイデオロギーの優越性をわかりにくくしてしまったのだと言った。共産主義とは、人種および性における平等性を旨《むね》とする思想であり、大多数にとっての経済的苦難とごく少数のための贅沢《ぜいたく》に終止符を打つものだ、と。エレナは個人的には迫害と偏見に強い関心を抱いていた。だから、そうした悪弊を世界からなくすことにいくらかでも寄与できる機会を提供されると、自分に振られた役まわりを演じることに一も二もなく飛びついた。スターリンの統治時代、彼女は実の両親も含めて多くのものを失っていた。それでも、ひとりの暴君のおぞましい圧政などによって、平等な社会を実現するという夢を損なわさせてはならない。そう信じていた。レオのようにシニカルになることを彼女は自分に許していなかった。

〈A機関〉は本の出版に資金を提供したり、シンパに補助金を供与したりといった――ミハイルのことばを借りれば――〝受身の〟外交政策だけに関与していた。国家間に小さな不和の種を蒔《ま》くための非暴力機関で、アメリカの学者やジャーナリストを雇い、資本主義社会の瑕疵《かし》を正直に報告させたり、どの出版社も出したがらない、物議をかもすような本ばかりを刊行する出版社を設立したりしていた。その出版目録には、ケネディは武器商人や石油王からなる極右結社によっていかに暗殺されたか、といった内容のものが含まれた。そうした本は商業的に成功することはないものの、学術的には大いに評価された。同じようなものとしてはほかにフェミニストのためのテキストがあった。が、その類《たぐ》いの本の反応を見るかぎり、女性に直接働きかけて、アメリカを変えていける現実性はほとんどないことが判明する。〈A機関〉はそのフェミニストのテキストの失敗から――実際、部数も百部かそこらしか売れなかった――性差に偏《かたよ》ったマニフェストに革命の先鋒《せんぽう》を務めさせることはむずかしいという結論に達すると、方向転換し、照準を人種問題に向ける。そして、アトランタやメンフィスやオークランドやデトロイトといった都市に狙《ねら》いをつけ、本ではなくパンフレットをその街角で無料で配りはじめる。黒人の不満を煽《あお》るそのパンフレットには、繰り返し次のような刺激的な見出しが載った。

黒人男性の平均年収は四千ドル！
白人男性の平均年収は七千ドル！
黒人の赤ん坊は白人の赤ん坊より三倍も死にやすい！
極貧の黒人家庭は白人家庭の三倍！

エレナとミハイルはベッドに横たわり、共産主義がその一番の魅力――その一番の存在理由――を訴えることをいかに軽視してきたか、何時間も話し合った。彼女は彼の情熱に魅了され、彼の仕事に関われることを得意に思った。ミハイルとは対照的に、彼女の今の家族にはなんらかのイデオロギーを持っている者はひとりもいなかった。ライーサは自分の学校に直接関係すること以外、政治の話は一切しなかった。レオにいたってはそうした話題自体まったく口にしなかった。まるでそれが禁止事項か何かのように。エレナはそんなレオを気の毒に思っていた――レオは暴君に仕えることを余儀なくされ、自らの理想を汚されてしまったのだ。レオにはあとに戻ることはもうできない。希望を感じる力ももうなくしている。家族以外にはもう何も信じていない。しかし、彼が夢をなくしたからといって、自分までなくさなければならないことはない。エレナはそう思っていた。そんな彼女にとってミハイルはまさに信じるに足る男だった。恋をする経験については、一度姉から打ち明けられたことがあったが、エレナには姉が説明してくれた感情が百パーセント理解できたためしがなかった。ミハイルと出会うまでは。愛とは称賛と献身のことだ。彼のためならなんでもできる。なぜなら、彼もまたわたしのためならなんでもしてくれることがわかっているからだ。エレナはそう思った。

タクシーは今、西一二〇丁目を通り過ぎた——目的地、西一四五丁目はもうすぐだ。

ハーレム
ブラッドハースト地区
西一四五丁目
同日

イエーツは階段を降りた。廊下にはのぼったときにいたのと同じ役立たずの若者たちが屯《たむろ》していた。イエーツは彼らにうなずいて言った。

「忙しそうだな、紳士諸君?」

彼らは何も答えなかった。イエーツは笑った。彼らの中にひとりでも、オーステインがその昔歌っていた歌を一曲でも知っている者がいるかどうか、疑問だった。〝大きな赤い声《ビッグ・レッド・ヴォイス》〟はかつては何百万もの聴衆に向かって歌ったものだが、今は白人同様、黒人にも忘れ去られている。それは金持ちについても貧乏人についても言える。この廊下にいる連中は最上階に住んでいる老人がどんな男なのかもわかっていないのではないか。少なくとも、三十歳以下の人間で彼の成功を覚えている者はひとりもいないだろう。ジェシー・オースティンはもうラジオからも流れていなかった。レコードも店で売られていなかった。彼のことばが新聞に載ることも、彼のインタヴューが大衆向け雑誌に載ることも絶えてなかった。ジェシー・オースティンはすっかり弱々しくなって、妻が眼のまえで侮辱されても、もう妻のために立ち上がる気力さえなくしてしまっていた。人のキャリアを叩きつぶすというのは、どちらかと言えば単刀直入にやれることだが、人の心をへし折るというのはまったく別のことだ。ジェシーの立ち居振る舞い――背中の曲がった体で、戸口に頼りなく佇《たたず》み、口応《くちごた》えさえできなかったジェシーを見て、イエーツは最後のその特別な勝利の日も近いことを確信した。

だからよけい訝《いぶか》しかった。どうしてソヴィエトのやつらは執拗《しつよう》にオースティンと連絡を取ろうとしているのか。どうして今夜のコンサートに来させたがっているのか。やつらは彼に何を望んでいるのか？　国連にはいる許可がオースティンにおりる保証などどこにもないのに。それでも、オースティンが何も知らないというのは嘘《うそ》だ。それはまちがいない。何かおかしい――何か見逃しているものがある。自分には見えていない計画がある。イエーツの第六感は彼にそう告げていた。ここまで長く痛めつけてきておきながら、最後の最後でジェシー・オースティンにスポットライトがあたるのを許してしまってはなんにもならない。

アパートメント・ビルを出たときには、一日酔いの影響もいくらか薄れていた。煙草《たばこ》を探してポケットを探り、車の中に置いてきたことをまた思い出した。別の階段にはまた別の若者のグループがいた。全部で四人、ふたりは階段に坐《すわ》り込み、ふたりは立っていた。役立たずにしては滑稽《こっけい》なほど着飾っていた。きれいなシャツの裾《すそ》をズボンの中に入れ、ヴェストをつけ、ジャケットを着ていた。ふたりはネクタイまでしめていた。まるで銀行ででも働いているかのように。手巻き煙草を吸っていた。イェーツは彼らのところまで歩くと、馬鹿《ばか》丁寧な口調で言った。

「どなたか私に一本巻いてくださる方はおられませんかね?」

車まで行くほうが簡単だったが、このほうが彼は愉《たの》しかった。若者たちは顔を見合わせ、彼の要求を無言で値踏みした。彼がお巡りであることはわかっていた。およそ好きになれない相手だった。それでも、ノーとは言えなかった。

さあ、おれのあとから繰り返して言ってくれ——おまえらの憎しみにはなんの意味もない。

いかにも通りを闊歩《かっぽ》しそうな逞《たくま》しい若者たちが、彼のまえでは、女々しい同性愛者のような、従順な召使いのような、情けない態度を取るのを見るのには、ぞくぞくするような快感があった。

一番若そうな男が煙草を取り出し、完璧《かんぺき》な一本を巻いた。イエーツに難癖をつけられないように慎重に巻いた。賢い男だった。尊大な態度はどれほど些細《ささい》なものでもイエーツを刺激することをちゃんと心得ていた。巻きおえると、イエーツに手渡した。ポケットにはいっているのに。

イエーツは受け取ったものの、自分のマッチを取り出そうとはしなかった。ポケットにはいっているのに。

「吸うまえにちょこっと火をつけてもらえると嬉《うれ》しいんだがね」

別の若者がマッチをつけ、しっかりとした手つきでイエーツのまえに差し出した。イエーツは煙草の先を炎に近づけ、火をつけて煙を吸い込むと、感謝の笑みを浮かべた。

「これほど安っぽい煙草を最後に吸ったのはいつだったかな。煙草を吸いはじめたガキの頃を思い出すよ。きみたちはなんとも生産的な日を送ってるな。いつまでも日光浴を愉しんでるといい」

マッチをつけた男は乱暴に手を振って火を消した――それが感情をあらわにするせめてもの行為だった。イエーツは今度は深々と吸って煙草を愉しんだ――気持ちのいい晴れた日、なんとも愉快なひとときだった。

タクシーが停まった。エレナは窓の外を見た。ここにちがいない――西一四五丁目。泊まっているホテルのある四十四丁目同様、その通りにも大勢の人がいたが、雰囲気はまったく異なっていた。忙しくしている者もいたが、多くはただぶらぶらしているだけだった。エレナは自分がどれほど人目を惹いているかと思うと、不安になった。流行とは無縁の恰好《かっこう》をした十七歳のソヴィエト娘。市《まち》のこともこの界隈《かいわい》のこともこの国の文化のことも、自分は何もわかっていない。しかし、時間がなかった。あと一時間ちょっとのうちに戻らなければ、ホテルにいないことがみんなに知れてしまうだろう。ライーサが国連本部での打ち合わせから帰ってきたら、昼食時に――舞台稽古のまえに――ミーティングがあるのだ。エレナは腕時計を見た。タクシーには三十分以上乗っていた。ミハイルの計算より時間がかかっていた。その遅れは、オースティン同志を探して話す時間がそれだけ短くなったことを意味する。オースティン同志は今は世捨て人のような暮らしを送っているということだ。もう歌は歌っておらず、めったに自宅のアパートメントを出ることもなく、職もなく、ＦＢＩのさまざまな圧力に虐《しいた》げられ、無気力に暮らしているということだった。

運転手――白人の男――が振り返り、心配そうに彼女を見やった。

「ほんとにここでいいんだね？」

エレナの英語はかなり上達していた。それでも、運転手の言いまわしには戸惑い、ただ住所を繰り返した。

「西一四五丁目」

運転手はうなずいて言った。

「それはまちがいなくここだよ。ただ、あんたみたいなお嬢さん向きのところじゃないだけで」

意味がわからないまま、エレナは言った。

「いくらですか？」

運転手はメーターを示した。エレナはミハイルにもらった金を取り出した。

「待っててもらえますか？」

「どれぐらい？」

「二十分ほど」

運転手はなんとも言えない顔をした。エレナは五ドル払った。運転手は見るからに嬉しそうな顔をした。エレナはその変化を見て取った。これでかなりの額なのだ。

「待っていてくれたら、もっと払います」

運転手はうなずいた。顔つきがまるで変わっていた。エレナは運転手のことを不快に思った。ドル札を見ると性格まで変わってしまうとは。お金などに恋してしまっているとは。

「待ってるよ。だけど、二十分だけだからね。遅れたら、行っちまうよ」

エレナはタクシーを降りて、ドアを閉めた。

タクシーのまえには日除《ひよ》けの布の幌《ほろ》がついた昔ながらの木の荷車が停まっていた。荷台には氷が山のように積まれていたが、暑さの中、へりがどんどん溶けて、まるくなっていた。そんな氷の中に貝が置かれていた。青白い貝殻の貝で、柄杓《ひしゃく》ですくわれ、スパイスを加えて調理され、火の中でじゅうじゅうと音をたて、三角錐《すい》にした新聞紙に入れて売られていた。埃《ほこり》っぽい通りには、四十四丁目のように何台もの車は停まっていなかった。子供たちがボールを使ったり、ただ飛び跳ねたりして遊んでいた。その中には貝売りの男に氷のかけらをねだっている者もいたが、貝売りの男は拳《こぶし》を突き出して、子供たちを追い払っていた。あたりの建物は見るかぎり、どの建物もちゃんとしたもののように見えた。エレナが住んでいるところのように、薄汚れたコンクリートではできておらず、また人の住む建物として高すぎもしなかった。どっしりとしたレンガ造りで、金属製の非常階段がそれに彩《いろど》りを添えていた。窓のひとつにこんな表示板が出ていた。

階段に屯《たむろ》すること、厳にお断わり

エレナにはすべての単語が理解できたわけではなかったが、玄関の階段に坐り込まないようにと言っているのはわかった。実際には、どの階段にも男たちの一団がしゃがみ込んでおり、なんとも滑稽な〝お断わり〟だった。

そのアパートメントの番地はもう少し先だった。エレナは貝売りの屋台のまえを歩いた。子供たちが不ぞろいの氷のかけらを舐《な》めていた。貝売りの男が見ていない隙《すき》を狙《ねら》って盗んだのだろう。エレナは、生まれてこの方これほど自分が場ちがいなところにいるように思えたことはなかった。自分のことが強く意識され、タクシーに駆け戻ることなく歩きつづけるのにはかなりの努力を要した。目的の場所はそう離れてはいなかった。すぐ眼のまえに見えていた。

玄関の階段に男が立っていた。スーツ姿の背の高い白人の男で、煙草を吸っていた。オースティン同志はアメリカの秘密警察の監視下にある――エレナはそう聞いていた。

その男がそういう男なのかどうかはわからなかった。が、どう見ても男も場ちがいだった。それは彼女自身がそうであるのと同じくらい明らかだった。エレナは身を隠す場所を探して、すばやくあたりを見まわした。が、遅すぎた。男はすでに彼女に気づいていた。選択の余地はなかった。歩を速め、急いでいるふりをした。それと同時に男が階段を降りてきて、彼女の行くまえに立った。近づくと、エレナは眼を伏せ、地面を見つめ、息を殺した。

ふたりは歩道ですれちがった。向かっている先はどこか別のところであるふうを装《よそお》い、彼女はオースティンの住んでいるアパートメント・ビルのまえを通り過ぎた。そして、角を曲がるなり、建物の壁に背中を押しつけた。このままではオースティンのアパートメントには行き着けない。同時に、もうタクシーに引き返すこともできなくなった。

同日

自分のことを楽天主義者と考えているジェシー・オースティンにとって、絶望というものにつけ狙われ、時々、視野の隅にその影が察知されるのはなんとも奇妙な感覚だった。妻が家の中をただ歩いているようなときでさえ、妻の体から深い疲労がにじみ出ているように思えることがあった。かつては特徴的だったきびきびとした歩き方が、今は上体を揺すりながらの重たげな足取りに変わっていた。重労働より金の心配より、消耗と疲労が深く進行していた。骨にまで沁《し》み込み、彼女の骨を鉛のように重くしていた。実際、アンナはくたびれきっていた。とぎれることのない心配事が彼女の髪をもつれさせ、眼の輝きを鈍らせ、唇からは血の気を奪い、話し方まで変えてしまっていた。彼女のことばにはもはや茶目っ気はなかった。いたずらっぽい知性を感じさせる、歌うような声音はもうすっかりなりをひそめてしまっていた。今の彼女のことばは、音節ひとつひとつがまるで肩に置かれた重荷のように唇からこぼれ落ちた。それが何より彼女の疲労を物語っていた。一晩ぐっすり寝ても、数日休みを取っても消えない疲れを。そのため、ジェシーは近年、アンナの強さと驚異的な回復力は、神からの授かりものというより神の呪《のろ》いだったのではないかと思うことさえあった。これがアンナ以外の人間なら誰でも、ストレスに耐えきれず、とっくに彼のもとを去っていただろう。同業者も友達もみな彼を見かぎったように。その中には彼に不利な証言をした者さえいた。彼らは非米活動調査委員会の聴聞会《ちょうもんかい》で、怒りに震え、まるで彼が殺人事件の犯人ででもあるかのように彼を指差した。アンナはちがった。一秒たりと彼を疑うことはなかった。ジェシーが彼女の愛の大きさに比べて自らの卑小さを思うことなく過ぎる日は、一日たりとなかった。

しかも彼女は正しかった。彼が敵にまわしてしまった男たちはみな執念深く、忘れることを知らない輩《やから》であることを彼女は最初の頃から予言していた。その予言に対して、ジェシーはよくジョークを言ったものだ。当局がどんなものを奪おうと、この声だけは奪えない。この声があるかぎり、歌は歌いつづけられる、と。その判断はまちがっていた。一九三〇年代、彼は二万人の聴衆に向けて歌っていた。一九三七年のツアーでは、世界で百万人を超す聴衆を集めた。今ではもうどんなところからも声はかからなかった。大きなコンサート・ホールは言うに及ばず、世界で一番小さくて、一番煙たくて、歌声より酒壜《さかびん》のぶつかる音のほうが大きいような酒場からも。物議をかもしそうな歌は発表しないという契約書にサインするだけでは足りなかった。検閲を受けて、人畜無害と認められたものしか歌わないと誓っただけでも足りなかった。彼のコンサートがあった会場は翌日、必ず保健や公安関係の役人の立入り検査を受けた。風紀紊乱《びんらん》にしろ、通りでの喧嘩《けんか》にしろ、そういう申し立てがあったということで、警察がやってくることもあった。そして、どんな場合であれ、そのコンサート会場はその後数週間閉鎖させられた。主義主張のある興行主は当然憤《いきどお》った。が、どんなに憤ろうと、彼らにしても同じ過《あやま》ちを二度犯すことはできなかった。二度の同じ過ちはライセンスの剝奪《はくだつ》を意味した。かつてはコンサートのあと、ドル札でいっぱいになったレジスターのそばで、眼に涙を浮かべてジェシーに握手を求めた興行主なのに、彼らには真実を認める品位さえなかった。ジェシーとしても彼らが自分たちの利益を考えることは理解できた。しかし、嘘《うそ》までつく必要がどこにあったのか。彼らは彼にこう言ったのだ。あんたはもう歳《とし》を取りすぎたと。あんたの音楽はもう流行《はや》らないと。彼らは自分たちの意気地のなさを認めるかわりに、彼を侮辱することを選んだのだった。

彼が大きな舞台に姿を現わし、最後に〝パフォーマンス〟を演じたのが、一九五六年七月に開かれた非米活動調査委員会の席上だったというのは、まさに残酷なジョークとしか言いようがない。下院議員たちは、ジェシー・オースティンが共産主義を礼賛し、アメリカを批判したことばを引用して、彼を難詰《なんきつ》した――あなたはアメリカ合衆国よりソヴィエト連邦にいるほうがくつろいだ気持ちになれると言ったそうだが？　ジェシーは自分がそう言ったときの真意を説明しようとした。自分は外国で尊敬され、自国ではほかの黒人同様、差別され、抑圧されていると言っただけだと。聴聞会では、一九五〇年、彼のモスクワの〈ハンマーと鎌《かま》〉工場でのスピーチを映したフィルムも上映され、その画面の下には誤った翻訳の字幕が出た。

ジェシー・オースティン：自由の女神はここにあります。ニューヨークではなく、ここモスクワに。

聴聞会場のあちこちから驚きの喘《あえ》ぎ声が起こり、記者たちが手帳にペンを走らせる音が聞こえた。ジェシーはすでに弁護士たちに莫大《ばくだい》な報酬を払っていた。が、結局のところ、あてこすりに対してはどんな弁護もできないということがわかっただけだった。聴聞会では前後の脈絡から切り離された引用が何度もなされ、そのことばだけがひとり歩きした。彼が非共産主義者を表明する宣誓供述書に署名しなかったことも争点になった。彼がモスクワを訪問したときの写真も委員たちにまわされた。その写真には彼のそばに立つ男たちも一緒に写っており、その男たちの何人かについてはペンで丸く囲んであった。そして、彼らはKGBの捜査官だと説明され、自国民を虐殺《ぎゃくさつ》し、奴隷化《どれいか》する怪物のような存在として公然と非難された。ジェシーは抗議した――委員会はそうした糾弾をするための証拠を何も持っていないではないかと。委員たちは怒鳴り返した――丸で囲まれたこの男たちは秘密警察の人間であり、秘密警察が恐怖の装置であることはすでに立証されていると。平等と公正についてのあなたのことばを嘲笑《あざわら》うような、ソ連における強制労働収容所の存在をあなたは否定するのか？　ジェシーは反駁《はんばく》した――そういうものがあるとして、厳格な手段はすべてファシストに対するものだ。ドイツではびこり、その結果、何百万もの人々を死に追いやったファシズムに対するものだ。そんなファシストが何人か死ぬことがあっても、私は涙を流したりはしないだろう。

いかなる法廷も彼を有罪にすることはできなかった。それがどんな罪であれ。にもかかわらず、彼はパスポートを取り上げられ、それ以降ソヴィエト連邦に行くことはできなくなった。イギリスやフランスやカナダといった非共産国からの招待も受けられなくなった。公演の依頼も来なくなった。レコード録音も不可能になり、どのラジオ局も彼の曲を流さなくなった。どのレコード会社も彼のレコードをリリースしなくなった。どのレコード店も彼のアルバムを置かなくなり、商品カタログの中からも抹消され、彼がこれまで成し遂げたことは誰の眼にも触れなくなった。それで印税収入がとだえた。国は、十六歳のときからの納税者であり、何万ドルもの外貨獲得者である彼の生計を奪い、税金を納めるための源泉を断った。その結果、彼の年収は四百ドルにも満たなくなった。それまでの貯蓄は弁護士への報酬となって消えた。訴訟の中には契約不履行でレコード会社を彼が訴えたものも含まれた。が、どの法廷でも彼に有利な裁定はくだらなかった。その結果、十二年の歳月を経て、彼は最後には極貧の徒となった。それが国の望んだことだった。彼は歌を歌いはじめた頃と同様、無一文となった。セントラル・パークにほど近いところにあったアパートメントも売らざるをえなくなった。そのときFBIはどんな買い手にも彼の経済状態をこっそりと教えた。それは明らかだった。売れた価格は通常の市場価格の半分だったのだから。その額では負債をまかなうことはできなかった。

アンナは窓を開けると、窓敷居に腰かけ、通りを見下ろした。ほつれ髪が顔にかかった。すぐにはそよとも吹きそうにない風を待つかのように。ジェシーはそんな彼女のそばに立つと、細い腰に腕をまわして彼女の肩に頭をあずけた。すまない、と千回でも彼女に言いたかった。が、そのことばは干からび、彼の咽喉《のど》に貼《は》りついたままになった。

ドアをノックする音に、ふたりはそろって振り返った。ジェシーには妻が体をこわばらせたのがわかった。捜査官のノックと、同じアパートメント・ビルの住人のノックとのちがいは、そのあとに続く静寂にあった。友人の場合、そのあと必ず呼ばわり、廊下のいつものざわめきがとぎれることもない。捜査官が来た場合には建物全体が静寂に包まれる——吹き抜け階段も静かになる。誰もがそれまでしていたことをやめ、見つめ、待つからだ。ジェシーは、イエーツがどんな些細《ささい》な挑発の機会も逃さないことを改めて自分に思い出させながら、ドアに向かった。そして、ドアノブをつかみ、気持ちを奮い立たせ、ドアを開けた。

イエーツではなかった。トム・フルーカーだった。同じブロックの角で、小さな金物屋を営んでいる六十代の気むずかし屋だった。彼の脇《わき》に長い黒髪の白人の少女が立っていた。ジェシーの知らない少女だった。ジェシーが問いかけるまえから、トムはいきなり長広舌を振るった。

「裏でうろうろしてるのを——泥棒みたいにこそこそしてるのを——見つけたんだが、この子はあんたに会いたいんだそうだ。だったら、どうしてみんなとおんなじように玄関からはいらないのかって訊《き》いたんだが、なんか困ったような顔をされちまった。

おれの言ってることが理解できないみたいなのさ。で、おれは最初耳が聞こえないのかって思ったんだが、ほんとのところ、英語があんまりわからないようだ。話しことばには訛《なま》りがあるしな。それでも、話をもっと注意深く聞いてわかったんだが、なんと、この子はロシア人なんだよ！　ロシア人の少女がこんなところで何をしてるのか。なんであんたを探してるのか。こっちとしちゃ面倒はごめんだからね。面倒なんてものはもう売るほどあるんだから」

ジェシーは若い娘に眼をやり、その眼をまたトムに向けた。トムの顔はさも腹立たしげに歪《ゆが》んでいた。ＦＢＩは地域社会の中でも彼を孤立させようとしていた。その結果、友人も見知らぬ者も聖職者も商店主も彼の共産主義者的な考え方を公然と否定するようになっていた。ジェシー・オースティンは自分たちの面《つら》汚しであり、アメリカをひとつにしていくための自分たちの熱意を代弁する者でなどありえない。それが彼らの主張だった。公然とは彼を非難しない者たちもいたが、彼らは彼らでジェシーがまわりからの敵意を招いているのは自業自得《じごう》だと思っていた。そんな彼らが自分たちの手で地域社会を改善し、自分たちの権利を獲得していくにつれ、ジェシーは背後に押しやられた。トムはそういった地域住民のひとりだった。身を粉にして働き、自分の店を持つまでになった男で、子供に金を持たせて世界に送り出すというのが彼の夢であり、その夢の中では、ジェシーはよけいな障害物でしかなかった。そもそもトムにはイデオロギーのことを考えている暇などなかった。週末にレジの中の金を数えること。それが彼の仕事であり、ジェシーのような輩は商売の邪魔にしかならない存在だった。ジェシーのほうはトムのように考えたことは一度もなかった。不正に従わざるをえない事実は甘受しても、そのために自らの信念を改めるなど、彼には考えられないことだった。それこそ最悪の隷属だった。まちがっているのは相手のほうなのに、その相手を怒らせまいとして、正しいことをするのを躊躇《ちゅうちょ》するというのは。

若い娘のほうを向いて、トムが言った。

「おまえはロシア人なんだろ？　彼に言いなさい」

彼女はまえに進み出て言った。

「わたしはエレナといいます。ミスター・オースティン、お話しさせてもらえますか？　あまり時間がないのです」

どう聞いても母国語とは思えなかったが、それでも彼女は英語を話していた。

「ありがとう、トム。あとはこっちでやるから」

何かもっと言うべきかどうか、トムはためらった。ＦＢＩに通報して、このことと自分とのあいだに早く距離を置きたがってはいるとしても、トムが実際に密告をするような男でないことはジェシーにもよくわかっていた。どれほどジェシーと考えを異にしようと、トムはそういう男ではなかった。

ジェシーたちに背を向けると、トムはうしろを振り返ることもなく階段を降りていった。いかにも信じられないといった体《てい》で首を振り、まるでそれが昔ながらの罵声語《ばせいご》ででもあるかのように、同じことばを繰り返しながら。

「ロシア人がハーレムにいるとは！」

同日

いい結果にはならない。そのことを即座に察知して、アンナは頭を垂れた。ふたりはイエーツ捜査官に嘘をついていた――今夜国連で開かれるコンサートについてはふたりとも知っていた。そのコンサートに来るようにという説得の試みは、ＣＰＵＳＡ――アメリカ合衆国共産党――のメンバーによって四回もなされていた。彼らは国連の外に集まる共産主義シンパに向けて、彼に演説をさせたがっていた。説得のたびに、手を替え品を替えあれこれ試していた。マルクスが書いたことならほとんどなんでも引用できる頭のいい老人を寄越したこともあれば、やたらとジェシーを誉《ほ》めそやす若い女がやってきたこともあった。団結を強く求める好戦的な若い共産主義者が来たことも。同じようにＦＢＩに悩まされている――少なくとも、本人たちの言に従えば――中年夫婦が送られてきたこともあった。が、そのたびにジェシーは断わっていた。自分はもう引退した身であり、歳を取りすぎている。大義のための演説ならすでに充分すぎるほどやってきた。闘争に必要なのはもっと別な人、もっと若い人だ。彼はそう答えた。そんな彼を彼らは詰《なじ》った。すっかり無気力になっていると言って。彼はそれを否定しなかった。もうこれ以上、無気力な人間にはかまわないでほしいと応じ、戸口で手を振り、訪ねてきた全員を引き取らせていた。

真摯《しんし》と純真に、無垢《むく》と理想主義という砂糖をまぶしたようなこの少女が、彼らの最後の説得の手段であることはまちがいなかった。これまでに比べたら、はるかに賢明な選択だった。この少女には理論も引用も詰め込まれていなかった。希望と夢に光り輝いていた。何かを信じていた。慎重な計算に基づいて、この少女が選ばれていることがアンナにはわかった。セックスなどとはまったく関係のない選択だ。ジェシー・オースティンは少女に性的興味を覚えるような男ではない。アンナのほうも、隙《すき》を見つけては浮気をしている夫と暮らしながら、その節操を信じて疑わないような盲目の妻ではなかった。浮気夫というのはFBIが描いた毒々しい偽画だった。チャンスはそれこそ数えきれないほどあっただろうが、四十年近い結婚生活でジェシーがアンナを裏切ったことは一度もなかった。彼はハンサムで、女に称賛の涙を流させることのできる声の持ち主だった。若い頃にはツアーに出ると、彼が思わせぶりな視線を送りさえすれば、自分から進んで服を脱ぎそうな女たちが楽屋のまえに列をなした。多くの者がアンナは馬鹿《ばか》だと言った。彼は嘘の達人で、なんでも女に信じさせることのできる甘いことばと甘い声の持ち主ではないか、と。アンナはそんなことを言う大多数よりはるかに賢い女だった。ふしだらさではなく、むしろ節操こそ彼の問題点だった。ジェシー・オースティンはそれが欠点となるほど節操を尽くす男だった――人生を犠牲にしてまでも共産主義という愛人に節操を尽くした男だった。

ジェシーのその節操が現在の彼らの苦境を招いたのだ。が、そのことでアンナが彼を責めたことは一度もなかった。彼女の友達は彼に口を閉じさせるよう彼女に懇願した。それまでの言説を取り下げさせ、うわべだけでも謝罪させ、圧力を緩和させるべきだ、と。彼女はそうした忠告には一切従わなかった。ジェシーは腹蔵なくものを言う情熱的な男で、それが彼女が恋した男の性格だった。彼の音楽はそんな彼の信念の延長線上にある。だから、彼の音楽と彼の信念は切っても切れないものであり、彼の性格はほぐすことも下手に手を加えることもできないものだった。彼をただ人あたりがいいだけの人畜無害の人間にすることは誰にもできない。とはいえ、それが今日までどれほど揺るぎない彼女のジェシー・オースティン像であろうと、実際のところ、苦々しさが彼女の血管に満ち潮のようにあふれたときもあった。彼女は彼のマネージャーでもあり、彼のキャリアは彼女のキャリアでもあったからだ。なのに、すべての仕事が、すべての業績が、砂浜に描かれた絵のように波に洗われてしまったのだ。自分たちが得て失ったすべてのことを思うと、力が失《う》せ、心が萎《しお》れ、共産主義のない自分たちの人生を想像してしまうこともないではなかった。そんなときには、共産主義ということばの響きさえ疎《うと》ましくなった。音節ひとつひとつに嫌悪《けんお》を覚えた。それでも、ジェシーへの彼女の愛が薄れることは決してなかった。

アンナは若い訪問者を急《せ》かして中に招き入れてドアを閉めるジェシーの足取りの軽さに気づいた。イエーツと話したあと、あれほど落胆していたのに、そんなところは新しい陽を浴びた朝靄《あさもや》のように消えていた。娘は緊張し、懸命に気持ちを落ち着かせようとしていた。それがかえって説得力を持った。娘のおどおどしたぎこちない所作には、逆に人を惹《ひ》きつけるものがあった。娘はつっかえつっかえ英語を話した。

「エレナといいます。ソヴィエト連邦の学校の生徒で、コンサートを開きにアメリカに来ました。ニューヨークとワシントンＤＣで何度か公演します。今夜は国連でします」

イエーツ捜査官はどこまでも不愉快な男ながら、馬鹿ではなかった。彼は正しかった――ソヴィエトはあきらめていなかった。彼らはこれまでにもジェシーにコンタクトを取ろうとしていた。ジェシーはＣＰＵＳＡ――アメリカ合衆国共産党――には幻滅していたが、ソヴィエトから求められたことに対してはどうしてもノーと言えないでいた。若いロシアの娘は誰に話すべきか戸惑っているようだった。おそらくアンナも家にいるとは思わなかったのだろう。

「ミスター・オースティン、それにミセス・オースティン、わたしは自分から申し出てこうして使者になりました。わたしの英語は上手ではないです。ミスター・オースティン、あなたはロシア語が話せると聞いています。ロシア語で話してもいいでしょうか？　すみません、ミセス・オースティン。どうかお赦《ゆる》しください。ロシア語で話せば、まちがいが起きたりしないと思いますので」

ジェシーはアンナをちらっと見やって言った。

「通訳するよ」

アンナは黙ってうなずいた。少女はロシア語に切り替えた。アンナはそのことばの響きに――彼女にはまったくわからないことばの響きに――夫の顔が輝いたのがわかった。

ジェシー・オースティンはロシア語を何年も使っていなかった。なのに、一気に甦《よみがえ》り、堰《せき》を切ったようにほとばしった。彼自身驚くほどだった。独学で学んだ言語というより、母国語のようにさえ感じられた。

「私はもうあなたたちの役に立てるとは思っていなかった」

彼は努めて自己憐憫《れんびん》には聞こえないように言った。ロシアの若い娘は首を振って言った。

「つい二年前のことですが、あなたがアメリカの当局を相手に困難な闘いを強いられていることがわかると、学校の生徒たちがあなたに手紙を書くという計画が立てられ、何千もの生徒たちがあなたに励ましの手紙を書きました。わたしも三ページの長い手紙を書きました。それらはすべて投函《とうかん》されました。そのうちの何通かでも届きましたか？」

「いや、一通も届いていない」

「わたしたちはそのことを恐れてたんです。途中で邪魔がはいるんじゃないかと。アメリカの秘密警察はあなたへの手紙をすべて開封しています」

ジェシーも以前から、自分の郵便物はどこかで差し止められているのではないかと疑っていたが、そこまでとは思っていなかった。彼は手紙の開封を命じられた若いFBI捜査官が子供たちの書いた何千もの手紙を読み、最新の暗号解読機にかけて分析しているところを想像した。エレナは続けて言った。

「わたしたちはCPUSAの人たちに頼みました。コンサートに来てくれるようあなたを説得するように。でも、彼らは失敗しました」

ジェシーはCPUSAの名前に不快げな顔をして言った。

「CPUSAの連中は年じゅう互いの粗探しをしているだけだ。語るに足るようなことは何ひとつやり遂げていない。そんな彼らのためにどうして私が何かしなければならない？」

「あなたに電話ができればよかったんですが……」

エレナはそう言いかけて顔を赤らめた。ジェシーの置かれたみじめな現状に注意を向けたつもりはなかった。ジェシーの家には電話もなかった。エレナは続けた。

「だから自分で来なければならなかったんです。でも、わたしが来た理由はそれだけではありません。あなたが今夜のコンサートに来てくださるにしろ、来てくださらないにしろ、そういうことには関係なく、あなたに伝えるために来たんです。あなたはアメリカでは忘れ去られてしまったかもしれないけれど、ロシアでは忘れ去られたりなんかしていないことをじかに伝えるために。わたしは十七歳ですが、あなたはわたしのヒーローです。ロシアでは年齢に関係なく、あなたはみんなのヒーローです。あなたの曲は今でもラジオから流れています。むしろあなたの人気はかつてないほど高まっています。だから今日、わたしはこうして来たかったんです、ミスター・オースティン。あなたの敵が多くの嘘《うそ》をあなたに言っていると聞いたからです。わたしたちはあなたに真実を伝えたかったんです。あなたは今でも崇《あが》められ、愛されています！あなたが忘れ去られるなどということは絶対にありません。あなたの音楽が演奏されなくなることも絶対に」

ジェシーは氷が溶けだし、その塊の中に閉じ込められていた身が解放されるような、温かい喜びが全身を駆け抜けるのを覚えた。自分の音楽は失われてはいなかった。これまでの自分の仕事がアメリカ人の意識からは消されていても、ほかの国ではまだ自分の歌が喜ばれている。自分の国ではもう聞かれなくても、ほかの国ではまだ聞かれている。そう思っただけで、自らの思いに圧倒された。彼はテーブルに近づくと、椅《い》子《す》に腰をおろした。アンナがやってきて彼の手を取って言った。

「なんなの？　彼女はなんて言ったの？」

「私の音楽はまだ流れているそうだ」

彼は自分がこれほどまでの犠牲を払った国家にも党にもすでに見放されているものと思っていた。が、そうではなかったのだ。その事実を耳にすることは、彼にとって長年にわたって受けたあまたの傷の特効薬以外の何物でもなかった。

娘のほうを振り返って、彼は言った。

「誰がきみをここに寄越したんだね？」

エレナはロシア語で答えた。

「わたしが受けている指示はソ連政府の最上層部からのものです。でも、わたしが来たからといってどうにもならなくても、わたしたちからのメッセージが伝えられただけで充分です。もちろん、わたしたちと一緒に活動していただけたら、こんな嬉《うれ》しいことはありませんが。でも、わたしたちも理解しています。あなたがもうステージでもコンサート・ホールでも演説をなさってないことも、あなたを雇おうとする人たちがこの国にはもういないことも。でも、そういうことが起きても、あなたはそのことに屈しなかった。街角で演説をして、街角を即席のコンサート・ホールにしたと聞いています。駐車場を公会堂に変えたとも。でも、今はもうそういうこともなさってないんですよね。そういった報告も受けています」

ジェシーは頭を垂れた。実際、彼は最初のうちＦＢＩの巧妙な圧力に対して、木箱や果物箱や車のボンネットの上に立って、自らのことばを街角に向け、聞いてくれる者なら誰の耳にも訴えることで闘った。が、それも過去のことだった。そんなことを最後にやったのはもう二年以上もまえのことだ。やらなくなったのは、パトロール警官の邪魔が始終はいり、ときには公務執行妨害で逮捕されることもあったからだけではなかった。無関心な通行人が増えただけでなく、通行人に口汚く罵《ののし》られることも起こるようになったからだ。彼はため息まじりに英語で言った。

「そういうことは若い人たちのすることだ」

アンナが彼の手をぎゅっと握りしめて言った。その声には動揺がありありと表われていた。

「ここに来るときにイエーツに見られなかったかどうか、この子に訊《き》いてみて、ジェシー」

彼は言われたとおりエレナに尋ねた。エレナは答えた。

「イエーツというのはアメリカの秘密警察の人ですか？　それらしい人を見かけました。でも、注意しました。だから、このアパートメント・ビルの裏から来たんです」

ジェシーは通訳した。エレナの答はアンナの不安を和らげるどころか、逆に彼女を怒らせた。

「ここに来ることでどんなことをしてしまったのかあなたにはわかってるの？　それがどんなに危険なことかわかってるの？　これ以上、ジェシーに何を望もうというの？　これ以上、ジェシーに何が与えられるというの？　まわりを見て！　何が残ってる？」

アンナが感情的になるのはきわめて珍しいことだった。ジェシーは立ち上がると、妻の両腕に手を置いた。が、さらに彼女を怒らせることにしかならなかった。アンナは口をつぐむのを拒んで夫を押しやると、部屋の隅に積み上げられたレコードを指差し、エレナに向かって言った。あたかもエレナがソヴィエト政府を代表しているかのように。

「あれがわかる？　あれが今のジェシーに唯一《ゆいいつ》残されたレコードを売るやり方よ。もうどこのレコード会社も相手にしてくれないから、ジェシーは自費で製作してるのよ。そうして予約販売してるの。まだ彼のことを覚えてくれているファンに向けて。その昔、彼は何百万枚も売っていた。今は何枚売れるの、ジェシー？　あなたの予約客は今何人いるの？　彼女に言ってあげて！」

かぎられたエレナの英語の理解力でも、アンナのことばの断片を集めれば、ある程度は理解できた。部屋の隅に置かれたレコードのことを言っているのだ。ミハイルによれば、FBIがジェシーから仕事を奪いはじめるとすぐ、CPUSAがオースティンに直接助成金を出す申し出をしたはずだった。が、ジェシー・オースティンはその申し出を拒否していた――それまでもソヴィエト政府からはいかなる金も受け取っておらず、その姿勢を崩さなかった。事実、彼はどんな種類の賄賂《わいろ》も報酬も贈りものも受け取っていなかった。ジェシーはレコードの山のそばにしゃがみ込むと、アンナにもエレナにも背を向けてロシア語で言った。

「五百人。私に残された人たちはそれだけだ。私には五百人の予約客、つまり五百人のファンがいるということだ……」

彼の自費製作のレコードを定期購入している五百人のうち、四百人はCPUSAが仕込んだ客だった。そのことはエレナも聞かされていた。本人に知られることなく援助するにはそういう方法しかなかったのだ。エレナは、まえもって慎重に書かれた台本どおりの台詞《せりふ》を思いきって口にした。

「ひとつ訊いてもいいですか？　これは指示されたことじゃないんですけど。わたしが個人的に知りたいことなんですけど。個人的な質問です」

「いいとも、なんでも訊いてくれ」

エレナはアンナの視線に気づくと、下手な英語に切り替えて言った。

「どうしてあなたはソヴィエト連邦を支持してくださってるんです？　どうしてこれほどまでに自分を捧《ささ》げてくださるんです？」

その質問はミスター・オースティンにもミセス・オースティンにも、強い衝撃をもたらした。ふたりは顔を見合わせた。その瞬間、ふたりのあいだにさっきまであったわだかまりが跡形もなく消えた。ふたりはすぐには答えなかった。いっとき、エレナが部屋にいることすら忘れてしまったかのように見えた。

エレナは腕時計を見た。もうホテルに帰らなければならない。そろそろ正午になろうとしていた。

「お願いです、ミスター・オースティン。時間がないんです。またロシア語で話させてください」

そう言って、彼女はまた母国語に切り替えた。

「ご存知だと思いますが、今夜、わたしたちは国連本部でコンサートを開きます。そこには世界じゅうのマスコミが集まります。偉い外交官たちも。そこにあなたにも来てほしいんです。わたしたちはあなたと奥さんに正式な招待状が届くようにやってみました。でも、アメリカ側の主催者に邪魔されてしまいました。それで、わたしは今日、あなたに会場の外で、通りで、待っていてくれるようお願いにきたんです。外で演説をやっていただきたいんです。もしあなたさえよかったら、FBIに黙らされてなどいないことをみんなに示していただきたいんです。コンサートが終わったら、ソヴィエトの生徒たちが正面入口から出てきます。その生徒たちがあなたを取り囲み、拍手喝采《かっさい》を送ります。その瞬間を撮れたら、その写真は今度のツアーの意味を決定づけるものになるはずです。アメリカの誰もがあなたにこれまでおこなわれてきた不正を思い出すはずです。どうかお願いです、ミスター・オースティン、来ると言ってください。あなたのためにわたしたちのやり方で何かさせてください」

懇願の熱に浮かされ、エレナは気づくとジェシーの腕に手を置いていた。

同日

オシップ・ファインスタインは、ジェシーのアパートメント・ビルの向かい側にある建物の屋上に身をひそめていた。ロシアの少女が現われなければ、ジェシーの説得は彼がすることになっていた。もっとも、彼自身は自分が説得しても無駄だろうと初めからあきらめていたが。アパートメント内での動きはカメラでずっと追っており、ふたりのツーショットをすでに何枚も撮っていた。若い娘と、こんなスラムではなく、セントラル・パークを見晴らすペントハウスにだって住めていただろう歌手とのツーショット。アヘンより毒性が強い強力なドラッグの中毒――正しいイデオロギー中毒の歌手との。オシップは眼のまえの光景をすでに何枚も写真に収めていたが、最後のショットが一番決定的な証拠となりそうだった。か弱そうな少女の白い手がジェシー・オースティンの黒い腕に置かれた写真。その背後にはくしゃくしゃになったベッドのシーツも写っていた。

マンハッタン
四十四丁目
〈ホテル・グランド・メトロポリタン〉
同日

ライーサがロビーにはいると、二十対の眼が彼女に向けられた。ソファや椅子に坐《すわ》ってくつろぎ、コーヒーを飲んでいる宿泊客を装《よそお》ったアメリカの秘密警察の捜査官たちの眼が彼女を追った——コーヒーカップのふち越しに、新聞のへり越しに。ライーサは国連本部から車で戻ってきたのだが、その間、車を降りて〈グランド・メトロポリタン〉の回転ドアまで歩く時間さえ、監視下からはずれることはなかった。エレヴェーターを待ちながら、彼女は捜査官のひとりが一緒に乗ってくるのではないかと半ば本気で思った。ホテルを取り巻く警備のすさまじさは異常なほどだ。おびただしい捜査官が生徒たちを警護していた。エレヴェーターのドアが閉まると、ライーサは言った。

「二十階をお願いします」

エレヴェーター・ボーイは振り向くことなく、小さくうなずいた。ライーサはこの男も捜査官なのだろうと思った。ホテルのお仕着せを着てはいるが。ズボンの脇《わき》に白い線のはいった独特の赤い制服をとくと眺めた。男はあまりスパイらしくなかった。不安のために自分のほうが意識過剰になっているからだろうか。誰も彼もがスパイに見えてしまうのは。

想像を逞《たくま》しくするより現実に眼を向けるように努め、ライーサは、公演の準備はこれまでのところ順調に進んでいると自分に言い聞かせた。アメリカ側の担当者との打ち合わせはどうしてもぎこちないものになったが、そのぎこちなさが手に余ったというわけではない。こざっぱりとしたグレーの髪に分厚い楕円《だえん》形の眼鏡をかけたアメリカ側の担当者も教師で、通訳を通じ、ふたりはさまざまなことを話し合った。義務的、儀礼的にではなく、純然たる好奇心から。アメリカ側の担当者は、抑制された敵愾心《てきがいしん》をそこはかとなく漂わせていたが、それは自分が共産主義シンパではないことをことさら強調するための行為のようにライーサには思えた。ソヴィエト側の高級官僚はその打ち合わせにも姿を見せなかった。舞台稽古《げいこ》を見るつもりがないことは早々と聞かされていたが。世界の注目を浴びるコンサートになるはずなのに、彼らはその準備にまるで関心を示していなかった。

エレヴェーターのドアが開いた。エレヴェーター・ボーイが振り向いて言った。

「着きました」

彼女は黙ってうなずき、こんなときにレオがいてくれたらと思いながら、エレヴェーターを降りた。偽装に対するレオの鋭敏な直感が欲しかった。彼と離れてひとりになり、ライーサはこれまでどれほど彼の直感に頼って生きてきたか、改めて思った。

廊下を歩きだすと、娘たちの部屋にたどり着くまえに、プロパガンダ担当官が彼女の行く手をさえぎるように現われた。ミハイル・イワノフ。ハンサムで傲慢《ごうまん》な男。今回のツアーには完璧《かんぺき》に不要な要員だった。彼は言った。

「朝の打ち合わせはどうでした？」

無視したい衝動に駆られながらも、ライーサは答えた。

「問題は何もありませんでした。コンサートはきっとうまくいくと思います」

「写真は撮られませんでしたか？　私がいないところでは写真は不許可だと相手側に伝えてはあるけど」

「ええ、撮られませんでした。報道関係者はいませんでした」

ミハイルは指を一本立てて、諭すように言った。

「それでも、アマチュアカメラマンにも気をつけてもらわないとね。親しげに近づいてきて、自分のアルバムに載せたいなどと言ってくる者もいないとはかぎりませんからね。ただあなたにガードを低くさせるためだけに」

「写真は誰にも撮られませんでした」

ライーサは思った。どうしてこの男はどうでもいい質問をして、わたしを引き止めようとしているのか。ライーサはミハイルがさらに何か言うまえに歩きだし、娘たちの部屋のまえまで来ると、ドアをノックした。ゾーヤがドアを開けた。その背後からテレビの音が聞こえた。ライーサは部屋の中をざっと見まわして言った。

「エレナは？」

「プールに泳ぎにいってる」

反射的にライーサはうしろを振り返った。ミハイルが彼女のほうをじっと見ていた。不可解なまでにじっと。

同日

ジム・イエーツはロビーにはいると、下手な宿泊客の偽装をして、ホテルに配置されている同僚たちに軽く会釈《えしゃく》した。監視されていることがソヴィエトの連中にわかろうとわかるまいと、イエーツにはどうでもよかった。ソヴィエト人が何をどう感じていようと。フロントのところまで行くと、彼はツアー一行の最新の行動記録を受け取った。その記録によれば、ホテルを離れたロシア人はライーサ・デミドヴァという教師だけで、ついさっき国連から戻ってきていた。イエーツは記録をフロントデスクに置くと、ロビーを歩き、エレヴェーターに乗った。エレヴェーター・ボーイを演じている若いFBI捜査官がどこか恥ずかしそうな笑みを向けてきた。馬鹿《ばか》げたお仕着せが照れくさいのだろう。

「誰か若い女でエレヴェーターを使ったやつがいるかどうか、覚えてるか?」

「はい。さきほど乗せました」

「いや、ちがう。十七、八の若い女だ」

「どうですかね。乗せた記憶はないですけど、もしかしたら、もう一台のほうに乗ったのかもしれません」

ドアが開き、イエーツは若い同僚の呑気《のんき》さ加減に苛立《いらだ》ちながらエレヴェーターを降りた。こいつらは相手が可愛《かわい》い子供たちということで——天使のような彼らが何かを企《たくら》むわけがないということで——感覚を鈍らせてしまっている。イエーツは今回のツアーが明らかになったときから、ソヴィエト側は何かチャンスを見つけようとするにちがいないと頑《かたく》なに信じていた。装飾を凝らした両開きドアのまえまで歩いた。舞踏室だ。ドアは閉じられ、全面改修中という表示板が出されていた。イエーツは鍵《かぎ》を取り出すと、重たいドアを開け、だだっ広い舞踏室の中にはいった。

三十脚以上の机が部屋の長さいっぱいに並べられ、ヘッドフォンをつけた大勢の捜査官がその机について、メモを取っていた。ソヴィエトの一行が泊まっている部屋はどの部屋も盗聴されていた。寝室とバスルームの天井にも、ウォークイン・クロゼットにも——ひそかにやりとりができるスペースをひとつも残さないよう、いくつもの盗聴器が仕掛けられていた。テレビの音と聞き分けられることはすでに実証済みだった。イエーツは会話をごまかすのにテレビの音が利用されることを心配していたのだが。アニメやポップスやコマーシャルをソ連の生徒たちに見せて何になる？　しかし、彼のその意見は却下され、テレビそのものに細工が施された。イエーツの上司がテレビ番組を〝爆弾〟にすることを提案した結果だった。豊かさと快適さに満ちたアメリカのライフスタイルを伝え、ソ連の不意を突く〝爆弾〟にすることを。イエーツはその上司の考えに対して、会話が聞き取れなくなるほどヴォリュームを上げられないよう、テレビにさらに細工を加えることで譲歩していた。

どの部屋にもふたりの翻訳者がついて、十二時間シフトで任にあたっていた。会話は録音されていたが、すぐに内容をフィードバックできるように、翻訳者たちはリアルタイムで速記もしており、何か重要なことが起きたら、即座に合図を出せる態勢が取られていた。そうした突発的なことが起きないかぎり、翻訳者は生徒や教師が部屋を空けていたり、寝ていたりする暇な時間帯を利用して、聞き取った会話をタイプしていた。かなり大がかりな作戦で、ＦＢＩは最高レヴェルのロシア語専門家を国じゅうから集めていた。

イエーツはソヴィエトの生徒の写真を収録したファイルを手に取った。実物の生徒についてはすでにとくと観察していた。飛行機から降りてきたところもホテルにはいるところも見ていた。それでも、ハーレムの通りで見かけた若い娘がその中にいるかどうか、確信はなかった。誰にも見られずどうやってホテルを出ることができる？

それに、街頭でちらっと見かけただけのことだ。すれちがったあと、その少女は角を曲がった。見るかぎり、その界隈《かいわい》で最も有名な共産主義者、ジェシー・オースティンに会いにきたわけではなさそうだった。ただ、その界隈で眼にするにはなんとも珍しい姿だった。西一四五丁目というのは、若い白人の女向けのロケーションではない。タクシーが一台客待ちをしているのにも気づいたイエーツは車に戻ると、しばらく様子を見守ることにしたのだった。が、若い娘は戻ってこず、タクシーは客を乗せずに走り去った。通りからジェシーのアパートメントをのぞき見ることはできなかったので、イエーツも四十分待ってあきらめた。ホテルに戻らないと確認できないことをもどかしく思いながら。

写真をぱらぱらとめくっていたイエーツの手が止まった。若い娘の白黒の写真。名前はエレナ。歳《とし》は十七歳。ホテルでは姉と同じ部屋に泊まっていた。イエーツはその部屋を担当している翻訳者のところまで行った。

「この部屋の宿泊者は今何をしてる？」

その女の翻訳者はヘッドフォンをはずすと、訛《なま》りの強い英語で言った。イエーツは不快感をどうにか隠した。その翻訳者は移民だった。イエーツにしてみれば、ロシア語の専門家の中で最も信用できない部類の人間だった。

「姉のほうはずっとテレビを見ています」

「妹のほうは？　エレナは？」

「プールに泳ぎにいきました」

「いつ？」

翻訳者は記録を調べた。

「十時に部屋を出ています」

「あんたはそのことを報告したのか？」

「彼女にはプールまで尾行がつきました」

「でも、まだ戻ってきてない？」

「ええ」

「朝の十時から今まで泳いでるっていうのか？　あんたは彼女が戻らないことを不審に思わなかったのか？」

イエーツはそう言って、翻訳者の空《から》のコーヒーカップを取り上げ、勢いよくテーブルに叩《たた》きつけた。静かな部屋の中、驚くほど大きな音がした。部屋の全員の眼がイエーツに向けられた。

「おれは十七歳のエレナという女の子の居場所が知りたいんだ。プールに泳ぎにいったという女の子の」

捜査官のひとりが手を上げて、こわばった口調で言った。

「その子については捜査官がプールまであとをつけ、今もプールの入口を見張ってるよ」

「その子はまだプールにいるのか？」

「まだ出てきてないんだからね」

「その捜査官には彼女の姿が見えてるのか？　今現在——彼女が何をしてるのかわかってるのか？」

部屋がしんと静まり返った。ひとりがためらいがちに言った。

「見張りの捜査官はプールの中にははいってない。外で見張ってる。だけど、その子はまだその捜査官のまえを通ってない。だから、まだプールにいるはずだよ」

「まだプールにいるほうにあんたはＦＢＩでの自分のキャリアのすべてを賭《か》けるか、ええ？」

答えた捜査官は急に自信をなくしたようだった。つっかえながらイエーツに言った。

「プールの出入口は……そこしかないんだよ。だから、見張りのまえを通ってないということはまだプールにいるということだ」

イエーツはもうそれには応《こた》えもしなかった。ドアへと急ぐと、エレヴェーターのまえを素通りして、プールのある階まで二段ずつ階段を駆け上がった。

マンハッタン
五番街
同日

タクシーの後部座席に坐《すわ》り、エレナは時計を確かめた。すでに予定時刻から遅れていた。生徒たちはあと数分のうちに全員集合することになっていた。何もかもが思ったより時間がかかったせいだった――ハーレムに行くにも、オースティン同志のアパートメントにはいるにも、そこから出るにも。アメリカの秘密警察に見張られていることを恐れ、彼女はオースティンに案内されて裏口から出ていた。オースティンとはそこで手を振って別れたのだが、彼が今夜コンサートに来てくれるかどうか、それはなんとも言えなかった。約束はしてもらえなかった。できることはすべてやったのだが。

ホテルはすぐまえに見えていた。たった五百メートルほど離れているだけだった。が、渋滞のために車は少しも動いていなかった。適切な英語がわからないまま、エレナは言った。

「今、払います」

そう言って、金を差し出した。はるかに多すぎる額だったが、釣りをもらうのも待たず、通りに降り立つなり走った。ホテルの正面玄関には向かわず、通用口をめざした。鉄製の階段がホテルの裏の壁を這《は》っており、それは五階のサンテラスまで続いていた——プールと廊下を通れなくなった場合、サンテラスに出ていた人たちを避難させるための非常階段だ。その階段をのぼりはじめるまえに、エレナは服を脱いだ。ブラウスとスカートの下に水着をつけていた。今朝、その階段を降りたときには、彼女のために服と靴が大きなゴミの缶のうしろに隠されていた。誰がやってくれたのかエレナは知らなかった。たぶんCPUSAの誰かだろうと思ったが。それらを缶の中にゴミにまぎらせて放り込み、階段をのぼった。顔を真っ赤にし、息を切らして、サンテラスにたどり着くと、そのへりから顔だけのぞかせて様子をうかがった。晴れた日でテラスは混み合っていた。テラスに上がると、しっかりとした足取りでプールに向かった。妙なところからはいってきたのを誰か見咎《みとが》めた者がいたかどうか、確かめる余裕はなかった。

ハーレムで見かけた男——アメリカの秘密警察の捜査官——がプールのへりに立っ

ていた。その男に見られることなく、プールエリアにはいるのは不可能だった。それにもし男がすでにテラスを調べていたら、テラスから姿を現わすのは不自然だ。男は非常階段にも気づいているかもしれない。その場合、ゴミの缶に捨ててきた服はまずまちがいなく見つけられてしまうだろう。男がまだ調べていない可能性の高い唯一《ゆいいつ》の場所は女子更衣室だ。更衣室には外のテラスからもプール側からもはいることができた。エレナは歩く方向を変えて捜査官から離れると、更衣室のドアを開けて中にはいった。

そして、自分の服を収めたロッカーに向かった。誰かに肩をつかまれた。驚き、振り向くと、ライーサが立っていた。

「今までどこにいたの？」

「サウナよ」

とっさに思いついたにしてはよくできた嘘《うそ》だった。エレナは顔を真っ赤にし、汗もかいていた。ライーサはエレナのその説明をいっとき考えるような顔をした。エレナは思った。これが自分ではなくゾーヤだったら、ライーサはさらに問い質《ただ》すだろう、と。ライーサはうなずき、エレナのことばをそのまま受け容《い》れた。エレナはタオルを取り上げると、体に巻きつけた。ライーサは尋ねた。

「部屋から水着に着替えて来たの？」

エレナは首を振り、ロッカーから服を取り出した。そして、着替えようとすると、ライーサに止められた。

「自分の部屋でシャワーを浴びて着替えなさい。急いで。もう遅れてるんだから」

エレナは子供扱いされたことに腹を立てた。ライーサにも言えない秘密の計画に加わっていることに対するうしろめたさは、それで一気に薄れた。

廊下に出ると、ふたりはアメリカの秘密警察の捜査官と鉢合わせした——ハーレムにいた男と。眼が血走り、それが黒い瞳《ひとみ》を根元にして生えたひげ根のようにも赤い毛虫のようにも見えた。シャツには汗じみができていた。エレナは努めて平静を装《よそお》った。ライーサが英語で話しかけた。

「何かご用ですか？」

イエーツはライーサを無視して、エレナをじっと見つめた。そして、手を伸ばし、指をエレナの頬に這わせ、指先に汗を集めると、その指先を眼の高さまでもたげた。まるでそれが何かの証拠でもあるかのように。

「ＦＢＩ捜査官のイエーツだ。これからあんたたちふたりのことは重点的に監視する」

ライーサはエレナをちらっと見てから、その視線をイエーツに戻した。イエーツはふたりのまえから退いた。

ライーサはエレヴェーターの中では何も言わなかった。エレナが何か言おうとすると、苛立《いらだ》ったような身振りで黙らせた。二十階に着くと、ふたりとも足早にエレナの部屋に向かった。中にはいり、鍵《かぎ》をかけたところで、ようやくライーサが口を開いて言った。

「何かあるのなら、きちんと話して。わたしに嘘は言わないで」

そう言って、ライーサはエレナの腕を強くつかんだ。エレナは驚いて言った。

「痛い！」

「どういうことなの？」

ゾーヤもふたりのところにやってきた。

「何かあったの？」

エレナをじっと見つめたままライーサは言った。

「エレナ、言いなさい。今ここで。あなたは何をしてるの？」

ライーサの視線に耐えかねて、エレナはテレビに眼を向けた。アニメをやっており、ネズミにやっつけられた猫が目を白黒させていた。エレナは囁《ささや》くような声で答えた。

「何も」

ライーサは娘をつかんでいた手を放すと、抑えきれない不信感をあらわにして言った。

「わたしはあなたを信じない」

モスクワ
ノヴィ・チェレムシュキ
〈フルシチョフのスラム〉
一三一二号室
同日

旅行のあいだ、家族からの直接的なことばにしろ、伝言にしろ、なんらかのコンタクトがあるとは、レオはまったく思っていなかった。それは息子や娘を送り出したどの家族も同じだった。彼らはみな、緊急の場合を除き、国際電話は手続きがきわめて煩雑《はんざつ》だからという説明を受けていた。壮行セレモニーに出席した残りのメンバーとともに、レオが空港でニューヨーク行きの飛行機を見送ってから二日が経《た》っていた。飛行機が見えなくなり、見送りデッキにはもう誰もいなくなっても、レオは長いことその場に立ち尽くした。家族が旅行に出ている期間は八日間。レオにはその八日間がありえないほど長い時間に思えた。

熱波が過ぎ去る気配はまるでなかった。午前零時近く、レオはヴェストにショートパンツという恰好《かっこう》でキッチンテーブルについていた。テーブルには生ぬるい水が注がれたグラスがひとつ置かれ、トランプのカードが広げられていた。家族が帰ってくるまで彼の人生は保留状態にあった。トランプはいい気ばらしに——焦燥感を和らげてくれるいい麻酔薬になった。レオは眼のまえのひとり遊びに心を集中させ、それ以外のことは努めて何も考えないようにした。瞑想《めいそう》でもするかのように。夜のほうが昼より辛《つら》かった。仕事をしていれば、工場の床掃除までこなし、忙しくしていられた。床掃除をした工場長はこれまでにひとりもいなかっただろうが。いずれにしろ、そんなことまでやって、夜眠れるように物理的に体を疲れさせた。家では、眠るまで、もう眼を開けていられなくなるまで、トランプを利用してその作戦を展開させるしかなかった。ゆうべはテーブルについたまま寝ていた。わざわざ寝室まで移動したら、もう眼が冴《さ》えてしまい、一時間の睡眠すら得られなくなるのがわかっていたからだ。今夜もその瞬間を待っていた。瞼《まぶた》が重くなり、頭をテーブルにのせて、裏返しにしたカードに顔を押しつけ、これでまた一日が過ぎたと安堵《あんど》できる瞬間を。

カードを並べようとした彼の手が宙に凍りついた。彼の指にはスペードの2がはさまれていた。廊下から足音が聞こえた。真夜中近く、誰かが帰宅する時間帯ではなかった。足音に耳をすまし、レオは待った。足音は彼のアパートメントの外で止まった。彼はカードをテーブルに落とし、ドアまで急ぎ、相手がノックをするまえにドアを開けた。ＫＧＢの制服を着た若い男が立っていた。十三階分も階段をあがってきた男の額からは汗がしたたっていた。レオがさきに口を開いた。

「どうした？」

「レオ・デミドフ？」

「そうだ。何があったんだ？」

「一緒に来てください」

「どういうことなんだ？」

「とにかく一緒に来てください」

「おれの家族に関わることか？」

「自分が受けた命令はあなたをお連れすることです。すみません。それしか知らないんです」

若い捜査官の肩をつかみ、答を言わせたいという衝動を抑えるのには鍛練を積んだ精神力を要した。が、何も知らないというのはたぶんほんとうのことなのだろう。レオは自らを抑えてアパートメントの奥に戻り、急いでエレナのベッドまで行くと、マットレスの下に手をすべり込ませた。日記はなくなっていた。

市《まち》の中心部に向かう車中、レオは両手を膝《ひざ》の上に置いてずっと黙りこくった。何があったのか。あらゆる可能性に頭の中が熱く燃えていた。どこに向かっているのかまるで注意を払っておらず、ようやく車が停まると、さまざまな仮定からいっとき解放された。車は彼の以前の職場、ルビヤンカのまえに停まっていた——KGB本部のまえに。

マンハッタン
四十四丁目
〈ホテル・グランド・メトロポリタン〉
同日

ホテルで生徒たちが昼食を食べているあいだに、ライーサはモスクワにいる夫に電話をかけたいと申し出た。舞台稽古《げいこ》のまえにかけるには今しかなく、どうしても夫に話さなければならないことがあるのだと強く訴えた。もっともらしい嘘をつくことは、まだ若かった恐怖のスターリン時代に身につけざるをえなかった術《すべ》だ。言い寄ってくる男たちをそのたびに撥《は》ねつけていたら、反ソヴィエト的行動として糾弾されかねない。そのことを恐れて身につけた技だった。今回、彼女はレオの年老いた父親が重篤《じゅうとく》な病に伏せっており、容体が悪化していないかどうか、どうしても確かめなければならないのだと言った。アメリカ側当局からはなんの抵抗もなかった。むしろ、彼らはそういう手配を進んでやってくれようとした。そのかわり、同じ国の仲間から圧力を受けた。特に誰にも電話を使わせたがっていないミハイル・イワノフから。ライーサは彼の反対を押し切った。なんと言っても、彼女は一行の団長であって、ホームシックにかかった生徒ではなかった。それに、夫に電話をかけるというのは、アメリカ側が反対しない以上、ミハイルとしてもさほど心配する必要のないことだった。もちろん、その電話のプライヴァシーが守られるとはライーサも思っていなかった。アメリカ側もソヴィエト側も一言一句盗聴することだろう。そうした制約を考えると、暗号を使ってやりとりを交わす必要があった。ただ、妻から電話がかかってきたという事実だけで、レオはまずまちがいなく何かよくないことが起きたことを察知するにちがいない。だから、ことばを慎重に選べば、彼からなんらかの意見が聞けるようなやりとりに持っていけるはずだ。レオなら、ほんとうに何かよくないことが起きているのか、それとも彼女の心配は杞憂《きゆう》にすぎないのか、即座に見抜いてくれるはずだ。ライーサはそう信じていた。

ホテルの部屋のベッドの端に腰かけ、サイドキャビネットの上に置かれた電話を見つめて待った。モスクワ当局が彼女の求めに同意してくれていたら、レオは彼らのアパートメントから電話のあるところまで連れていかれ、準備が整った段階で国際電話がつながるはずだった。アメリカとソヴィエトの立場を考えると、彼女が何をしゃべるのか、双方ともどこまでも耳をそばだてることだろう。もし彼女がソヴィエトのためにならないことをひとことでも洩《も》らせば、電話回線はそこで即座に切られるだろう。ほぼ一時間が過ぎ、生徒たちの昼食時間ももう終わろうとしていた——そのあとすぐに舞台稽古が始まる。時間がどんどんなくなっていた。ライーサは立ち上がると、部屋の中を歩きまわった。電話はほんとうにつながるのかどうか。そう思って、遅ればせながら、ライーサはこれまでレオと電話で話したことが一度もないことに気づいた。

電話が鳴った。彼女は飛びついた。ロシア語の声が聞こえてきた。

「ご主人はここにいます。話せますか？」

「はい」

間ができ、紙がこすれるような音がした。

「レオ？」

返事はなかった。彼女は待った。もどかしさに身がよじれそうになった。

「レオ？」

「ライーサ」

彼の声はひずんでいて、レオの声とはほとんど判別できないほどだった。音が聞こえなくなるのではと思い、彼女は受話器を耳に押しつけた。感情を表に出さないようにするだけで、少なからぬ自制心を要した。慎重に話す必要があった。電話をすることの口実に使った嘘《うそ》を思い出して、彼女は言った。

「お義父《とう》さんの具合はどう？　よくなった？」

長い間ができた。レオは困惑しているのか、それとも即座に状況を察知したのか、なんとも言えなかった。ようやく彼が言った。

「いや、まだいいとは言えない。それでも、容体が悪化しているわけじゃない」

ライーサは微笑《ほほえ》んだ。レオは電話の口実になっている嘘にすぐに気づいただけでなく、今後もその嘘を口実にできる余地を残してくれていた。さらに続けて、レオが言った。レオにしてもその声から不安を消し去ることはさすがにできなかった。

「旅行はどんな具合だ？」

ライーサは間接的に答えなければならなかった。心配なことをさりげなく伝えなければならなかった。

「今日は最初のコンサートがおこなわれる国連本部で外務省の人たちと会ったんだけれど、今度の計画について問題点はひとつも出なかった。計画段階ではすごく心配してたみたいだけど、今日はコメントのひとつもなくて、こっちの計画どおり受け容《い》れてくれたわ」

また間ができた。ライーサは今の自分のことばをレオがどんなふうに解釈するか、待った。ようやくレオが言った。

「コメントがひとつもなかった？」

彼の反応は彼女の反応と同じだった。どんな計画であれ、その計画に判子を押すにしろ、その計画を阻止しようとするにしろ、ソヴィエトの役人が何も言わないというのはきわめて異例なことだ。

「ええ、ひとことも」

「ほう。きみとしては……嬉《うれ》しかった？」

「驚いたわ」

自分にはどれだけの時間が許されているのか、ライーサにはわからなかった。が、もうひとつ気になっていることはなんとしても伝えなければならなかった。

「子供たちはとても神経質になってる。特にエレナのほうが」

「エレナが？」

「なんだかエレナらしくないのよ。閉じこもってしまっているみたいな感じなの」

「本人と話はしたのか？」

「本人はなんでもないって言ってるけど」

耳ざわりな雑音が電話に混じった。その音にライーサはこの接続がいかに心もとないものか改めて思った。いつとぎれてもおかしくなかった。ライーサはいきなり感情を爆発させて言った。

「レオ、わたしにはあの子が信じられない。どうしたらいい？」

今度の間は長すぎた。もう接続が切られたものと思い、ライーサはさらに叫んだ。

「レオ？　レオ！」

レオの声がした。有無を言わせぬ声だった。

「エレナはコンサートに出すな。ライーサ、聞こえたか？　あの子はコンサートに――」

カチッという音がして、あとは雑音しか聞こえなくなった。電話はすでに切れていた。

モスクワ
ルビヤンカ広場
秘密警察本部〈ルビヤンカ〉
同日

レオはライーサの名を繰り返し呼んだ。呼ぶたびに声が大きくなった。が、電話からはもう何も聞こえてこなかった。接続はもうとぎれていた。

オフィスのドアが開いた。レオが電話をしているあいだ、そのオフィスにいたのは彼だけだった。それでプライヴァシーが守られているように思い、レオがガードを低くすることを狙《ねら》った、あまりに皮肉で馬鹿《ばか》げた策略だった。電話のやりとりが録音もされず、精査もされないなどと思うのは、救いようのない能天気だけだろう。女がひとりはいってきて言った。

「申しわけありませんが、レオ・デミドフ、電話はもう切れました」

秘書のようで、制服は着ていなかった。彼は尋ねた。

「もう一度かけ直すことは?」

女は唇を引き結ぶと、さらに上唇と下唇を押しつけ合い、同情的に見えなくもないどこまでも弱々しい笑みを浮かべた。

「明日ならできると思いますが」

「どうして今はできない?」

「明日なら」

女の口調は丁重だった。が、その実、理は自分にあり、レオにはないと傲慢《ごうまん》に告げていた。レオは苛立《いらだ》って繰り返した。

「どうして今はできない?」

「すみません。不可能です」

女の平板な謝罪には誠意のかけらもなかった。レオはまだ受話器を握りしめていた。その受話器を女のほうに突きつけて言った。まるで電話を生き返らせろと命じるかのように。

「妻とはどうしても話さなければならないことがあるんだ」

「奥さまはもう舞台稽古に向かわれました。明日ならまたお話しになれます」

その嘘がレオをさらに苛立たせた。そういう嘘が言えるということは女が秘書ではなく、捜査官であることを意味していた。彼は首を振って言った。

「妻はどこにも向かってない。今私がしていることとまさに同じことをしているはずだ。受話器を握りしめて話させてくれと頼んでいるはずだ」

「何か伝言をなさりたいのなら、今夜のうちに奥さまに伝わるようにやってはみます」

「頼む。今、つないでくれ」

女捜査官は首を振って言った。

「申しわけありません」

レオは電話を返すのを拒んで言った。

「ここにいる誰かほかの人間と話させてくれ」

「誰とお話しになりたいんですか？」

「責任者だ」

「なんの？」

「ニューヨークで今何が起きているにしろ、そのことの責任者だ！」

「今回のニューヨーク行きの責任者はあなたの奥さまです。で、奥さまは今、舞台稽古に向かわれました。ニューヨークで何が起きているのか、明日になれば奥さまに確かめられるでしょう」

レオは隣接したオフィスにいる捜査官の姿を思い描いた。電話のやりとりを聞き、今のこのやりとりにも耳をすましている捜査官の姿を。彼らは今も議論しているかもしれなかった。が、重要なことはもうとっくに決められているはずだ。ニューヨークで何が起きているのか、レオには見当もつかなかった。それはライーサも同じだった。ライーサと話せるチャンスは彼女が帰ってくるまでなさそうだった。どれほどレオがここで騒いでみせても、どれほど強く要求しても。ライーサはひとりで対処するしかなかった。

マンハッタン
四十四丁目
〈ホテル・グランド・メトロポリタン〉
同日

ライーサもまだ受話器を握りしめていた。電話回線をもう一度つなぎ直すようミハイル・イワノフに要求していた。ミハイルは彼個人が電話交換をすべて取りしきっているかのように首を振った。彼の独善的で官僚的な態度にはとことん苛立たせられた。計算し尽くされた、いかにももっともらしい声音でミハイルが言った。

「舞台稽古はもう一時間たらずで始まるんですよ。生徒たちはもう昼食を終えています。もう行かなきゃ。あなたがそんな要求をするとはね。コンサートを支障なく成功させるのがあなたの仕事じゃないですか。何よりそのことを第一に考えないと」

ライーサはこの男に対する自らの嫌悪のあまりの強さに自分でも驚きながら言った。

「あと一分電話をしてもなんの支障もありません」

「夫がいないと責務が果たせない——あなたがそんなことを思っているのなら、あなたではなく、ご主人が今回のツアーの責任者になるべきだったということになる。そんな情けないあなたを見ることになろうとはね。失望しました」

鋭い指摘だった。レオと話をさせてくれとこれ以上要望するのは、彼女の弱さを詰《なじ》るミハイルのことばをライーサ自ら追認するようなものだった。二度目の電話は許されない。哀願までしようとは思わなかった。

受話器を架台に置くと、キャビネットのそばに立ち、レオの忠告を反芻《はんすう》して彼女は言った。

「娘は?」

「さっきも言ったけれど、生徒はもう昼食を終えています。だから、みんな部屋にいることでしょう。送迎バスに乗るのを待ってます。みんなあなたを待ってるんです」

ライーサはミハイルがどっちの娘かと訊《き》き返してこなかったことに気づいた。エレナのことを尋ねたのが即座にわかったのだ。どうしてわかったのか。電話のやりとりを聞いていたか、それとも、もしかしたら彼自身何かに関わっているのか。しかし、何に?

ひとことも言わず、ライーサはミハイルの脇《わき》をすり抜け、彼がついてくることは百も承知で部屋を出た。

「ライーサ・デミドヴァ！」

ライーサは廊下を歩き、エレナの部屋のドアをノックした。ミハイルは慌《あわ》てて彼女のあとを追ってきた。

「何をするんです？」

エレナがドアを開けた。ライーサは中にはいると、ミハイルに言った。

「ほかの生徒は全員バスに乗せてください。すぐに行きます。これは家族の問題で、あなたには関係のないことです」

そう言って返事も待たず、彼の眼のまえでドアを閉めた。

ゾーヤも出てきて、エレナの脇に立った。ふたりとも今夜身につける衣裳《いしょう》を着ており、舞台稽古の準備はもう整っていた。ライーサは言った。

「エレナ、あなたはホテルに残りなさい。今夜うまくいけば、明日のコンサートには出てもいいから」

ライーサのことばのあまりの思いがけなさにほんの一瞬、固まったようになってから、エレナは憤《いきどお》りに顔を真っ赤にして飛び出してきた。

「いったいなんの話？　どうしてわたしは出ちゃいけないの？」

「もう決めたことよ。話すことはこれ以上ないわ」

エレナの顔がさらに赤くなり、眼には涙が光った。

「部屋にいろって言われるために、わたしはモスクワからはるばるニューヨークまでやってきたの!?」

「何かがおかしいからよ！」

「何が？」

「それはわからない。でも、レオとも話したら、彼も――」

レオの名前を口にしてしまい、即座にライーサは後悔した。エレナはこのことの背後にレオがいるという事実に飛びついた。

「レオ！　彼は今度の旅行のことに最初から反対してた。あの人がなんて言ってきたの？　彼はノイローゼなのよ。どんなことにも陰謀とか嘘《うそ》とか裏切りとか見なければ気がすまないのよ。もう病気よ、あの人は。魂まで病んでしまってるのよ。おかしなことなんて何もないわ。誓って言うわ。だから、わたしを部屋に閉じ込めておくなんてなんの意味もないことよ。世の中のすべてがねじくれた邪悪なものとはかぎらないってことをすっかり忘れてしまってる恨みがましい元捜査官がなんと言おうと」

エレナはレオを指すのに秘密警察の元捜査官と言った。父親と言うかわりに。ライーサはレオと娘たちの関係を不本意にも自分が傷つけてしまったことを悟った。

エレナは涙まじりに続けた。

「生徒の中でわたしだけホテルに残されるの？　それもなんの理由もなく？　ほかの生徒が歌っているあいだずっと？　わたしはここでじっとしてなくちゃいけないの？　ほんとうのお母さんならこんなことは絶対にしない。ほんとうのお母さんならこんな恥ずかしい思いを娘にさせるわけが――」

ゾーヤが手を伸ばし、エレナの腕に置いた。いつもの役割が入れ換わっていた。怒れるエレナをゾーヤがなだめようとしていた。

「エレナ……」

エレナはライーサを見つめたまま、ゾーヤの手を振り払った。

「やめて。自分がどんなふうに感じるべきかまで指図されるつもりはないから。どんなふうに振る舞うべきかも。もう子供じゃないんだから！　コンサートにわたしを出したくないのなら、そうすればいい。あなたにはそれだけの力があるんだから。でも、あなたがそんなことをしたら、わたしはもう絶対にレオを赦《ゆる》さない」

同日

イエーツはロシア訛《なま》りの強い翻訳者のことばを理解するのに難渋していた。その女性翻訳者はアイヴィ・リーグの大学に言語学の教授として雇われ、アメリカに四十年以上住んでいた。にもかかわらず、まともな英語がしゃべれなかった。イエーツは尋ねた。

「で、母親が折れたのか？」

「娘はコンサートに出ます。出ることを許されました」

「娘は何か計画についてしゃべってないか？　何かそれ以外のことも」

「おかしなことは何も起こらないと言ってます」

「それは確かか？」

「確かです」

「どんな計画についてもひとことも？」

「わたしは生まれてこの方ずっとロシア語を話してきた人間です」

翻訳者はイエーツに好感などかけらも持っておらず、そのことを隠そうともせず、分厚いレンズの眼鏡のふち越しに彼を見た。まるで彼が軽蔑《けいべつ》にも値しない男とでも言わんばかりに。実のところ、彼女は、自分は学者であってスパイではないと言って、今回の作戦を手伝うことに反対したただひとりの語学通だった。

「生まれてこの方ロシア語を話してきた？　そりゃもうずいぶんと長いあいだのことなんだろうな。だから、当然今でも自分の国に愛着があるわけだ。そういうセンチメンタルな感情が重要なことをひとつふたつ見落とさせてる、なんていうことはないか？」

女教授は怒りに顔を引き攣《つ》らせて言った。

「だったら、わたしの訳したものを誰かにチェックさせることね。誰かあなたの信用できる人に。もしそういう人があなたにもいるのなら」

イエーツは両手をポケットに深く押し込んで言った。

「おれの質問にただ答えたらどうだね？　今のところあんたにはなんの興味もないんでね。おれが気になってるのはこの家族が何を話してたかだ。ジェシー・オースティンのことは何も言ってなかったか？」

「何も」

イエーツは、ライーサとレオの電話のやりとりをその場で書き写した書類をつかむと、部屋全体に向けて言った。

「ライーサというロシアの女はここにいる全員よりすぐれた捜査官だ。何か企《たくら》みのあることを嗅《か》ぎつけてる。直感のようなもので何かを感じ取ってる。おれもそのロシアの女と同感だ。つまり、ここにいる全員がもっと真面目《まじめ》に仕事をする必要があるということだ！」

そう言って、彼はライーサ・デミドヴァと娘のファイルを取り上げた。が、そのファイルにはソヴィエト当局から提出された、身長や体重、学歴といった公的な情報以外何も載っていなかった。彼は放り出すようにファイルをまたもとに戻した。

捜査官のひとりが言った。

「生徒たちがバスに乗ります。一緒に行きますか？」

イエーツはいっとき考えてから答えた。

「この家族から眼を離さないよう随行捜査官に言え。バスを降りてから国連までの一挙一動に眼を光らせてろと。一秒たりと見失うなと」

専用バスに乗る生徒たちに合わせて、捜査官の動きも活発になった。イエーツは翻訳者がずらりと並ぶテーブルに沿って歩いた。ソヴィエト側はジェシー・オースティンをコンサートに来させることにどうしてこうも熱心なのか。その答の見当さえつかないことに苛立《いらだ》っていた。やつらは少女をオースティンのもとに遣《や》った。少女をホテルからこっそり抜け出させるなどという危険まで冒して。ジェシー・オースティンが出席したからと言って、そんなことはニュースにもなんにもならないのに。彼はまた呼ばわった。

「ハーレムでの最近の動向が知りたい」

係の捜査官が彼のところまでやってきた。

「ソヴィエトの工作員と思われる者を監視していたチームによれば、その男が今朝ハーレムに現われたそうです。そいつはぬかりのないやつで、こっちの尾行者はいつも地下鉄の駅のところでまかれてしまうんだけれど、今日はちがったそうです。そのあとも尾《つ》けることができたそうです」

「そいつはどこへ行ったんだ？」

「西一四五丁目」

「そいつはなんていうやつだ？」

「オシップ・ファインスタイン」

マンハッタン
ブロードウェイ九二六番地
〈グローバル旅行代理店〉
同日

店の裏の倉庫で、オシップ・ファインスタインは写真を現像した。ジェシー・オースティンがロシアの少女のそばに聳《そび》え立つように写っている写真で、その背後にはふたりの性的関係をほのめかす乱れたベッドのシーツも写っていた。できれば、少女がオースティンの腕をつかんでいるのではなく、その逆のほうが好都合なのだが。しかし、大したことではない。その写真が醸《かも》し出す淫《みだ》らさは衝撃的なほどだ。オースティンの妻はどこにも写っていない。フレームからはずれている。ベッドが整えられていないのは少女が来るまえからということも誰にもわからない。そんなことをわざわざ時間をかけてあれこれ考える人間が出てくるとも思えない。この写真に対する反響はすさまじいものになるだろう。悪玉と被害者の役割がこれほど明確な写真もない。ふたりの出会いはどこまでも無垢《むく》なものであれ、この写真はあからさまな罪と道徳的な退廃を物語っている——好色な老いた黒人の食いものになり、その黒人との浅ましい行為のあと、別れを告げている哀れでか弱い白人少女の図だ。

写真を持った自分の手の皺《しわ》を見て、オシップは頭を垂れ、恥じ入った。が、そう思うそばから、自分にもまだ恥を感じる余裕のあることに気づき、そのことを興味深く思った。アヘンに感覚は鈍麻していても、自分の情けなさまでわからなくなったわけではない。まだ完全に死んだわけではない。そう思った。今彼が生きている人生は彼がアメリカに来たときに求めていた人生ではなかった。自ら崇拝している相手を——清廉潔白の士を——罠《わな》に陥《おとしい》れるなどというのは。

昔はオシップ自身もまた清廉潔白の士だった。今ではスパイの身で、ソヴィエトに対する祖国愛などとっくになくしていたが、それでも今自分が裏切ろうとしている国に対する思いまでなくしてしまったわけではなかった。この心の矛盾はアヘンを吸引することで、ある程度は弱められた。が、アヘンもそのことを正当化まではしてくれなかった。ニューヨークにやってきた頃——まだ若かった頃、彼には自分がなんらかの形で成功できる確信があった。実際、なんらかの形で成功してはいた。しかし、それは彼が思い描いた成功の形とはほど遠かった。五十九歳にして、オシップは〝第一の敵〟——アメリカ合衆国を指すソ連のスパイのスラングだ——の身中で最も長くうごめいているソヴィエトのスパイのひとりだった。

四十年前、十九歳のオシップはウクライナにいた。学問の世界で一生を送ることを夢見てキエフ大学にかよう野心家の若者だった。が、学問の世界に足を踏み入れるなり、偏見のくびきを首に感じることになる。何者かがユダヤ教のシンボルであるダビデの星を彼の部屋のドアに醜く彫ったときに。あまつさえ、教師からの侮蔑を感じながら、教授になるのを夢見るなどできることではなかった。寒い自室の椅子《いす》にひとり坐《すわ》り、彼は雪に覆《おお》われた通りを眺めながら、キエフに自分の未来はないことを悟る。彼を市《まち》に引き止める家族はいなかった。だから、恐怖心からというよりむしろ自らの能力を発揮できる場を求めようという思いに突き動かされて、彼はキエフを去る決意をしたのだった。もともとはフランスに向かうつもりだった。が、キエフを離れるというのは、崖《がけ》から飛び降り、大海に落ち、行く手を定める術《すべ》もないまま、荒波に揉《も》まれるのと同義語だった。で、結局のところ、ラトヴィアのリガにあるアメリカ領事館に流れ着くと、そこの移民施設に二日間滞在し、身体検査に身体消毒という屈辱に耐え、移民の渡航手続きの専門会社、〈ソフトルグフロール〉社に全財産を払って、キエフを離れる決意をして半年後、渡航許可証と医者の健康診断書を手に船に乗り込んだのだった。しばらくぶりに自分の未来を思い描きながら。ニューヨーク。それが彼の未来だった。

しかし、彼がたどり着いたのは一九三四年のことで、人々の記憶にあるかぎり、職を探すには最悪の時期だった。さらに彼にとって不運だったのは、彼の能力は知的な分野に適したものだったということだ。といって、学位があるわけでもない。そんな彼に残された選択肢は単純な肉体労働だけだった。しかし、誰もが死にもの狂いの巨大な労働者市場で他を凌《しの》ぐには強靱《きょうじん》な肉体が要る。彼にはそういう持ち合わせがなかった。五人の男たちと共同生活をするうらぶれた部屋の窓から、失業者組合のデモ行進をよく眺めたものだ。職のない労働者たちの列はブロードウェイをゆっくりと南に向かって進んでいた。糊口《ここう》をしのぐだけのなんの希望もないその日暮らしが二年続いたあと、彼は失業者たちの閉塞《へいそく》状況に風穴をあけようとしている左翼の活動家たちと出会う。出会うなり、生存本能が彼を突き動かす。その機会を逃さず、彼は彼らに接近し、自らの生い立ちを語った。彼がユダヤ人で、流暢《りゅうちょう》なロシア語を話すことから、活動家たちは彼のことを共産主義者予備軍と見なす。彼のほうもソ連を出た理由については嘘をついた。大恐慌《だいきょうこう》の深みにはまり込んでいるアメリカに来たのは、資本主義社会が危機に陥っているのを見て、そんな社会に革命を起こしたかったからだと。専門用語にもスローガンにもアフォリズムにも理論にも精通していた彼は、アメリカの活動家たちを驚嘆させる。CPUSA――アメリカ合衆国共産党――自身は気づいていなかったのだが、当時が彼らの絶頂期だった。事実、共産主義者の大統領候補、ウィリアム・フォスターと黒人の副大統領候補、ジェームズ・フォードは一九三二年の選挙で、十万を超える票を獲得する。彼らは自ら変革の最前線に立って社会を発展させ、壊れた資本主義制度に代わる急進的な選択肢を提供することを選挙民に約したのだった。自分たちが当選すれば、オフィスの窓から飛び降り自殺を図る労働者も、セントラル・パークに掘立て小屋を建てて住むことを余儀なくされている家族もいなくなることを。CPUSAのほぼ全員が大恐慌こそ資本主義の終焉《しゅうえん》の始まりだと信じていた。ほぼ全員――最も新しい党員のオシップを除く全員が。

オシップはつまるところ飢えと病に苦しむ失業者であり、党のことなどどうでもよかった。彼の関心は党の資金にしかなかった。党には彼に金を払うことができた――秘密の郵便システムを通じて、党はかなりの額をソ連から受け取っていたのだ。だから、彼に食べさせることも服を着せることもできた。おかげで彼はニューヨークに来て初めて、この料理は一口いくらになるのかと勘定することなく、食べることができるようになった。それにともなって、体力も回復でき、ビラ配りや党のための雑用を数ヵ月こなしたあとのことだ。彼を代表者とする〈グローバル旅行代理店〉を設立することが決まる。東ヨーロッパやソ連へのパック・ツアーを斡旋《あっせん》する合法的な旅行代理店で、以来、その会社を隠れ蓑《みの》に、重要な軍事作戦や科学研究所にもぐり込んでスパイとなりうる学者や科学者を、ソ連から〃輸入〃するのがオシップの仕事となった。アメリカ当局はそうした応募者を何人も受け容《い》れた。とても無視などできない優秀な人材が多かったからだ。オシップはそんな会社を今でも経営していた。設立以来、何万ドルも損失を出しながら。

店のドアベルが鳴った。客が来たようだった。一般の客が来るのは珍しいことだ。週に五人を超えることすらめったにない。オシップは手を拭《ふ》き、店に出て、客を認めた。四十代の男。皺だらけのスーツを着ていた。そもそも安っぽい仕立てで、履き古された靴も安物だった。が、男の偉ぶった着こなしが身なりのあまたの瑕疵《かし》を隠していた。ＦＢＩの捜査官。ジェシー・オースティンのアパートメントの外で見かけた男にまちがいない。捜査官のほうは旅行パンフレットをぺらぺらとめくっており、まだオシップのほうを見ていなかった。

「いらっしゃいませ」

捜査官は振り向くと、わざと馬鹿《ばか》丁寧な口調で言った。

「ソ連までの片道切符はいったいいくらぐらいするんだろうと思いましてね。もちろん、ファーストクラスで。共産主義を見るには、やはり贅沢《ぜいたく》な旅をしないとね」

そのあとは普段のことばづかいに戻して言った。

「それがこの店の商売のやり方じゃないのかい？　しこたま金を持ってる連中に全然金を持たない連中を見にいかせるというのが」

「うちの旅行の特色はお客さまにアメリカとは異なる暮らし方を体験していただくことです。異なる社会から何をお受け取りになろうと、それはお客さま次第です。私どもはそうした旅行の斡旋をしているだけでして」

そう言って、オシップは握手を求め、手を差し出した。

「オシップ・ファインスタインと申します。この店の主《あるじ》です」

「イエーツ捜査官だ」

イエーツは身分証明書を提示はしたものの、オシップの手を握ろうとはしなかった。かわりに、椅子にどっかと腰をおろした。まるで自宅のテレビのまえに坐るように。そして、煙草《たばこ》に火をつけて吸い、煙を吐いた。何も言わなかった。オシップは立ったまま待った。

「ご旅行のことで見えたわけではないんですね」

「ああ、ちがう」

「だったら、どういうご用件でしょう？」

「あんたのほうから言ってくれ」

「何をです？」

「いいかい、ミスター・ファインスタイン、こんなやりとりを一日じゅうやってるなんてこともできなくはないが、それよりカードをテーブルに出すことにするよ。あんたはここ何年も監視されてる。あんたが共産主義者だってことはわかってる。あんたが慎重な男で、抜け目のない工作員だってこともな。なのに、今日はちがった。あんたのあとをハーレムまで尾《つ》けるなんて芸当がうちの新米捜査官にもできた。ハーレムで、あんたはジェシー・オースティンという名の男の家からそう遠くないアパートメント・ビルにはいった。その数時間後、そのアパートメント・ビルを出てここへ戻ってきたときには、カメラを腕にぶら下げていた。こっちはそこまで全部あんたを追うことができた。そこのところがどうにも気になるわけだ。今日みたいな不注意な真似《まね》はあんたらしくないからだ。おれたちはあんたにおちょくられてるんじゃないか。そんな気がするんだよ、ミスター・ファインスタイン。おれがまちがっていて、なんらかの形でおれがあんたを侮辱してるのなら、それならそれでいい。そういうことなら、今すぐ出ていくよ。貴重な時間を取らせて悪かったとでも言ってな。パック・ツアーを売る仕事が忙しいのはよく知ってるから」

イエーツはそう言って立ち上がると、ドアのほうに向かった。オシップは叫んだ。

「待ってください！」

オシップにしても哀れをもよおす声音で叫んだつもりはなかったのだが。イエーツはおもむろに振り向くと、毒を含んだ笑みを浮かべた。

オシップは自分が今どんな男を相手にしているのか、すばやく考えをめぐらせた。実のところ、もっとビジネスライクな相手を予想していた。が、この男は感情的で、苛立《いらだ》ちを隠そうともしない。

「あんた、ホモなのかい、ミスター・ファインスタイン？　おれの経験から言うと、共産主義者はたいていホモかニガーかユダ公だ。あんたはユダ公だ。ニガーでないのは見ればわかる。だけど、ホモかどうか見分けるのはあんまり得意じゃなくてな。もちろん、共産主義者にはほかの種類のやつもいるんだろうが、立ち上がって、〝私は共産主義者であることを誇りに思ってる〟なんぞとぬけぬけと言う恥知らずは全部ホモか、ニガーか、ユダ公だ」

イエーツは煙草を吸うと、その煙草でオシップの胸のあたりを指して続けた。

「あんたの経歴を大変興味深く読ませてもらったよ、ミスター・ファインスタイン。この代理店が隠れ蓑だってことはまえからわかってる。それとも、おれたちのことを馬鹿かなんかと思ってたのか、ええ？　あんたがこっちに送り込んできてるスパイのことを知らないとでも？　おれたちは受け容れたさ。それはどうしてか。おれたちは確信してたからだ。連中はこの国にやってきて、いい家に住んで、いい車を運転して、いいものを食ってりゃ、自分たちがあとにしてきた、神に呪《のろ》われたみたいな共産主義者の穴倉のことなんかすっかり忘れちまうだろうってな。どうせおれたちに忠誠を誓うようになるだろうってな。だって、おれたちの暮らしのほうがあんたらの暮らしよりずっといいからだ。で、わかるかい？　おれたちは正しかった。あんたは今までに何人来させた……たぶん三百人ぐらいか、それプラスそいつらの家族ってところか？」

正確な数字は三百二十五だった。イエーツは嘲《あざけ》るように言った。

「そいつらのうちいったい何人が機密らしきものを教えてきた？　そいつらのうちいったい何人が情報のひとかけらでも、青写真の一枚でも持ってきた？」

イエーツに対する疑念は拭《ぬぐ》い切れなかったが、オシップとしてはもうあと戻りできなかった。あとはもう計画したとおり進めるしかなかった。

「イエーツ捜査官、私が国を出たのは命の危険を感じたからです。あの体制にはなんの愛着もありません。ソ連のためにスパイとして働いていたのは、ニューヨークではどんな仕事にもありつけなかったからです。私は飢えてました。大恐慌の頃のことです。CPUSAには金があり、私にはなかった。それがまぎれもない真実です。でも、共産党に一度はいってしまったら、もうあと戻りはできなかった。共産主義者というレッテルを貼《は》られてしまったらもう。だから、私としてはあとはもうそれらしく振る舞うしかなかったんです。でも、私がビザを手配した人たちはおよそスパイになどなりそうにない人たちです。私同様、身の危険を感じていた科学者や技術者です。自分だけでなく、自分たちの子供の身も案じていた人たちです。そんな人たちがスパイになどなるわけがありません。だから、私はあなたがさっき言ったように情報のひとかけらさえ彼らが持ってくるとは、最初から期待していませんでした。つまり、私はソ連の資金を使って、彼らを大学や工場や、軍隊にさえもぐり込ませることで、彼らの身の安全を確保してきたんです。それがまぎれもない真実です。私の成功は、何人のスパイをつくったかではなく、何人の命を救ったかということで計られるはずです」

イエーツは灰皿で煙草の火を揉み消すと言った。

「ミスター・ファインスタイン、なんとも興味深い話だよ。なんだかあんたがアメリカのヒーローみたいに思えてきた。で、実際、そういう話なのかい？　おれはあんたの背中を叩《たた》きゃいいのかい？　よくやってくれたって」

「イエーツ捜査官、私はもうこれ以上ソ連のスパイとして働きたくないんです。アメリカ合衆国政府のために働きたいんです。こんなことを言ってしまった以上、私の命はもう大変な危険にさらされてしまったわけです。だから、あなたとしても私のことばを疑わなきゃならない理由など何もないはずです」

イエーツはオシップのそばまでやってきた。

「合衆国政府のために働きたい？」

「イエーツ捜査官、どうぞ、こっちへ来てください。私のことばが嘘《うそ》ではない証拠をお見せしましょう」

オシップは間に合わせの暗室までイエーツを連れていくと、ジェシー・オースティンの写真を何枚か見せた。そして、そこで初めてイエーツが銃を抜いているのに気づいた。罠《わな》かもしれないと思ったのだろう。銃を脇《わき》に構えたまま、イエーツは言った。

「どうしてこんな写真を撮った？」

「〈A機関〉と呼ばれるソヴィエトの機関が考えた計画の一環です。ソヴィエト当局は今度のコンサートをプロパガンダに利用しようとしています。で、今夜、国連ビルのまえまで来るようにジェシー・オースティンに要請してるんです」

「連中はそういう要請をここ何ヵ月もやってる。だからなんなんだ？」

「ジェシー・オースティンはその要請をことごとく拒絶してきました。それで彼らは今回少女を送り込みました。ジェシー・オースティンの崇拝者であるロシアの少女をね。彼らが考えているのは大衆に向かってジェシー・オースティンに演説をさせることです。何しろ世界じゅうのメディアが集まるわけですから」

「世界じゅうのメディアがいるのは会場の中だ。歩道じゃない。だけど、あんたが言ってるのはこういうことか。落ちぶれ果てた歌手に共産主義万歳なんていう演説を歩道の野次馬に向かってさせる。それがソ連のやつらの計画だって言ってるのか？　だったらしゃべらせてやるよ！　そんなことは屁《へ》でもない」

　イエーツは首を振って笑った。

「ファインスタイン、気を持たせておいて、話というのはそれだけか？」

「イエーツ捜査官、明日の朝になると、ジェシー・オースティンはこれまでより有名になります。あなたがどれほど想像しても追いつかないくらい有名に」

　イエーツは笑うのをやめた。

「話はまだあるということか」

ハーレム
ブラッドハースト地区
西一四五丁目
同日

昼の暑さは夜になっても変わらなかった。目一杯太陽の直射を浴びて焼かれた赤レンガがゆっくりと熱を吐き出し、居住者をとろ火で炙《あぶ》っていた。レンガが冷やされ、太陽がまだ照りつけない夜明けをはさんだ小休止のような約一時間だけが、一日のうちで人がほっとして人に戻れる時間帯だった。ジェシーは風の気配もない窓敷居に腰かけていた。外からはもうボール遊びや縄跳びをする子供たちの声も聞こえていなかった。その日の仕入れを売り切った貝売りの屋台ももうなかった。関節炎を患《わずら》ったような錆《さび》ついた車輪の音が遠ざかっていくのが聞こえているだけだった。お釣りの小銭をめあてに、屋台のそばに坐《すわ》り込んでいた物乞《ものご》いたちも移動していた。ある者はどこか寝る場所を探して、ある者は物乞いをする次の場所を探して。カード遊びをしていた連中は、脚のぐらつく折りたたみテーブルを日陰から歩道に持ってきて、ゲームを再開していた。昼間寝ていた者たちは夜に向けて活気づいていた。酒と麻薬と笑い声——夜の明るい面だ。酒がまだ一杯で、麻薬もまだ一服のうちは常に愉《たの》しいひとときだ。諍《いさか》いが始まり、言い合い怒鳴り合いになり、女が泣きだし、男も泣きだすのはそのあとのことだ。

ジェシーは一日の最後の陽の光が薄れるにつれ、通りが闇《やみ》に没していくのを眺めた。今ではその眺めが彼の心の慰めになっていた。オースティン夫妻のアパートメントにはもうテレビはなかった。とっくの昔に売ってしまっていた。だからといって、テレビが恋しくなることはなかったが。むしろ放映されている番組などもう見たくもなかった。電波に乗って流される音楽も聞きたくなかった。どうしてもそれらを支配している力を感じてしまうからだ。彼がテレビに出ることを一瞬のうちに阻止できる力を。彼は不寛容な国家のために活動を阻止されなければ、出会っていたかもしれない、愛していたかもしれない人々のことを思った。恐怖におののきながら姿を消した音楽家、作家、画家というのはいったい何人ぐらいいるのだろう？ できることなら、彼らを、失われた人々を、一堂に集めたかった。そして、テーブルについた彼らに酒を注いでまわり、彼らの苦難と持てる才能の喜びを語る声に耳を傾けたかった。

アンナは仕事に行く身支度をしていた。彼女は二十四時間営業のレストランで夜のシフトに就いていた。夜の九時から朝の九時まで。若いウェイトレスはあまりやりたがらない時間だったが、アンナはそのシフトのほうが旨味《うまみ》があるのだと言っていた。夜中の本格的な酒飲みはたいていい昼間の食事客より気前のいいチップを払ってくれ、注文がまちがっていたからと言って料理を突き返したりもしないから、と。今、彼女は戸口に立って出かけようとしていた。ジェシーは窓敷居から降りて彼女の手を取った。彼女は言った。

「もう決心したの？」

「わからない。ほんとうにわからない。国連ビルのまえの歩道に立って演説をする？虚栄心をくすぐられたわけじゃない。マディソン・スクウェア・ガーデンでコンサートをやらないかと言われたわけじゃないんだから、アンナ。これはまるで考えもしなかったことだ。このことを自分がどんなふうに感じているのかすら私にはわからない」

「ジェシー、わたしは今夜の仕事を休むわけにはいかない。もう出かけなくちゃいけない時間になって休むなんて言えない。仕事はしなくちゃならない」

「私は行くと決めたわけじゃないよ。だから、きみが待ってる意味はないよ」

アンナは不安だった。

「たとえあなたが行くことを選んでも反対はしない。そのことはわかってほしい」

「わかってるよ」

「あなたが信じることをするのを止めようなんて思わない。そうすることが正しいとあなたが思うのなら」

「アンナ、どうしたんだ？」

彼女は泣きそうな顔をしていた。ほんの一瞬のことだったが、感情のさざ波が彼女の顔をよぎった。が、すぐに気持ちを取り直した。アンナは決して泣かない女だった。

「遅れそう。そのことが気になっただけ」

「だったら、私のことなど心配して時間を無駄にしないでくれ」

アンナは夫の頰にキスをした。が、すぐには離さず、顔を近づけたまま囁《ささや》いた。

「愛してる」

そのことばを今聞くのは辛《つら》かった。ジェシーは床板を見つめ、口ごもりながら言った。

「すまない、アンナ。何もかも……何もかも……」

アンナは微笑《ほほえ》んで言った。

「ジェシー・オースティン、彼らがやったことのためにあなたが謝らないで。あなたには少しも悪いところがないことで謝ったりしないで」

彼女はまた彼にキスをした。

「ただ、愛してるって言ってちょうだい」

「ただ〝愛してる〟と言うだけじゃとても足りない気がすることがある」

「いいの。わたしの望みはそれだけだから」

そう言って、彼女は彼を放すと、服の襟を掻《か》き合わせ、ドアを開けて階段を駆け降りた。ドアを閉めもしなければ、振り返りもしなかった。

ジェシーは窓辺に立った。アンナは通りに出ると、カードテーブルのあいだを縫うようにしてレストランに向かった。そして、ほとんどその姿が見えなくなりそうなところで振り返り、彼に手を振った。彼も振り返した。手を降ろしたときにはもう彼女の姿は見えなくなっていた。

決めなくてはならない。ジェシーは腕時計を見た。どういう相手かもわからないデモ参加者に向かって演説をすることになるかもしれない時間まであと一時間。彼にはいったいどういう目的のデモなのかもわかっていなかった。いずれにしろ、彼らが彼のことを知っている可能性は低かった。そういう相手に聞いてもらうには努力を要する。コンサートの開始時刻は九時。ロシア人少女によれば、たった七十分ほどのコンサートのようだ。ジェシーは古きよき時代に買った高級腕時計のガラス蓋《ぶた》を指先で叩いた。招待を受けるべきかどうか考えていると、ふと別の腕時計――決して身につけることのなかった腕時計のことが頭に浮かんだ。プロになってまだ間もない頃、初めての全国ツアー中、ルイジアナ州モンローでのことだ。コンサート・ホールの経営者が、三夜連続ソールドアウトという、ジェシーのコンサートの予想外の成功に大いに気をよくし、立派な箱にはいった時計をくれたのだ。革バンドの裏に〝メイド・イン・モンロー〟と箔《はく》押しされた洒落《しゃれ》た造りの時計だった。時計自体のことはあまりよく覚えていないのだが、経営者のことは今でもよく覚えている。その経営者は最後のステージのあと、楽屋のドアをノックすると、まるでジェシーの愛人か何かのようにこっそりとはいってきた。楽屋にはアンナもいて、経営者が感謝の印のその腕時計をおずおずと差し出し、また慌《あわ》てて楽屋を出ていくのを見ていた。ジェシーはこの気のいい男の奇妙なやり方に大笑いした。が、それもアンナがにこりともしていないことに気づくまでのことだった。アンナは言った。感謝を示したかったにしろ、あの男にはそれをみんなのまえでやることができなかったのだ、と。コンサートの終わりに舞台に上がってきて、ジェシーに腕時計を渡すということが男にはできなかったのだ。

ジェシーとアンナを夕食に招くこともできなかった。ふたりと一緒にレストランにいるところをみんなに見られたくないからだ。経営者にはジェシーを雇うことはできた。ジェシーに拍手を送っているところを人に見られてもよかった。が、ジェシーが舞台を降りたら、もうジェシーのそばにいるところすら人に見られるわけにはいかないのだった。いい腕時計だった。高価なものでもあった。まださほど金に恵まれているわけではない若い男にとってはなおさら。それでも、ジェシーはその腕時計を受け取らなかった。メモを添えて楽屋に残した。

夕食だけでも充分でしたのに。

そのあと、そのコンサート・ホールから声がかかることはなかった。

舞台で歌ったり踊ったりしているかぎりにおいて、その当人を愛することは誰にでもできる。ジェシーはその教訓を七歳のときに学んでいた。北に向かうことを決意するまで、彼は家族とミシシッピ州ブラクストンに住んでいた。一九一四年の秋、百歩も歩かないうちに、まるで一歩一歩雲にあとを尾《つ》けられているかのように、シャツが汗でぐっしょりとなるような暑い夜のことだ。彼は両親に約束させられていた。その夜は一歩も外に出ないようにと。両親とも彼をひとり家に残して働きに出なければならなかったのだ。が、ついまえの週のこと、彼らの家では薪《まき》が底をつき、家事の手伝いをしなかったことで、ジェシーは父親に叱《しか》られていた。また同じことで叱られたくはなかった。少しだけでも薪を集めておこうと思い、彼は両親が留守のあいだに木の枝を集めておくことにした。森に落ちているものはどんなものも芝の刈りかすほどにも乾いており、楽に集められた。木の皮はみなざらざらとしていた。足の下で踏みつけた枝が折れ、乾いた木の乾いた音が森にこだました。家族に対して認めたことは一度もなかったのだが、実のところ、ジェシーは森が怖かった――さまざまなことを想像し、その想像に惑わされてしまうのだ。馬鹿《ばか》なことだと自分でも思っていた。だから、大声で自分を馬鹿と言うこともあった。

「ジェシー、怖がっちゃ駄目だ。森にいるのは昆虫と蚊だけなんだから。それだけなんだから」

しかし、そのときは自分にそう言い聞かせたあとも声がした。彼は頭を振った。まるで耳に水がはいったときのように。声はひとつではなかった。ふたつか三つもあった。

「まちがってるよ！」

「こんなふうに！」

「そこに立ってくれ」

「来て、手伝ってくれ！」

「それでいい」

「カメラの用意だ！」

森の奥に向かうと、その声は小さくなった。彼は歩く向きを変えた。森を出て、町に近づく方向に。声が大きくなった。そこで走って家に逃げ帰ってもよかった。薪などその場に捨てて走っても。彼は声のするほうに向かって歩きつづけた。

町からさほど離れてはいない森のへりまで来て、驚いた。大変な人だかりに出くわしたのだ。家から出ないよう両親にきつく言われた夜なのに、それとはまったく逆のことをしている人の多さによけいに驚いた。人々は森の中のちょっとした空所に半円形を描いて彼に背を向けて立っていた。全部で百人ばかり、人の群れというより聴衆といった雰囲気だった。うしろのへりにいる者たちは松明《たいまつ》や、ちろちろと光るカンテラを持ち、ステージの照明が赤いきらめきを夜空に放っていた。カンテラが要るのは、分厚い雲が月を始終隠し、月明かりがたまにしか射《さ》さないからだ。森にいるのに、みな着飾っていた。女の人はぱりっとしたワンピースを着て、女の子も同じような服を身につけていた。男たちはシャツを着て、裾《すそ》をズボンの中にたくし込んでいた。みんなこれから教会か劇場にでも出かけるような身なりだった。麦藁《むぎわら》帽を団扇《うちわ》がわりにしている人がおり、優雅な手で優雅に蚊や蠅《はえ》を追ったり叩《たた》いたりしている女の人もいた。それでも、誰もみな汗まみれなのは背中を見ればわかった。結局のところ、自分とそんなに変わらない、とジェシーは思った。

ジェシー少年に気づいた者は誰もいなかった——彼は枯れ枝を腕いっぱいに抱えて、木の陰に立っていた。髪には枯れ葉がからまり、着ているものはまるで落ち葉を編んだもののようにみすぼらしかった。観衆は眼のまえで起きていることに心を奪われていた。が、ジェシーにはこんな森の奥で何が彼らをそれほど魅了しているのかわからなかった。何が起きているのかは背伸びをしても見えなかった。といって、木の陰から出ていく勇気はなかった。観衆はみな白人だったのだ。彼らの邪魔をするのは賢明なこととは言えなかった。

まるで魔法にかけられたかのように、その空所にいた男も女も子供も全員がほぼ同時に木々を見上げた。星がきらびやかに炸裂するような花火を期待して、ジェシーも見上げた。が、実際に眼にしたのは観衆がその夜、見物しに集まったものだった。ダンスだった。二本の脚が宙で舞っていた。気まぐれなダンスだった。ジェシーがそれまでに見たどんなダンスとも異なっていた。裸足《はだし》の黒い足が地面に触れることなく、リズムもなく、音楽もなく、音もたてずに踊っていた。一分か二分もない短いダンスだった。

それでもその脚のダンスが終わったときには、ジェシーは知らず知らず腕に抱えた小枝を押し砕いていた。靴が粉になった木の皮にまみれていた。観衆の中のひとりの男が大きなボックスカメラを持ち上げ、フラッシュを焚《た》いた。その瞬間、それまで夜陰にまぎれていたものすべてが照らされた。今になってもジェシーは思うことがある。あの男はどうしてダンスが終わるまで待っていたのだろうかと。すばらしいダンスの一瞬一瞬を自分の眼で見たかったのだろうか。

なぜそこまで共産主義に身を捧《ささ》げたのかとロシア人少女に訊《き》かれても、彼は真実を明かさなかった。これまで見知らぬ相手にしろ、友人にしろ、政治に関する発言はもうやめにして金儲《かねもう》けに専念したらどうか、と言われたときと同じように。何が彼を共産主義者にしたのか。それはニューヨークに移り住んだ彼の家族を待っていたまわりの憎悪《ぞうお》でもなければ、彼自身に浴びせられた侮辱的なことばでもなかった。貧しさでもなかった。日々の糧《かて》を得るのに耐えなければならなかった両親の苦難でもなかった。初めての大きなコンサートの初日、満員の公会堂のステージに立ち、彼の踊りと歌に拍手喝采《かっさい》する裕福な白人たちを見て、彼は悟ったのだ。彼らが彼を愛してくれるのは、彼の脚がリズムに合わせて動き、彼の唇が演説をするのではなく、歌を歌っているときだけだということを。ショーが終われば、彼の脚がダンスをしなくなれば、彼らはもう彼とは関わりたくないのだ。

人として、ステージの上で愛されるだけでは充分とは言えなかった。歌うだけではとても充分とは言えなかった。

マンハッタン
一番街東四十四丁目
国連本部
総会議場
同日

聴衆は世界のトップクラスの外交官――国連へのあらゆる外交使節が招待され、総会議場は満席になっていた。そんなコンサートが今から始まろうとしていた。学芸会に出る子供のように、ライーサは舞台の袖《そで》から観客席を盗み見て思った。今夜のコンサートの成否を心配するあまり、自分は神経症患者のようになっているのだろうか。想像ばかりが先走りして、あらゆることばが危険と陰謀をはらんでいた過去の記憶を呼び覚ましているのだろうか。自分を田舎くさく見せているのは服装ではなく、このような大舞台を与えられて慌てふためき、パニック状態になっているからではないのか。彼女は自らの振る舞いにひそかに顔を赤くした。それでも、舞台稽古《げいこ》がうまくいったことで、気持ちはだいぶ落ち着いてきていた。冷静に自分を見られるようになっていた。バランス感覚が戻り、取り乱したことを愚かなことと思えるようになっていた。

ソヴィエトの生徒たちに目を向けた。すでに列をつくり、ステージに出る準備はすっかり整っていた。彼女の仕事は彼らを安心させることであり、不安を煽《あお》ることではない。ひとりひとりに笑みと励ましのことばをかけ、ライーサはエレナに近づいた。エレナにも歌うことを許していた。不承不承折れたのだ。ここで折れなかったら、エレナはそれをレオのせいにして、レオを憎むようになるだろう。そのことが怖かったのだ。それでも、ホテルの部屋で言い合ったあと、ふたりはほとんど口を利《き》いていなかった。ふたりのあいだにはぎこちなさがまだ残っていた。ライーサは背を屈《かが》めて囁《ささや》いた。

「今度のことはわたしにしても慣れないことよ。それでプレッシャーを感じすぎてたのね。ごめんなさい。あなたの歌がすばらしいことはわかってるのに。あなたも今夜という時を愉《たの》しんで。あなたの今夜を台無しにしたのでなければいいんだけど――それだけは絶対にしたくなかったことよ」

エレナは泣いていた。ライーサはすかさず娘の涙を拭《ふ》いて言った。

「泣かないで。お願い。それとも、また言い合いを始める？」

ライーサは彼女自身泣きそうになるのを笑みに隠して言い、つけ加えた。

「わたしが悪かったのよ。レオじゃない。だから、彼には腹を立てないで。ただ歌うことだけに集中して。そして愉しんで。今夜を愉しんで」

ライーサはそう言って、列のまえのほうに戻りかけたところでエレナに手をつかまれた。エレナは言った。

「母さん、わたしは母さんがわたしを恥ずかしく思わなくちゃならないようなことは絶対にしてないから」

エレナは〝母さん〟ということばを意図的に選んでいた。感情を抑えられる自信がなくなり、ライーサはただ短く答えた。

「わかってる」

そう言って、決められた立ち位置に急いで戻ると、気を静め、生徒を舞台に先導する心の準備をした。深呼吸をし、改めてコンサートの成功を祈った。彼女にしてもこれは大変なイヴェントだった。何十年もまえ、大祖国戦争の頃、避難民だった彼女にはただ生き残ることしか考えられなかった。スターリン時代、モスクワで教師をしていた頃は、逮捕されないようにすることだけが願いだった。そんな時代に戻り、恐れることしか知らなかった自分に自らの将来――高名な国際人が一堂に会したすばらしい舞台に、美しいふたりの娘とともに立っている自分の姿――を示しても、恐れることしか知らない若い娘は絶対信じなかっただろう。ライーサの望みはあとはもうひとつしかなかった。レオもここにいてくれたら……しかし、それは何か企《たくら》みや陰謀が張りめぐらされているからではなく――彼女はそんなことを彼の頭に吹き込んでしまったことを今は深く後悔していた――彼こそ彼女が果たした旅を理解してくれるただひとりの相手だからだ。

音楽を始める合図が出された。オーケストラはもういつでも演奏を始められる状態だった。観衆も静まり返った。アメリカの教師と並んで、ライーサは生徒を舞台に先導した。拍手はいたって丁重なものだった。ライーサはそこに隠された不安のようなものを感じ取った。結局のところ、この前例のないパフォーマンスがどのようなものになるのか、誰にもわかっていないのだ。

舞台に出ながら、自分は嘘《うそ》をついてはいないとエレナは自分に言い聞かせた。わたしが成し遂げようとしていることがあとで明らかになったら、母さんもきっと誇りに思ってくれる。公正さと愛に対する信念ゆえに国家から弾圧を受けているあのすばらしい人物――ジェシー・オースティンに対する自分たちの愛と称賛はなんとしても示す必要のあることだ。もちろん、このことを秘密にしていたことについては、ライーサも最初は怒るかもしれない。どうしてもっと早く言ってくれなかったのかと言って。それでも、その怒りが和らげば、きっとわかってくれるはずだ。むしろわたしの勇気を誉《ほ》めてさえくれるかもしれない。

会場を、飾り付けを、国旗を、上等な服を着た政界の貴族たちを――エリート集団の観衆をまえにして、エレナにはそれらすべてがどんな現実的な問題や懸案とも切り離された、人工的なものに見えた。コンサートそのものは社会の変化や進歩を約束するものではない。主催者の気分を害したりすることのないよう、どんな怒りも憤《いきどお》りも殺《そ》がれて滅菌消毒されたものになっている。国連ビルのまえでの抗議行動もどこかの国を標的にしたものではない。不寛容や憎しみや不公正に対する万国共通の抗議行動だ。人間的でない人間の暮らしを世界からなくすための取り組みだ。今、世界は二度目の革命を必要としている。市民権を求める市民の革命を。その革命の最善手段が共産主義なのだ。これからわたしとジェシー・オースティンがやり遂げようとしていることをライーサが誇りに思わないなどということが、どうしてあるだろう?

拍手がやんだ。

ハーレム
ブラッドハースト地区
八番街西一三九丁目
〈ネルソンズ・レストラン〉
同日

オーナー経営者のネルソンの名前がそのまま つけられた〈ネルソンズ・レストラン〉はどの料理も手頃な値段の店で、繁盛《はんじょう》していた。ネルソン自身も近隣の人々に愛されていた。彼はまた従業員には公正で、客とジョークを交わすべきときと人の話に耳を傾けるべきときとをきちんとわきまえている店主でもあった。人が何を求めているかということを察知するのに、彼ほど敏感な人間もいない。アンナは出会ったときからそう思っていた。彼女が金に困り、仕事を探していたときに、救いの手を差し伸べてくれたのがネルソンだったのだ。ネルソンには、彼女のように経験もなく、歳《とし》もいっている女を雇う必要はどこにもなかった。客とふざけ合うことができ、そうしたことが目的の客を引き寄せられるもっと若くて可愛《かわい》い女を雇うこともできた。アンナはそんなネルソンを失望させないよう、決して遅刻せず、決して早退しないことで彼の好意に応《こた》えていた。そして、みんなに言っていた。彼はどんな結果になるかも恐れず、彼女に賭《か》けてくれたのだと。客は客でネルソンが彼女を雇ったことを好ましく思っていた。おそらくネルソンにはそのことも初めからわかっていたのだろう。FBIも、結局のところ、ジェシーのときのようには横槍《よこやり》を入れてこなかった。アンナ自身は、ミセス・オースティンに皿洗いをさせたり、灰皿をごしごしこすらせたりするというのがFBIの気に入ったのだろう、と思っていたが。しかし、そうした下働きを屈辱と思っているのだとしたら、FBIはまちがっていた。

レストランの店内にはいり、仕事の支度に取りかかったところで、アンナは天啓を受けたかのように突然悟った——ジェシーはやはりあの女の子の誘いを受けて今夜、街頭演説をしにいく。国連ビルのまえでの演説など、もうするわけがないと考えるに足る理由はいくらもあった。にもかかわらず、抗議者がかもす喧騒《けんそう》の中、通りに立つというのは、アンナが考える彼のどんなパフォーマンスより彼らしい行為に思えたのだ。ひとりで行かせるわけにはいかない。

アンナはそう思い、ネルソンに駆け寄って腕をつかんだ。

「わかってもらえてると思うけれど、わたしはこれまでこんなことはしなかった。これからも絶対にしません。でも、今夜は家に帰らなくちゃならない。今夜は働けません。主人と一緒にいなくちゃならないんです」

ネルソンは彼女の眼を見て、彼女の表情を読み取り、彼女の声音を理解し、うなずいた。

「何か悪いことでも?」

「いえ、悪いことというわけじゃありません。今夜、主人にはしなくちゃならないことがあって、わたしもその場にいなくちゃならないんです」

「わかった、アンナ。しなきゃならないことをすればいい。店のほうは心配要らないよ。手が足りなくなったら、私が自分で給仕するから」

アンナはネルソンの頬にキスをして感謝を示した。

「ありがとう」

彼女はくるりと振り向くと、エプロンをはずし、レストランを出て、できるかぎり急いで家に戻った。家までずっと走りつづけた。通りを横切り、カード遊びをしている男たちのあいだをすり抜け、煙草《たばこ》の煙の中を通り、アパートメント・ビルの最上階まで駆け上がった。階段は二段ずつ上がった。隣人の視線が感じられた。彼らはみな彼女を哀れんでいた。ジェシーというお荷物を抱えていては、さぞ苦労が絶えないだろうと。しかし、それはまちがいだった。アンナはジェシーと人生をともにすることができた、誰より幸せな女だった。

ドアを勢いよく開けた。ジェシーはベッドの上に立ち、開け放った窓に向かってまくし立てていた。まるで窓が一万の聴衆ででもあるかのように。そして、その足元には彼がこれまでにおこなってきた演説の手書きの原稿が散らばっていた。

マンハッタン
一番街東四十四丁目
国連本部
総会議場
同日

ジム・イエーツはめだたないように総会議場にはいると、うしろのほうから舞台を眺めた。共産主義者たちがアメリカの生徒たちに混じっていた。男の子は白いシャツに黒いズボン、女の子も白いシャツに黒いスカートというみな同じ服装なので、見ただけでは子供の国籍はわからなかった。万国旗に縁取られたプログラムによれば、演目には世界じゅうの作曲家の手になる楽曲が選ばれているようだった。今回のイヴェントの主催者がどれほどリベラルな者たちであったとしても、合衆国を含むどんな敵も叩《たた》きつぶすことのできる国であることを歌ったソヴィエトの賛歌――共産主義者のプロパガンダ曲――はさすがに排除されていた。歌いたければ、そういう歌は国に帰ってから歌うといい。飛行機がモスクワに着陸したらすぐにでも。イエーツはそう思った。ロシア人が自分たちの歌を歌えないのと同様、賓客の気分を害することを恐れ、アメリカ側も自分たちの歌を除外していた。自分たちの国で自分たちの歌が歌えないとは！　もちろん、ここはアメリカの領土でないが。国連本部は合衆国当局の統治外にあった。ニューヨークにあっても。つまり、ここは一発の銃弾も撃たれることなく、国際機関に明け渡されたアメリカの領土ということだ。だから、イエーツはここではFBIの捜査官ではなかった。客のひとりだった。

曲が終わり、聴衆から拍手が起こった。イエーツは外交官たちを見まわした。むしろ白人のほうが少ないように見えた。外交使節団の中には立ち上がって拍手している者たちもいた。イエーツのいるところからではっきりとはしなかったが、たぶんキューバか南アメリカの代表団だろう。生徒たちが腕を組んで舞台で歌っているあいだにも、こいつらはほかの国を崩壊させることを目論《もくろ》んでいるくせに。イエーツは共産主義者たちの猿芝居をグロテスクに思った。そもそも、こんなコンサートに子供を出すことを許可した親がアメリカにいたことに驚かされる。そういった母親や父親は今後、捜査の対象にしなければならない。

イエーツは腕時計を見て、ガラス蓋《ぶた》を指先で叩いた。ほんとうのパフォーマンスがそろそろ外で始まろうとしていた。

マンハッタン
一番街東四十四丁目
国連本部前
同日

　ジェシー・オースティンはネルソンのレストランの厨房《ちゅうぼう》から持ってきたリンゴの木箱を抱えていた。街角で演説をしたことはこれまでに何度もあった。彼は背が高く、雄弁な弁士だが、それでも何かの台の上にでも立たないかぎり、行き交う人々の関心を惹《ひ》くことは無理だ。どんなパフォーマーにも舞台が要る。それがたとえリンゴの木箱でも歩道よりはるかにましだ。地下鉄の駅を出ると、一番街が通行止めになっているのがわかった。が、そのためにあたりの雰囲気が静まるということはまったくなかった。車のないことがかえって今日のデモが尋常でないことを強調していた。彼は国連ビルを背景幕にした、眼のまえの光景を見渡した。数百人の男女が集まっていた。想像したよりはるかに多かった。アンナが彼の空いているほうの手を握ってきた。彼女の緊張が彼にも伝わった。

警察が周辺警備にあたっていた。重装備の警官もいれば、馬に乗った警官もおり、抗議行動の最前線を警邏《けいら》していた。群衆にうんざりしたような馬のいななきが聞こえた。抗議者たちは家畜のように囲いに閉じ込められた恰好《かっこう》で、群衆に混じって派手な横断幕を掲げていた。木の支柱に取り付けたシーツをぴんと張っていた。派手な色のさまざまな素材のタペストリーで、何かから別々に切り取られた不ぞろいな文字が、どこかしら子供っぽい印象を人に与えていた。それらのスローガンを見るかぎり、抗議者はさまざまなグループの寄せ集めのようだった。ジェシーにしてもこれまでニューヨークでは見たことのない群れだ。ヴェトナム戦争反対を訴える、ギターや太鼓を持った抗議者と並んで、糊《のり》の利《き》いたシャツをこざっぱりと着た男女がいた。共産党を非難するグループで、ソヴィエト体制からのハンガリーの解放を求めるプラカードを掲げている者もいれば、昔ながらのフレーズを誇示している者もいた。

唯一《ゆいいつ》よい赤は
死んだ赤《デッド・レッド》あるのみ（訳注　〝デッド・レッド〟には野球の俗語で〝速球〟の意もある）

これまで何度も繰り返されているフレーズだ。どうしてちょっとはちがうものを考えつけないのか。ジェシーはかえって不思議に思い、さらに演説をする意欲を掻《か》き立てられた。脅されれば脅されただけこっちは強くなる。彼はそのことをこれまで一度も疑ったことがなかった。

来たのが遅く、なんらかの行動を示すのに適した場所はすでにほかの者たちに占拠されていた。エレナに言われた門のそばに立つのはもう無理だった。門からは遠い側——群衆の不ぞろいのしっぽのあたりで我慢するしかなかった。そこは理想的な場所にはほど遠く、ジェシーはもっと早く決断できなかった自分に苛立《いらだ》った。ふたりがデモ隊の脇《わき》を歩きはじめると、誰かが叫んだ。

「ジェシー・オースティン！」

声のしたほうに眼をやると、門の近くでひとりの男が手招きをしていた。それが誰かもわからないまま、ジェシーとアンナは呼ばれるまま男に近づいた。まだ若い男だった。満面に笑みを浮かべていた。

「あなたのためにここを取っておきました！　私がここを！」

その場所はエレナが言っていた正面入口のすぐ脇だった。若い男はジェシーからリンゴの木箱をバリケード越しに受け取ると、ぐらぐらしないか試してから、ジェシーを見て言った。

「乗ってください」

ジェシーは笑った。

「三十年前ならたぶん大丈夫だったろうが」

そう言いながらも、彼はアンナの手を取り、群衆を掻き分け、リンゴの木箱が置かれたところまでゆっくりと進んだ。若い男はほかの抗議者から間に合わせの舞台を守っていた。その舞台に上がろうとする者が何人かいたのだ。ジェシーを見て、男は彼の肩に手を置くと言った。

「あなたの時間です。すべてを彼らにぶちまけてください！　包み隠すことなく！」

ジェシーは手を振って言った。

「きみは誰なんだ？」

「あなたの味方です。ここにはあなたの味方が大勢います。あなたが思っておられるよりずっと多く」

同日

イエーツはコンサートが終わるまえに国連ビルを出た。通常の場合、デモ隊が国連ビルにこれほど近づくことは許されない。普通は、ラルフ・バンチ公園か、一番街四十七丁目の〈ダグ・ハマーショルド・プラザ〉――国連の来訪者入口から一ブロック、トップレヴェルの外交官が利用する入口から四ブロック離れたところまでだ。が、もちろん、前例がないほどデモ隊の接近が許可されたことにも意味があった。ソヴィエト連邦とは異なり、オープンな批判を恐れなければならないものなどアメリカには一切ないことを示すためだった。で、彼も、ジェシー・オースティンも来たわけだ、とイエーツは思った。この国では認められていても、彼が称揚する国では認められていない自由――言論の自由――を目一杯に行使して。

通りに出ると、制服警官がジェシーに近づき、リンゴの木箱を指差しながら、彼の演説を阻止しようとしているのが見えた。イエーツは慌《あわ》てて走り寄ると、警備の責任者の腕をつかんで、騒音越しに怒鳴った。

「あの警官を離れさせろ！　誰にもジェシー・オースティンの邪魔をさせるんじゃない！」

「ジェシー・オースティン？」

その警察官にはなんの意味もない名前だった。イエーツは隠微な喜びを覚えて言った。

「リンゴの木箱の上に乗ってるあの背の高い黒人だ！　あの男はあそこにずっといさせるんだ！」

「ああいう高いところに乗ることと、国連の入口にあんなに近づくことは禁止されてるんですけど」

イエーツはこらえ性をなくして怒鳴った。

「おまえのところが何を禁止しようと知ったことか！　いいか、よく聞け。あいつを排除しちゃならん。ソヴィエトのやつらはこっちがあいつを排除することを見越してあいつを呼んだんだ。おれたちがあいつを排除しようとしたら、あいつは抵抗するだろう。で、結局のところ、そういうことをしてるおれたちが世界じゅうの新聞の第一面を飾ることになる。それがあいつの狙《ねら》いだ！　そのためにあいつはここにいるんだ！　あいつはちっとは名の知れた共産主義シンパなんだ！　黒人の著名人なんだ！

五人の白人の警官が黒人の老シンガーひとりを手荒に扱ってるなんて図はいただけないだろうが、ええ？　おれたちはプロパガンダ戦争の真っ只中《ただなか》にいるってことだ。今夜はどんな警察のパフォーマンスも要らない。どんなに挑発されようとな。わかったか？　誰もあの男に手を出すんじゃない！」

同日

ジェシーはわが眼を疑った。警官が引き下がったのだ。彼をリンゴの木箱の上に立たせたままただ歩き去ったのだ。アンナを見やった。彼女もジェシー同様、いかにもわけがわからないといった顔をしていた。が、世界じゅうのマスメディアが集まる中、警官たちも自制するよう命令されているのにちがいない。手綱を引きしめすぎず、抗議行動をむやみに取り締まらないように。アメリカは言論の自由な国であることをアピールするために。皮肉な判断だ。それでも、演説が許されているのなら、たとえそれが今夜かぎりのショーであっても、ジェシーはその機会を無駄にしようとは思わなかった。

リンゴの木箱の上からだと、抗議行動に集まった人たちの全容が見渡せた。何百もの顔が見えた。頬に花を描いた顔もあれば、怒りと苛立ちに歪《ゆが》められた顔もあった。ジェシーは話しはじめた。最初はおずおずとした声だった。リンゴの木箱のすぐ近くにいる者たちもアンナ以外誰も聞いていなかった。演説というより頭のおかしくなった老人の繰り言に近かった。

「私が今夜ここにいるのは……」

原稿を読むか、即興の演説にするかも判断がつかず、出だしはよどみがちだった。が、アパートメントで書いた原稿を読むことに決めると、誰も注意を払っていないことは無視して、群衆の中の一点に視線を定めた。そして、入場料を払った何千もの観衆に向かって大舞台から呼びかけた昔に帰ったつもりになった。それでも、たえまない反戦デモ隊の太鼓の音に掻き乱され、なかなかリズムが出てこなかった。言いかけたことの途中でことばに詰まり、言いよどみ、論点を変えなければならなくなった。さらにそこでも詰まり、最初に戻るということを繰り返し、彼は思った。どうせ誰も聞いていないのだから、英語で話してもロシア語で話しても大差はないのではないか。意気消沈せざるをえなかった。アンナが手を握ってきた。彼は妻を見下ろした。アンナは彼の手をぎゅっと握りしめてアドヴァイスした。

「あなたの感じることだけを話すの。わたしに話してくれるようにみんなに話すの。心から。だからこそみんなあなたの声を聞いてくれたんでしょうが。あなたは決して嘘《うそ》をつかない。あなたは決して自分を偽らない。自分が信じることしか言わない人よ。それがあなたじゃないの」

ジェシーは太鼓の音を心から閉め出し、改めて気持ちを奮い立たせて片手を上げた。が、ひとこと発するまえにひとりの男が呼ばわった。薄汚いひげを生やし、筋肉質の腕をした年配の反戦活動家だった。ギターを肩に掛け、はだけた胸に赤でピースマークを描いていた。

「ジェシー・オースティン!」

自分を知っている人間がいたことに虚を突かれ、ジェシーは言いかけていたことばを見失った。男は彼が気を取り直すまえに人垣を掻き分け、彼のところまでやってくると、手を振りながらまくし立てた。

「ずっとあんたの歌が好きだった。言ってくれ、ジェシー、マルコムXが殺されたのはやっぱり彼がヴェトナム戦争に反対したからなんだろ? おれは知ってるんだよ。やつらはこの戦争に反対する人間を片っ端から殺してる。黒人は男も女もみんなヴェトナム人を支援しなきゃいけないってマルコムXは言ってた。アメリカ兵じゃなくて。そのせいだったんだろ、彼が撃たれたのは? どう思う? あんたはどっちを支持してるんだ? ヴェトナムか、アメリカか?」

マルコムXはその年の二月に殺されていた。ジェシーはふと思った。マルコムXの死の背後には何かが隠されているかもしれない。黒人のイスラム組織〈ネーション・

オヴ・イスラム〉のせいにするのはいかにも都合のいい説明だ。都合のいい説明がつくときには、ことの真相はたいてい別のところにあるものだ。ジェシーが答えかけたところで、男は仲間に向けて呼ばわった。

「おい！　ジェシー・オースティンがここにいる！」

リンゴの木箱の上の彼を見てなんの反応も示さなくても、人々は彼の名前を聞いて振り返り、注意を向けてきた。反共主義者のグループからは不快げで耳ざわりな声があがった。

「アメリカは自分の故郷じゃないなんてよく言えたな！」

「アメリカの軍隊と喜んで戦うなんて言いやがって！」

老反戦家はジェシーにウィンクをして言った。

「言うことには気をつけたほうがよさそうだ」

ジェシーは呼ばわり返した。

「そんなことはひとことも言ってない！　私は戦争じゃなく、平和を信じてるだけだ！」

最初の中傷が堰《せき》を切ったようにあふれ、反共主義者のグループからさらに陰険な誹《ひ》謗《ぼう》が飛び出した。彼らはほかの誰よりジェシーのことを憎悪《ぞうお》と嘲笑《ちょうしょう》の対象と思っている手合いだった。

「おまえは何人もの白人の少女をたぶらかしたんじゃないのか？」

「なんで税金を払わないんだ？」

「刑務所にはいってたんじゃないのか？」

「女房に隠れてやりまくってんだってな！」

「酔っぱらっちゃ、カミさんを殴ってるそうだな！」

非難の声はあちこちから聞こえており、ジェシーには非難している者を必ずしも特定できなかったが、それでも挑発されることなく怒りを抑え、彼らの申し立てに生真面目《きまじめ》に答えた。

「私は税金を払っている！　服役したことなど一日たりともない！　刑務所にはいったのは、その中で助けを求めている人たちを訪ねたときだけだ。それに私はただひとりの白人の少女にも触れたことがない。今誰かが言ったような意味ではただの一度も。私が人を殴ったことがないように。妻を殴るなど――私が誰より愛する女性を殴るなど――言うも愚かなことだ。あなた方が今も繰り返していることは誹謗中傷以外の何物でもない！　憎しみと嘘のキャンペーン以外の何物でもない！」

彼の声は震えていた。自分に向けられた虚偽の痛みが彼の内部でふくれ上がった。

名声が崩れ去るのを目《ま》の当たりにし、無力感に打ちひしがれたときの記憶が甦《よみがえ》った。

夫がくじけそうになっているのを察し、アンナもまた木箱の上に乗った。そして、ジェシーの腰に手をまわして支え、まわりの者たちに訴えた。

「あなた方の言っていることがほんとうなら、わたしがこうして夫のそばに寄り添って立ったりすると思いますか？　政府に家を取り上げられても、彼とともにいようなどと思いますか？　仕事まで取り上げられたのに。お金も取り上げられ、食卓から食べものまで取り上げられたのに。わたしたちは何もかも失いました。あなたたちは嘘を聞くのが好きかもしれないけれど、真実を話させてください。ジェシーは生まれてこの方、人を殴ったりしたことは一度もありません。酒場の喧嘩《けんか》や、通りでの口論に加わったこともありません。わたしに声を荒らげたことさえありません！　戦争について言えば、ほかの人々に向けて武器を取るなど夫には想像もできないのです。どんな暴力も信じることができないのです。彼が信じているのは愛です！　愛を何より深く信じてるんです！　それに、生まれも肌の色も関係しないすべての男女の平等。彼が信じているのはそのことです。もちろん、わたしたちが信じていることに不賛成ならそれでけっこうです。そんなことを信じているわたしたちを愚かと思うのなら、そう思ってくださってけっこうです。でも、これだけは言ってほしくありません。わたしたちが愛し合っていないなどとは絶対に！」

アンナはそう言って木箱を降りた。彼女のことばは明らかに彼に有利に働いた。さらに多くの人々がジェシーに注意を向けていた。彼は公《おおやけ》に発言しなくなってしまったことを改めて悔いた。沈黙はただあてこすりの機会を敵に与えただけのことだった。たとえメインストリームのチャンネルは閉ざされても、真実を訴えるのは自分の義務だと思った。勝ち目はどれほど小さかろうと、敵に向かって立ち上がることこそ自分の使命だと。実のところ、彼はこれまで真実になどなんの価値もないと思っていた。つまるところ、そこまで打ちのめされていたということだ。が、それはまちがいだった。真実には価値がある。少なくとも、彼らの嘘より強いものだ。真実が語られれば、人はそれに耳を傾けるものだ。その思いに身を奮い立たせ、彼は聴衆とのやりとりからまた演説に切り替えた。言うべきことを言うときが来た。

「虚偽の申し立てにはもう充分お答えしたと思うので、何がほんとうに重要なのか、そういう話題にそろそろ移ってもいいだろうか。この偉大な国のさまざまな地に住む多くのアメリカ人にとって何が重要なのか。不公正、偏見、不寛容、すでに制度化されてしまっている差別。これは黒人だけにかぎったことではありません。貧しいアメリカ人すべてに関わる問題です！」

彼は用意してきた原稿を脇《わき》に置いて、即興で演説しはじめた。ロシア語がすぐにすらすらと戻ってきたのと同様、何年にもわたる抗議——何百回も繰り返してきた演説——によって完成されたことばとフレーズがよどみなく口を突いて出てきた。聴衆はすでに何倍にもふくれ上がっていた。人種も年齢も異なる男女が大きな一塊となって、彼に注意を向けていた。反戦グループのいくつかが彼に加勢していた。太鼓を叩《たた》くのをやめ、彼のことばがよく聞こえるよう協力していた。ここ十年で彼が眼のまえにする最も大きな聴衆だった。しかも彼らは彼の歌を聞きにきているのではなかった。娯楽を求めてやってきている者たちではなかった。世界を変えるために集まっている者たちだった。人々はさらに増えつづけ、次々に人が集まり、鋼鉄のバリケードの反対側のスペースに向けて少なからぬ圧力をかけていた。

ひとりの女が怒りもあらわに叫んだ。

「そんなにソ連が好きなら、ロシア人と一緒に帰ればいいのよ！」

ジェシーの信念はすでに揺るぎないものになっていた。彼はその憎しみの声をむしろ好んで味わうかのように反論した。

「ここが私の故郷なのにどうしてよそに行かなければならないのです！　私は生まれてこの方ずっとこの国に住んでいるのに。私の両親はこの国の大地に眠っているのに！　両親の両親もここに眠っているのに！　あなたがアメリカ人であるように私もアメリカ人です。もしかしたら、あなた以上にそうかもしれない。いや、それはもう明らかだ。なぜなら、私は言論の自由を、平等を、おそらくあなたには想像もつかないそういった概念を、心から信じているからです。あなたはアメリカの国旗を振るのに忙しく、その旗の意味するところについては何も考えていない！」

　さきほどの女に反共主義者の一団から離れてきた者が加勢し、次々とジェシーに野次を飛ばした。ジェシーには聞こえない野次もあったが、ざわめきをしのいで聞こえてきたものもあった。

「おまえはアメリカに住みながら、われわれの国を侮辱している！」

「私がこれまで蔑《さげす》んできた唯一《ゆいいつ》の人々はあなたのような人たちだ！　男も女もこの地球上に住む誰もが人間性というものを共有していることを理解しようとしない人たちだ！　しかし、あなたたちは理解しなくとも、よりよい暮らしを望む者の切実な思いは世界じゅうで理解されている。公正に扱われたいという欲求はどこに住んでいようと、何語《なにご》を話していようと、変わるものではない！」

　ジェシーはそこで国連ビルを示した。

「この建物は世界がひとつ屋根の下にあることを象徴しています。これこそわれわれが存在することの現実です。われわれはひとつの空の下に暮らしてるんです。われわれはみな同じ空気を吸ってるんです。われわれはひとつの太陽から温《ぬく》もりを得てるんです。政府の政策が人権を創《つく》り上げるのではありません。人権こそまず初めにありきなのです！　そうした基本的人権を支え、守るためにこそ政府はあるのです。基本的人権は選挙でどのように投票するかとか、どこに住んでいるかとか、肌が何色かとか、財布にいくらはいっているかといったこととは一切関係がありません。基本的人権は誰にも奪えないものです。私はその権利のために戦います。肺に空気が、心臓に血があるかぎり！」

ジェシーにはコンサートがもうそろそろ終わることがわかっていた。ソヴィエトの一行が通りに出てきて、若い生徒たちが群衆の中に溶け込み、そのあと彼を取り囲むことが。そのことを考えると、彼はもう笑みを抑えることができなかった。

マンハッタン
ブロードウェイ九二六番地
〈グローバル旅行代理店〉
同日

奥のオフィスのスチームパイプに手錠でつながれ、暗闇《くらやみ》の中に閉じ込められ、オシップ・ファインスタインは時間の感覚をなくしていた。禁断症状から、ひどく汗をかいていた。いつもならもうアヘンを吸っている時間で、クスリを求める生理的欲求がほかのあらゆる感覚を凌駕《りようが》し、その中には通常こうした状況に置かれたら、誰もが覚える感覚も含まれた——恐怖も。ズボンが濡《ぬ》れていた。失禁したのだ。金属が食い込んだ手首が痛く、指はもう動かせなくなっていた。ジェシー・オースティンとロシアの少女の写真は持ち去られていた。イエーツ捜査官に抱いたオシップの第一印象はまちがっていなかった——イエーツはかぎりなく危険な男だった。

朦朧《もうろう》とした状態の中、オフィスの外に誰かがやってきた気配を感じた。ゆっくりとオフィスのドアが開いた。オシップは明かりに眼をしばたたいた。彼にカメラを与えたソヴィエトの工作員が立っていた。眼が明かりに慣れると、男が銃を持っているのがわかった。

「FBIを信じるとはな。なんとも浅ましいことを考えたもんだ。これまでおまえがどれほど抜け目なくやってきたか考えると、こっちとしても思いもよらないミスだった」

オシップにはもう反論する気力もなかった――生きるために闘う気力さえ。

「私はおまえたちから三十年も逃げてきたんだ」

「これでもう逃げなくてもよくなったな、オシップ」

男はフィルムの現像に使う引火性の強い化学薬品、ハイドロキノンの壜《びん》を取り上げると、オシップの顔と服に振りかけた。咽喉《のど》にも眼の中にも。その強力な漂白剤はオシップの皮膚を突き刺した。焼けるような痛みが走った。男が火を放つまえからすでに。

マンハッタン
一番街東四十四丁目
国連本部
総会議場
同日

コンサートは終わった。聴衆は拍手喝采《かっさい》していた。ゾーヤの隣にいたアメリカの生徒が聴衆のスタンディング・オヴェーションに興奮し、彼女の手をぎゅっと握りしめてきた。歳《とし》はまだ十二か十三ほどのその少年は笑っていた。今このとき、少年はゾーヤがロシア人であることをまったく気にしていなかった——自分たちは友達であり、勝利チームのメンバーだった。成功は平等に彼らのものだった。遅まきながら、ゾーヤも理解した。彼女の母親の計画はただ舞台の上だけの平等ではなかった。アメリカの生徒もソヴィエトの生徒もみな同じ服装をするというのは、ライーサのアイディアだった。世界の作曲家に新曲を依頼するというのも。その結果、眼のまえの世界の外交エリートたちは、このコンサートが、あちこちにひそむあまたの罠《わな》をすり抜け、誰をも怒らせることなく、誰をも巻き込んだことに対して、惜しみない拍手を贈っているのだった。自分たちとはまた異なる外交的な冷静さと繊細さで用心深くことを進めたライーサに対して、誰もが称賛の拍手を贈っているのだった。

年少のアメリカの少年に続いて、ゾーヤもステージを降りた。総会議場の拍手はなおも鳴り響いていた。通路に出るなり、生徒たちは隊列を解き、自分たちの成し遂げたことに興奮して抱き合った。ライーサもアメリカ側の校長とことばを交わした。お互い満面に笑みを浮かべて。舞台稽古《げいこ》のときの用心深い打ち合わせとは打って変わって、親しげなやりとりになった。ゾーヤも母親のためにこの成功を喜んでいた。これだけのことを成し遂げたのだ、ライーサはそれを得意に思って当然だった。ゾーヤは今度のことすべてに関して、これまでシニカルに構えていたことを悔やんだ。もっと積極的に協力していればよかったのにと思った。エレナのように。

そこでまわりを見まわし、エレナの姿が見えないことに気づいた。エレナとはほんの数人をあいだにはさんで同じ列に並んでいたはずだった。が、どこにもいなかった。ゾーヤは総会議場から出てくる各国の聴衆の波に逆らってエレナを探した。人々は次々に通路に出てきていた。みな生徒たちを祝福したくてうずうずしており、彼女も見知らぬ男たちに握手を求められた。プロパガンダ担当官、ミハイル・イワノフの姿が見えた。生徒たちのあいだを急ぎ足で歩いていた。生徒たちが写真を撮られているにもかかわらず、そのことにはもうまったく関心をなくしているように見えた。

ゾーヤは彼のあとを尾《つ》けた。


コンサートの成功に気持ちを高揚させながらも、ライーサは早く娘たちを見つけたくてならなかった。が、通路は会議場から出てきた人たちでごった返し、すぐには見つけられなかった。ライーサは通路に立ってゆっくりとまわりを見まわし、群衆の中に娘を探した。どこにも見えなかった。悪い予感のような不安が足元から胃のあたりまで這《は》い上がってきた。ライーサは自分に向けられた祝福にもなんの関心も示さず、彼女をここに派遣し、前面に押し出してくれた人たちも無視して、人垣を搔《か》き分けた。そして、ようやくゾーヤを見つけて安堵《あんど》し、彼女のところに急いだ。

「エレナはどこ？」

ゾーヤは見るからに不安そうな顔をしており、顔色まで悪かった。ライーサを見て彼女は言った。

「わからない」

そう答え、手を上げて前方を指差した。

その先にミハイルがいた。ふたりにもほかの子供たちにも背を向けて、通りに面した大きな窓越しに外の群衆を眺めていた。その背後では、何人ものカメラマンが子供たちの写真を撮りつづけているのに、振り返ろうともしなかった。彼の関心はあくまで外の動きにあった。ライーサはそんな彼のところまで歩いていくと、腕をつかんで振り返らせた。そして、ミハイルのハンサムな顔を恐ろしいばかりの眼つきで射抜くように見た。ミハイルは彼女のその荒々しさに思わずあとずさった。彼女はつかんだ腕を放さなかった。

「エレナはどこ？」

ミハイルは嘘《うそ》をつきかけた。が、どうせ見破られると思ったのだろう。彼女の眼はまさに時計のメカニズムを見ている者の眼だった。

「嘘はつかないで。それでも嘘をつくなら、ここにいる大切な人たちのまえで大声で叫びはじめるわよ」

ミハイルは何も言わなかった。彼女は外の群衆のほうをちらりと見やり、声をひそめて言った。

「彼女に何かあったら、あなたを殺す」

マンハッタン
一番街東四十四丁目
国連本部前
同日

エレナは誰にも引き止められることなく、国連ビルを出ることができた。準備はすでに整えられていた。通り抜ける順路はあらかじめ決められており、警備の眼をかいくぐり、誰にも問い質《ただ》されることなく、警備の盲点を突いて出口に向かい、そこから外に出た。出るなり、顔を隠すためのフード付きのくすんだ赤いコートを見知らぬ男に手渡された。そもそも行きあたりばったりの計画ではなかった。エレナはコンサートが終わるなり、ほかの生徒たちと引き離されていた。ミハイルが彼女についていくわけにはいかなかった。写真の中に彼もまた写ってしまうわけには。プロパガンダ担当官の介在はことの信憑性《しんぴようせい》を根こそぎ奪ってしまう。エレナは計画の変更を舞台稽古のときに言い渡されていた。そのときのミハイルの説明によれば、生徒の小さな集団でも、外のデモに参加させるのはむずかしいということだった。外に出られるのはエレナただひとり。アメリカ当局は生徒たちをドアからドアへ――国連からホテルへ――直行させるバスを手配しており、そのバスもＦＢＩの捜査官が運転する。だから、きみがひとりで行くしかない。作戦の成否はきみの肩にかかっている。今こそ世界に共産主義を再評価させる絶好のチャンスだ――それがミハイルの説明だった。若いロシア人と年老いたアメリカ人。ふたつの異なる国家。ふたつの異なる世代。そんなふたりが手に手を取り合う写真。まさに現代の発展を体現するイメージを今こそ創造するのだ。その写真は包括的なイデオロギーの力強いメッセージとなり、ソヴィエト連邦の持てる力――何千キロも離れた異なる文化と異なる人種を結びつける力――を世界に思い起こさせることになる。エレナとしては、これでついに姉の影から一歩飛び出し、自分が信頼と愛に足る存在であることをミハイルに証明できる絶好の機会にもなるはずだった。

国連ビルのその出入口は通りを北に上がったところ――群衆が集結しているあたりから少し離れたところにあった。ジェシー・オースティンのそばまで行くには、警官の警備線を通り過ぎなければならない。呼び止められるのではないかとびくびくしながら、エレナはフードをすっぽりと頭にかぶり、抗議者たちのほうに向かって足早に歩いた。ずっとうつむいたまま歩いた。心臓が早鐘を打っていた。こっそり眼を上げると、木箱の上に立っているジェシーの姿が見えた。演説に夢中になっており、彼女が近づいているのには気づいていなかった。ジェシーのそばまで行く一番簡単な方法はバリケードを越えることだった。が、警察官に見つかって捕まることを恐れ、彼女は密集している人々の中にまぎれ込んだ。まわりを人々に囲まれ、深く息をつき、フードを取った。通りにひとりさらされて歩いていたときよりはるかに安全に思えた。人混みを掻き分け、人に小突かれながらも、さらにゆっくりと前進した。そこにいるのはただやみくもな群衆ではなかった。意識を一個所に向けている聴衆だった。みな同じほうを向いて、熱心にジェシー・オースティンの演説を聞いていた。演説者の中で一番背が高く、誰よりめだつジェシーは自らの声を群衆に向けて解き放っていた。マイクも持たず、用意してきたメモも持たずに。彼女が彼のアパートメントで会った温厚で礼儀正しい老人とはまるで別人だった。聴衆に向けて激しく怒っていた。エレナはそんな彼のパフォーマンスにすっかり魅了された。抗議は彼にとって不可欠のものなのだろう。息をするのと同じくらい自然なものにちがいない。

国連ビル内での空疎《くうそ》なコンサート――誰も怒らせたりしないよう慎重に企画され、変革への真の欲望を曲目からきれいに洗い流したコンサート――とはどこまでも対照的だった。このパフォーマンスはひたすらうるさく、どこまでも耳ざわりだった。しかし、そのためにこそ国連ビル内でのコンサートを凌駕していた。エレナはこれまでデモというものに参加したことは一度もなかった。実際、モスクワではデモを見たこともなかった。民警が所在なげに脇《わき》に立っている抗議行動など想像することさえできなかった。そもそもニューヨークの警察はデモ参加者ではなく、通りに注意を向けていた。抗議者に対しては最初から降参してしまっているかのようだった。通りそのものをパトロールし、不可解にも群衆にはさして関心を示さず、距離を置いていた。そんな警官がいくらいようが、ジェシー・オースティンは気にもとめていないように見えた。エレナは背伸びをして、ジェシーの腕が一文一文のリズムに合わせて動き、手がフレーズひとつひとつに句読点を打つのを見た。まるで演説がきつい肉体労働でもあるかのように、ジェシーは白いシャツの袖《そで》をまくっていた。彼の訴える力はことばの限界を超えていた——彼の演説には魔法があった。シニカルで、陰鬱《いんうつ》な内省ばかりしているレオとは比べるべくもなかった。ジェシー・オースティンはエレナがこれまでに見た中で誰より力強く生き生きとした男だった。

まえに進むのは流れに逆らって川を泳いでいるようなもので、小さなエレナの体はその場を動きたがらない人々に押され、右に左に揺さぶられた。ジェシーに近い場所を明け渡してくれそうな者はひとりもいなかった。時間がなかった。アメリカの主催者が彼女の不在に気づくのは時間の問題だった。捕まったら罰せられるだろう。ジェシーとふたりでポーズを取ることさえできれば、どんな罰を受けようとかまわなかった。エレナはポケットからソヴィエトの国旗を取り出した――自らをきわだたせる切り札を。ソヴィエト側はジェシーのこれまでの努力にどれほど感謝しているか、彼の存在はどれほど長く人々の記憶に残りつづけるか、そのことをジェシー本人に示す彼女なりの方法だった。近づくことができたら、彼に抱きつき、ふたりの背後に旗をはためかせて、目的の写真を完成させる――自分と彼とのツーショットだ。エレナは礼儀も何もかなぐり捨て、まわりに爪《つめ》を立てるようにして強引に前進を始めた。ようやく最前列まで来た。ジェシーが気づいてくれた。彼は手を伸ばし、彼女の手をつかむと、木箱の上に彼女を引き上げた。年齢を考えると、彼は驚くほど力強かった。エレナはそこで初めて彼の妻もいることに気づいた。エレナを見ると、ミセス・オーステインはハーレムで会ったときには一度も見せなかった笑みをエレナに向けてきた。

　木箱の上に若い白人の娘が上がったのを見て、群衆は一気に論評のコロスと化した。彼らがなんと言っているのか、エレナにはまったくわからなかったが、何をすべきかは心得ていた。国旗を広げた。彼女の背丈ほどは充分にある大きさの旗だった。その旗に気づいたジェシーの眼に一瞬、恐怖が宿った――その旗が群衆に向けてどれほど挑発の意味を持つか、恐れたのだ。ジェシーの表情を見て、エレナは旗を取り上げられるかと思った。が、ジェシーは何もしなかった。旗がふたりのうしろではためくのに任せた。群衆がどっと押し寄せてきて、木箱に大波がぶつかったようになった。あちこちでカメラのフラッシュが焚《た》かれ、群衆の頭上で光が交差した。ジャーナリストたちが一斉に質問を浴びせてきた。怒れる反ソヴィエト主義者も、浮かれたジェシーの支持者も。ジェシーは大鎌《おおがま》を振るうように手で空を切って叫んだ。

「みなさんに私の友人を紹介したいと思います。彼女はソヴィエト連邦からやってきた若き学びの徒です！」

群衆のどよめきに――首肯する声も拒絶する声もあった――ジェシーはさらに声を張り上げなければならなかった。群衆の中には眼のまえの光景が信じられないのか、あきれたような顔をしている者もいた。エレナは笑いが止まらなくなった。旗をしっかりと握っている彼女の手を高々と掲げて、ジェシーが言った。

「われわれほど異なる生い立ちを持つ者もいません。それでも、われわれは平等を求める強い思いによって結ばれているのです。われわれは異なる大陸に生まれながら、それでも同じことを信じているのです。公正を！　正義を！」

カメラのフラッシュが引きも切らず焚かれた。エレナは自分が成し遂げたことに陶然となっていた。この瞬間こそ彼女の望んできたすべてだった。

いきなり耳をつんざくような音がした。その音にジェシーが黙り、群衆全体もしんとなった。あたかもマンハッタン島を二分するかのような、短い雷鳴のような、大きな音だった。木箱が揺れた。振動がエレナの脚にも伝わった。人を呆然《ぼうぜん》とさせる静寂は音がやんだあともしばらく続いた。夜空にありえない陽の光が射《さ》したかのような衝撃的で奇妙な一瞬が過ぎた。実際には一秒もないほんの一瞬だったが。エレナは耳鳴りを覚えた。その音はどんどん大きくなり、最後には耳が痛くなった。煙のにおいがした。金属のにおいも。デモ参加者の中には、驚きのあまり口も利《き》けず、その場に凍りついている者もいれば、口を大きく開けたまま呆然と突っ立っている者もいた。エレナはゆっくりと両腕を降ろした――ソヴィエトの国旗がどこかに行ってしまったのに気づいた。見ると、歩道に落ちていた。地面に広げられたピクニックのための毛布さながら。ジェシー・オースティンは、まるで国歌が演奏されているかのように片手を胸にあてて、彼女のすぐそばに立っていた。それから彼女に近づいてきた。より近くに。さらに近くに。そして、最後には彼女に寄りかかってきた。何か秘密を囁《ささや》こうとでもするかのように。しかし、彼にはひとことも発することができなかった。彼女にのしかかってきたかと思うと、木のように、巨大なオークの老木のように倒れた。ふたりとも歩道に落ちた。互いに別々の方向に押し合うようにして落ちた。ジェシーは鋼鉄製のバリケードにぶつかった。エレナのほうは抗議者の中に倒れ、誰かの胸に頭をぶつけ、落ちまいとして反射的に誰かの服をつかみながら、最後には歩道に叩《たた》きつけられた。

気づいたときには、デモ参加者の脚の林の中に倒れており、パニックに陥った人々の足に蹴《け》られ、踏みつけられた。とっさに手で頭を覆《おお》い、脚の隙間《すきま》からジェシーが倒れたほうを見た。ミセス・オースティンが夫のそばにひざまずいていた。群衆は束縛を解かれたかのようにバリケードを壊し、通りにあふれ出ていた。手づくりの横断幕がエレナのすぐそばの地面に落ちてきた。彼女は立ち上がった。が、すぐにまた膝《ひざ》をついた。もう一度やってみた。耳がまだがんがん鳴っていた。今度はどうにか立ち上がれた。通りの反対側から警官たちが警棒を振りかざし、隊列を組んで前進してきた。抗議者たちはそんな警官たちに体あたりを浴びせていた。

エレナは足を引きずりながらジェシーのほうに歩き、そのそばに倒れ込んだ。彼の白いシャツが赤く染まり、その赤が見る見る勢力を拡大し、白い部分を征服していた。ミセス・オースティンが叫んでいた。耳鳴りがしているエレナの耳にもその声は聞こえた。

「助けて！」

警官たちが円を描くように犯行現場を取り囲み、エレナのそばにデモ参加者はもういくらも残っていなかった。

エレナは誰かに顔をつかまれ、眼をのぞき込まれた。

「エレナ？ 怪我《けが》はしてない？」

その女性はロシア語を話していた。

ライーサは娘の体を手早く調べた。エレナのシャツに血はついていなかった。どこか怪我をした様子もなかった。ライーサはエレナが着ているコートを剝《は》がすようにして脱がせた。見たこともないコートだった。コートのポケットに何か重いものがはいっていた。ライーサはポケットに手を入れた。金属製の冷たいグリップが手に触れた。銃だった。

ライーサには即座にわかった。疑問の余地はなかった。それはジェシー・オースティンを撃った銃だった。

マンハッタン
一番街四六二番地
ベルヴュー・ホスピタル・センター
同日

洗面台のへりにつかまりながら、アンナ・オースティンは思った――この手を放したら、わたしは床に倒れてしまう。息をするたび、自分の息を誰かに奪われているような気がした。自然なリズムで呼吸ができなかった。ふたつの文――事実とは承服しがたいふたつの文――を繰り返すたび、空気をちぎって吸い込んでいるような気がした。

ジェシーは死んだ。
わたしは生きている。

ためらいがちに右手を離し、その手を蛇口に近づけて栓をひねり、冷水を流した。流れ出た水の下に手のひらを窪《くぼ》めて差し出し、そこに水を溜《た》めると、その手を顔に持っていった。指の隙間から水が洩《も》れた。手を顔にあてたときには手のひらにもう水は残っておらず、冷たいしずくを額に押しつけた。その数滴が眼にはいり、涙になった。もし彼女に泣くことができていたなら。

声に出してさきのふたつの文を言ってみた。そうすれば、そのことばが現実のものとなるかもしれないと思いながら。

「ジェシーは死んだ。わたしは生きている」

彼のいない人生を想像することは不可能だった。明日の朝、目覚めたときに彼が自分の横にいないことを想像するのは不可能だった。仕事に出かけ、誰もいないアパートメントに帰ってくることを想像するのも。ふたりは逆境をともに耐え、成功もともに享受《きょうじゅ》してきた。ふたりで国じゅうを旅し、最後にはハーレムの狭苦しいアパートメントを共有した。何をやろうと、ふたりはともにやってきた。

当局としても五十年近くを要したにしろ、最後には彼らが勝った。ジェシーの首にロープが掛けられたわけではなかった。彼らは森のへりでジェシーを殺したわけでもなかった。殺人者として自分たちの顔を見せ、うまくやりおおせたことで、得意げに互いに背中を叩き合ったわけではなかった。それでも同じことだ。これはリンチだ。写真付き、観衆付きの完璧《かんぺき》なリンチだ。しかし、彼女には泣くつもりはなかった。今はまだ。亡夫の墓のそばで泣き崩れる未亡人のように、ジェシーの死を悼《いた》むつもりはなかった。ジェシーはそんなことよりもっといいことを彼女に教えてくれていた。ジェシーはそんなことよりもっといいことに値する男だ。

いくらかでも体の抑制が利くようになったのが感じられると、彼女は体を起こし、冷水を止めた。そして、トイレの出入口まで歩き、ドアを開けた。廊下の向こうに彼女から調書を取ろうとして待っている警察官たちの姿が見えた。彼女はその反対方向に向かった。やるべきことはわかっていた。

マンハッタン
東五十一丁目一六七番地
一七分署
同日

ライーサは思った――わたしは危険を予見していたのに。だから、無理をしてでもレオと連絡を取ったのに。レオはわたしの予見が思いすごしでないことを追認し、危険を遠ざけるよう言ってくれたのに。長い年月、彼女は何も信じていなかった。あらゆる約束を疑っていた。どんな相互関係も私欲と欺瞞《ぎまん》を土台に築かれるものと思っていた。そんなふうに思って生きることは、結局のところ、皮肉で疲れる人生を意味した。が、それは無意味なことではなかった――体制が何万もの人々を殺していたあいだも生き延びることができたのだから。しかし、それは彼女が娘たちに望む心のあり方でも生き方でもなかった。だから、見知らぬ者に名前を尋ねられたら嘘《うそ》をつくようにとは娘たちには教えなかった。警戒と疑惑を常に怠らない暮らしをめざすようにとも叩き込まなかった。娘たちには、どんな愛情表現に対しても粗探しをし、どんな友情も疑うような人間にはなってほしくなかった。しかし、そんな思いで娘たちと接しながら、ライーサは母親としても教師としても過《あやま》ちを犯したのだった。レオには自らの過去を葬《ほうむ》り去ることができたとしても、そのことは暗黒の力が存在しなくなったことを意味したわけではなかった。彼は変わった。が、世界も変わったと信じたのはライーサの過ちだった。

監視についている婦人警官に言われても、ライーサは坐《すわ》るのを拒んだ。腕を組み、背中を壁に押しつけ、小部屋の隅に立ちつづけた。エレナに関する知らせはまだ何も聞かされていなかった。事件後の混乱の中、ふたりはすぐに別々の車に保護されたのだ。だから、ライーサが娘を抱くことができたのはほんの数秒のことだった。そのときのエレナはまた幼い少女に戻っていた。ライーサが十三年前に養女に迎えた頃の少女に。誰からも忘れ去られ、混乱し、自分には理解できない世界からの庇《ひ》護《ご》を求めていた少女に。そして、ライーサの肩に顔を埋《うず》め、ジェシー・オースティンの血に手を染め、まさに子供のように泣いたのだった。何も心配は要らない。ライーサはそう言いたかった。が、そうはいかなかった。今回ばかりは。ライーサには慰めの嘘を言うことすらできなかった。眼のまえで起きたことに呆然自失となり、エレナに愛していると伝えることも。この次、顔を合わせたら、それがまっさきに言うことばになるだろうが。たった一秒でも顔を合わせられたら。エレナはどんな謀略に巻き込まれていたのか、ライーサにその詳細はわからなかった。しかし、それがどんなものであれ、よりよい世界の実現という甘いことばに騙《だま》されたのだろう。それだけは察しがついた。無口な楽天主義。そこはエレナは昔のレオに似ていた。夢想家で、結局のところ、自らの手を血で汚すことになったところも。ライーサはまさに血反吐《ちへど》を吐く思いで念じた。どんなことを言われ、どんなことを約束されたにしろ、わたしのあの理想主義の娘はレオと同じようにはならない。あの子にはほかでもないレオがついているのだから。レオならあの子を助けられる。彼自身同じ道を歩んだのだから——彼ならあの子になんと言えばいいのか知っている。だから、なんとしても家に帰らなければ。

ドアが開き、ホテルにいた捜査官、イエーツがはいってきた。惨憺《さんたん》たる結果を招いた警備の責任者にしては、奇妙なほど満足げな顔をしており、それはただひとつのことを意味した。この男もなんらかの形で今度のことに関わっているのだ。イエーツの脇《わき》には年配の女性がひとり立っていた。制服は着ておらず、その女性がさきに口を開いた。完璧なロシア語を話した。

「わたしたちと一緒に来てください」

「娘はどこです？」

女性は通訳してイエーツに伝えた。イエーツは言った。

「尋問中だ」

ライーサはふたりのあとについて部屋を出ると、ロシア語で言った。

「娘は誰も殺していません」

女性はイエーツに通訳して伝えた。イエーツは耳を傾けはしたが、どんな反応も示さなかった。ふたりより先に大きな部屋にはいった——そこは椅子《いす》と机が何脚も並べられただだっ広い部屋で、大勢の人々がいた。その大半は警察官で、電話が鳴り、みな怒鳴り合ったり、互いに相手を押しのけながら狭い通路をすれちがったりしていた。

「わたしはどこに連れていかれるんですか？」

通訳のことばを聞いたあと、イエーツは言った。

「あんたは移送中だ」

「娘も移送されるんですか？」

この質問には答は返ってこなかった。イエーツは別の男と忙《せわ》しげに話しはじめた。

頭が混乱したまま、待たされ、どうにもならない不安を覚えながら部屋を見まわしているうち、ライーサはめまいを覚えた。水が欲しかった。そう頼みかけたところで、人々の中にひとりの女性を見つけた——その大部屋でただひとりの黒人女性だった。制服は着ていなかった。脇に制服警官がひとり立ち、その女性に何やら話しかけていた。が、黒人女性はまるでその警官に注意を向けていなかった。ライーサたちに向けていた。たじろがされるほどの鋭い視線をライーサたちのほうに向けていた。遅まきながら、イエーツもその黒人女性に気づいた。気づくなり、鋭い反応を示し、制服警官に指示を発した。制服警官は黒人女性の腕をつかんだ。つかんで部屋から連れ出そうとした。黒人女性はその手を振り払うと、もう一方の腕をまえに突き出した。銃を握っていた。

ライーサはその女性をその日見ていた。ジェシー・オースティンの死体のそばで、夜空に向かって助けを叫んでいた女性だった。結局、助けはこなかった。そのときその女性の表情は愛と苦悩に満ちていた。そのときの愛が今は怒りに姿を変えていた。白光とともに銃が炸裂《さくれつ》した。ライーサは、最後に自分がエレナに言ったことばが、〝あなたは少しも悪くない、心の底からあなたを愛している〟だったらどんなによかっただろう、と強く思った。

ハーレム
ブラッドハースト地区
八番街西一三九丁目
〈ネルソンズ・レストラン〉
翌日

従業員は誰も仕事をしていなかった。料理を口に運んでいる客もいなかった。全員がラジオのほうを向いて、ニュースに耳を傾けていた。ネルソンは立って、ヴォリュームダイヤルに手をかけ、目一杯ヴォリュームを上げた。何人か女が泣いていた。何人か男も泣いていた。それとは対照的に、ラジオの声は早口で歯切れよく、感情がなかった。

「昨夜、往年のポップシンガー、ジェシー・オースティンが殺害されました。公衆の面前で射殺されたのです。容疑者は、共産主義者のロシア人女性で、被害者の愛人だったと見られています。ニューヨーク市警内部の情報筋によると、そのロシア人女性は、ソヴィエト・ロシアから救い出して結婚するという約束をオースティン氏が果たさなかったことを恨み、犯行に及んだ模様です。オースティン氏はすでに結婚していました。ただ、悲劇はそれだけでは終わりませんでした。彼の妻が夫を殺された復讐《ふくしゅう》に、警察の分署に乗り込んで、署内でそのロシア人女性を撃ったのです。そうして容疑者を射殺したあと、オースティン夫人はその銃を自らに向け……」

ネルソンはカウンターからラジオを取り上げると――コードがコンセントから抜けた――頭上に掲げた。客たちはみなじっと彼を見つめた。ネルソンはそこで思いとどまったようだった。そのままカウンターに降ろした。そして、ややあって、店内全体に向かって呼びかけた。

「こんな嘘をこのあとも聞きたかったら、悪いが、どこかよそで聞いてくれ」

そう言って、オフィスに姿を消すと、大きなガラス瓶を持ってまた出てきた。そして、そのガラス瓶をカウンターのレジの脇に置いて言った。

「募金を募る。葬式のためじゃない。今はまだ花を捧《ささ》げるときじゃない。だいたいジェシーもそんなことは望まないだろう。誰がジェシーとアンナを殺したのか。それを突き止めてくれる誰かを雇いたい。弁護士も必要になるだろう。私立探偵も。うまく説明はできない。だけど、おれにはそれを知る必要がある。知らなきゃならない。その気持ちはどうにも収まらない」

そう言って、彼は財布を取り出し、中身をすべてその瓶の中に空けた。ウェイトレスたちはチップを差し出し、客も寄付をして、午前中で瓶はいっぱいになった。ネルソンがその額を数え、台帳に書き写していると、どこからかジェシーの歌が聞こえてきた。ネルソンはオフィスから店に出た。客もウェイトレスも窓辺に立ち、歌が聞こえてくる通りを眺めていた。ネルソンは店を横切り、ドアを開け、外に出た。ウィリアムという若い男――ネルソンはウィリアムの両親をよく知っていた――が木箱の上に乗ってジェシーの歌を歌っているのだった。歌詞は全部覚えているのだろう、手には楽譜も何も持っていなかった。

通りを歩いていた人たちも立ち止まり、木箱のまわりに集まり、ちょっとした人だかりができはじめていた。男たちは帽子を脱いで手に持っていた。子供たちも遊ぶのをやめて佇《たたず》み、ウィリアムを見上げ、耳を傾けていた。

おいらはただのフォーク歌手
それでおいらには充分さ
おいらはただのフォーク歌手

おいらみんながいつの日か、自由になるのを夢見てる

集まった人々を見て、ネルソンは幾許《いくばく》であれ志さえあれば、数千の人々を集めることが自分にもできることを悟った——彼自身、その群衆に向けて話しかけることも。言いたいことは山ほどあった。ジェシーの声ではなく、自分自身の声で。どうしてそんな危険を冒すのかと尋ねられて、ジェシーがよく答えていたことばを思い出し、ネルソンにもやっとそのことばの意味がわかった気がした。たとえどれだけ繁盛《はんじょう》していようと、レストランを経営するだけでは人として充分とは言えないのだ。それだけでは。

一週間後

ソヴィエト連邦
モスクワの北北西四十キロ
シェレメチェヴォ空港
一九六五年八月三日

フロル・パニンは森閑とした滑走路一面に降りしきる激しい雨を眺めていた。天気が急に崩れ、青空と焼けつくような太陽に代わって、怒れる雲が低く垂れ込めていた。滑走路の脇《わき》の地面は何週間も続いた熱波にひび割れ、からからに乾いて黄色に変色した草の表面を雨水が走っていた。そうした天候の悪化を見て、航空管制官たちは到着便の行先変更を考えていた。パニンはそれを過剰反応と見て、管制官たちを思いとどまらせていた。乗客たちを迎えるための準備がすでに徹底的になされていたのだ。その結果、よほどの緊急事態でも発生しないかぎり、その便は予定どおりこの空港に到着することになった。

帰国する生徒たちは、ジェシー・オースティン殺害事件がソ連および外国でどれほどのニュースになっているか、知る由《よし》もなかった。国際的には、この事件は一大センセーションを巻き起こしていたが、ソ連国内ではより冷静でより計算された取り上げ方をされていた。〈プラウダ〉が虚偽と表明はしないまでも、事件に関する公式見解に疑問を呈しているだけだった。それでも、帰国してくる若い男女には慎重な説明を要する。また、ここ数日に受けた大変なショックに対する精神的なケアも必要だろう。そのため、空港で忙しくしているのはKGB捜査官、精神科医、宣伝省の官僚で、喜びにあふれた出発セレモニーとは一転して、生徒たちの帰還には式典もなければ、バンド演奏もなかった。カラフルなリボンもアルコールもなかった。捜査官たち以外にいるのはごくかぎられたジャーナリストだけで、どれほど要望しようと、家族も友人たちも空港内にはいることは許可されなかった。空港は封鎖状態にあった。

六十一歳のフロル・パニンの髪は、丁寧に調髪した魔法使いさながら、堂々たる銀白色で、体つきも引きしまり、顔の皺《しわ》も皺というより、これまでの数多《あまた》の成功のたびに刻まれた勝利の刻印のように見えた。そんな彼の最も新しい勝利は、歳《とし》を取ってますます一貫性がなくなったフルシチョフ首相を、ブレジネフ書記長の側近として失脚させたことだろう。この勝利は最後には静かにもたらされた。フルシチョフは戦うことなく、失意のうちにおとなしく退任した。この元農夫は命を落とすことなく、賢くも地方の片隅にひっそりと退いた。思えば理に適《かな》った幕引きだった。そもそも彼はそうしたところの出《で》だったのだから。パニンはいわゆる政界の〝キングメーカー〟で、クレムリンの最重要人物のひとりだった。にもかかわらず、一見瑣末《さまつ》に見えるこの仕事のためにわざわざ飛行場まで足を運んでいた。飛行機が乗客を乗せて戻ってくるのを準備万端整えて待っていた。そもそも自分が手がけたわけでもなければ、気にかけていたわけでもない作戦に個人的に関わっていた。待ちながら、彼は自分が以前監督していた情報機関のひとつ、〈A機関〉の計画案全体に眼を通し、要点を心にとどめた。〈A機関〉の扇動能力が軽視されていたのは明らかだった。

捜査官や官僚が彼に呼び寄せられては、情報を提供したり、要望に応じたり、質問に答えたりしていた。航空管制官まで呼ばれていた。まるでパニンが雲に対しても影響力を持っているかのように。彼の背後にはボディガードと運転手が立ち、時々何か入り用なものはないかと尋ね、飛行機の遅れが延びるのに従い、紅茶を新しく淹《い》れたりしていた。そんなパニンがここにいるのはひとりの男――レオ・デミドフのためだった。パニンはレオとともに仕事をしたことが過去にあり、レオには奇妙な義理を感じていた。あるいは、情愛と言ってもいい。それは彼がめったに覚えない感情で、その感情のためにこそ今回のこの特別な仕事は自ら担《にな》うべきだと判断したのだった。

空は暗く、雨は激しく、飛行機が地上数百メートルまで降下して初めてその機影があらわになった。水平飛行を保とうと翼が揺れていた。いたってスムーズな着陸だった。飛行機が地上滑走を終えて停止すると、パニンは立ち上がった。彼の忠実な若い運転手はもう傘を差しかけていた。

その傘の下に立ち、パニンは一行が飛行機を降りてくるのを眺めた。最初に降りてきた中のひとりにミハイル・イワノフがいた。周到さに欠けた今回の計画に関与しているプロパガンダ担当官。ハンサムな若者だったが、慎重にタラップを降りる姿を見るかぎり、いかにも神経質になっていた。アスファルトの地面に足をつけたとたん、逮捕されるのではないか――そんな不安を覚えているのだろう。パニンに気づくと、彼が誰かはわからなくとも、ミハイルは最悪の事態を予測した。パニンがまえに出て言った。

「ミハイル・イワノフか？」

雨粒を顎《あご》から垂らしながら、ミハイルはうなずいた。

「はい？」

「フロル・パニンだ。きみは配属が変わった。ただちにモスクワを発《た》ってもらう。今夜発の列車が出る駅まできみを送る車を用意した。赴任地がどこかは私にもわからん。

列車の中できみに直接知らされることになっている。新しい役職はもう用意されている。家に帰っている時間はない。荷造りをする時間もな。目的地に着いたら、必要なものはなんでも買うといい」

ミハイル・イワノフは怯《おび》え、疲れ、これが偽装逮捕なのか、ただの降格処分なのか、どちらとも判断がつかなかった。パニンは続けて説明した。

「イワノフ、きみは私を知らんだろうが、私はきみがしたことも、エレナの父親のレオ・デミドフがどういう男かもよく知っている。何があったのか、彼が知ったら、必ずきみを探しだして殺すだろう。それはもうまちがいない。だから、きみは今ただちに市《まち》を離れる必要がある。が、きみの行き先はこの私にもわかっていない。これは大切なことだ。きみの行き先を尋ねられて、私が嘘《うそ》をついたら、デミドフはまちがいなくその嘘を見破るからだ。同じ理由から、きみが家族にしろ誰にしろ、何者かに行き先を告げたら、デミドフは必ずその者から訊《き》き出すだろう。きみの唯一のチャンスは、私の言うとおりにして何も言わず、姿を消すことだ。もちろん、すべてはきみが決めればいいことではあるが。幸運を祈る」

パニンはそう言って、ミハイルの腕を軽く叩き、驚き顔のミハイルを雨の中に佇《たたず》ませたままその場を離れた。

そして、次々と飛行機を降りてくる生徒を眺め、ニューヨーク行きの飛行機に乗り込む彼らの姿を伝えるニュース映画を思い起こした。明るい陽射《ひざ》しを浴びて、これから大西洋を横断することを思ってか、みな興奮し、笑い、カメラに手を振っていた。今の彼らは疲れ、何かに怯えているように見えた。パニンはこれから会う予定のふたりの少女――会うのはふたりがまだ幼かった頃以来だ――が降りてくるのを待った。ゾーヤとエレナが降りてくるのを。

ふたりがタラップを降りてきたのを認め、パニンは進み出た。差しかけている傘がパニンの頭上からずれないように、彼の運転手もすぐさまそのあとに続いた。パニンはふたりのまえに立って言った。

「私はフロル・パニンという者だ。きみたちは私のことを知らないと思うが、きみたちを家まで送るためにきた。お父さんの友人だ。お母さんのことはあまり知らなかったが。まずは心からお悔やみ申し上げる。彼女はすばらしい女性だった。なんともむごい悲劇だ。来てくれ。急いでくれ。こんなところにいてはずぶ濡《ぬ》れになってしまう。すぐ近くに車を停めてある」

ふたりの少女はうつろな眼でパニンを見た。ふたりとも悲しみに感覚が麻痺《まひ》したような顔をしていた。妹のエレナがすがめるようにして、視線を滑走路の反対側に移したのがパニンにもわかった。エレナは雨に眼をしばたたき、ミハイル・イワノフが一台の車のほうに連れていかれるのを見ていた。ミハイルはうしろを振り返りもしなかった。エレナの顔に苦悶《くもん》の色が浮かんだ。パニンは驚いた。今になってさえ、これほどの体験をしてさえ、この子はまだあの男を愛している。相手もまだ自分のことを愛しているにちがいないと信じているとは。

パニンは車の中でエレナとゾーヤに簡単に説明した。ソ連国内ではニューヨークでの出来事はどのように受け取られているか。正確にしろ、不正確にしろ、ニューヨークでの一連の出来事はどのように伝えられているか。ニューヨークからサンフランシスコ、ロンドンから東京にいたるまで、どの新聞にも載っているそのアメリカ版は、ドラマティックでセンセーショナルで、いかにも大衆受けするものだった――美しいライーサ・デミドヴァは女たらしのジェシー・オースティンと不倫関係にあった。ふたりの関係は一九五〇年にさかのぼる。ふたりはジェシーのツアー中に出会ったのだ。ジェシーはライーサが勤めていた学校を訪ね、工場の倉庫を利用して開かれたコンサートに彼女を招待した。ふたりが一緒にいるところを映したソヴィエトのプロパガンダ映画まである。その映画には、コンサートのあと、ライーサがジェシーを誉《ほ》め讃《たた》えているシーンもあった。そうした出会いがあり、ライーサは彼に恋し、ソヴィエトから連れ出してくれるよう懇願し、彼と肉体関係を持つ。それはジェシーにとっては行きずりの恋ながら、彼女にとっては人生を変える一大事であり、彼のことがどうしても忘れられず、しきりと彼に手紙を書くようになった。さらに彼とアメリカ当局との諍《いさか》いを知ると、生徒を利用して、彼に大量の手紙を送る運動まで組織する……エレナがそこでパニンのことばをさえぎって叫んだ。

「そんなのはでたらめよ！」

パニンは身振りで彼女を黙らせた。これが世界の知る〝真実〟ということは最初に伝えてあった。ライーサはジェシーとの恋に狂った夢見る女で、自分たちの恋はかけがえがなく、ただ国家に邪魔をされているだけだと信じ込んでいた。一方、ジェシーにとっては、とうの昔に忘れてしまった一夜だけの性の捌《は》け口にすぎなかった。ライーサはソ連の親善使節のニューヨーク行きの話を聞きつけると、無理やり自分もその一行に加わり、ジェシーとの再会を果たそうとする。彼女の望みは安住の地をアメリカに求め、愛情も何も感じられない夫のレオに別れを告げ——彼女の夫はこともあろうに秘密警察の捜査官だった——ジェシーとともに暮らすことだった。そして、まずハーレムでジェシーと会うと、彼のアパートメントで二度目の愛を交わす。その事実を裏づけるものとして、乱れたベッドの脇に立っているライーサ本人の写真まであった。ジェシー・オースティンのそばでは彼女はやけに小さく見えるが……エレナがまた叫んだ。

「それはわたしよ、ライーサじゃない！」

パニンは今度はいささかこらえ性をなくしてエレナに言った。これはあくまで状況を穏便に収拾しようとするアメリカ当局によって捏造《ねつぞう》されたものだ、と。そう言って、さらに説明を続けた──この再会の際にジェシーはライーサに告げた。自分は妻のもとを離れない、きみはロシアに戻るべきだ、夫のもとに戻るべきだと。嫉妬《しっと》と絶望に打ちのめされ、ライーサは銃を買う。そして、国連ビルのまえでジェシー・オースティンを撃ち殺した。実際、彼女は銃を持っているところを現行犯逮捕されていた。

エレナはもうとても聞いていられなかった。

「嘘よ、嘘、嘘、嘘！　全部嘘よ！」

パニンはうなずいた。まさしくすべて嘘だった。が、それが報道機関向けのアメリカ版であり、追認するようソ連側にも協力を求めてきたシナリオだった。ソヴィエトは一も二もなく同意した。単独犯であり、陰謀めいたところなどどこにもなく、より大きな力が背後で働いていたわけでもない──必要とされなかった愛と、拒絶された女の怒りという月並みな話を無条件で受け容《い》れた。残りの公演日程はすべて中止された。できるかぎり速やかに一行をソ連に戻すために、フロル・パニンをはじめクレムリンの多くの者が動いた。その結果、生徒はようやく解放され、帰ってきたのだった。ライーサ・デミドヴァの遺体がいつ返還されるかについては、まだなんの知らせもなかった。

リムジンの後部座席で、パニンは自分たちのまわりにでっち上げられた〝物語〟をふたりの少女が理解するのを待って、それまでとは別の人物に話題を移した。

「さきに言っておくが、レオは変わった。奥さんが亡《な》くなったという知らせを聞いて……」

パニンは適切なことばを探した。

「ひどく混乱してしまっている。それは悲しみのあまりといった月並みな表現ではとても足りないほどだ。彼の反応はそんなことばではとても言い表わせない。彼はもうきみたちが記憶している人物とはいえない。正直なところ、きみたちの顔を見れば、彼も少しは落ち着くかと思ってるんだが」

姉のゾーヤが初めて口を開いた。

「わたしたちは父に何を話せばいいんですか？」

「何があったのか。彼はすべてを知りたがるだろう。嘘を見破ることに関して、レオは訓練を受けてきた男だ。事件の公式見解が嘘であることぐらい最初からわかっているだろう。実際、そうなのだからね。何か隠された謀略があった。彼がそう考えていることに疑問の余地はない。そんなレオに何を語るか。それはきみたち自身が決めることだ。私のほうからきみたちにとやかく言おうとは思わない。エレナ、きみはレオに真実を話すことを恐れているかもしれないが、彼の今の精神状態を考えると、私なら彼に嘘をつくことのほうをもっと恐れるね」

モスクワ
ノヴイ・チェレムシュキ
〈フルシチョフのスラム〉
一三一二号室
同日

エレヴェーターは壊れたままで、十三階まで階段をのぼらねばならず、エレナは途中から脚ががくがく震えはじめた。最後の階段をほぼのぼりきると、自分たちのアパートメントのドアが見えた。そこで彼女は立ち止まった。そのドアの向こうで待っているレオのことを思うと怖くなり、それ以上脚が動かなくなった。レオはどんなふうに変わってしまったのか。エレナは階段に坐《すわ》り込んだ。

「わたしにはできない」

レオが娘たちに暴力を振るったことなど一度もなかった。怒りに手を上げたことも、怒鳴ったことすらなかった。それでも、エレナは怖かった。レオには常にどこか彼女を落ち着かなくさせるところがあった。時々、彼女はレオがただひとり坐り、まるでそれが自分のものなのかどうかもわからないといった様子で、手をじっと見つめているのを見かけることがあった。心ここにあらずといった体《てい》で窓の外を眺めているのを見かけることも。夢想にふけるというのは誰にでもあることだろうが、彼が見ているのが他愛《たわい》のない夢とは思えなかった。そんなとき彼には常に闇《やみ》がまとわりついていた。静電気を帯びた埃《ほこり》の塊のように。見られていることに気づくと、つくり笑いを浮かべはしても、それはいかにもはかなく、皮相的なもので、闇を蹴散《けち》らすまでにはならない。ライーサを失ったレオのことを考えただけで、エレナは怖くなった。

ゾーヤが囁《ささや》いた。

「レオはあなたを愛してる。そのことを忘れないで」

「もしかしたら、わたしたちを愛してくれていたのはライーサのためだったかもしれない。ちがう？」

「それはちがう」

「ライーサのために子供を欲しかっただけかもしれないでしょ？　わたしたちが彼を愛してるのもすべてライーサのためだったとしたら？」

「それがほんとうじゃないのはあなた自身が知ってることよ」

ゾーヤの口調にはあまり説得力がなかった。パニンがしゃがんで言った。

「私も一緒に行くから、怖がることは何もない」

彼らは階段をのぼりきり、フロル・パニンがドアをノックした。姉妹はふたりともパニンを信用していなかった。そもそも彼のことは何も知らなかった。それでも、エレナは彼が一緒にいてくれてよかったと思った。パニンはおだやかで、慌《あわ》てたところが少しもなかった。肉体的にはレオに敵《かな》いそうもなかったが、彼の指示に逆らうのは簡単ではないことぐらいエレナにも容易に想像できた。彼の指示はすべてそうした重みを持って発せられていた。三人は待った。足音が聞こえ、ドアが開けられた。

ゾーヤとエレナのまえに現われた男はとてもふたりの父親とは思えない男だった。眼が悲しみにふくれ、人間らしさが損なわれるほど大きく見開かれていた。頬は深くくぼんでいた。動作にも人間らしい正気が感じられなかった。意味もなく両手を合わせ、強く握りしめていた。これから祈りでも捧《ささ》げようとするかのように。すぐにまた両脇《りょうわき》に戻されたが。どこか一方を見るときには頭だけでなく、全身をそっちに向けた。三人の肩越しに廊下と階段のほうを見ていた。ライーサがそこにいることを期待するかのように。すでに伝えられたことなどすべて忘れ、徒《いたずら》な望みに、両眼を途方もなく大きく見開いていた。その望みのあまりの痛々しさに、エレナはことばを失った。ただ泣くことしかできなかった。レオのほうもすぐには口が利《き》けそうになく、彼らはしばらく戸口に立ち尽くした。最後にパニンが気を利かせて、中にはいるようみんなを促した。

長時間の飛行と時差と感情を揺さぶられつづけたこの一週間とこの再会のために、感覚がおかしくなっていたせいもあったのだろう、一瞬、エレナは他人の家にはいってしまったような錯覚を覚えた。家具が動かされていた。まるでダンスをするスペースをつくろうとでもしたかのように、ふたりのベッドは重ねられ、椅子《いす》も壁ぎわに寄せられていた。キッチンテーブルだけがただひとつ、明かりの真下に来るように部屋の中央に置かれていた。そのテーブルの上には、ジェシー・オースティン殺害に関するソヴィエトの新聞記事の切り抜きが散乱していた。読みにくい手書きの文字で書かれたメモ、ジェシー・オースティンの写真もあった。ライーサの写真も。テーブルのそばには一脚だけ椅子が置かれていた。その舞台設定の意味は明らかだった。尋問の用意はすべて整っていた。レオの声はかすれ、ひび割れていた。

「すべて話してくれ」

エレナがニューヨークでの出来事を話すあいだ、レオは両手をまた強く握りしめ、異様なまでの集中力をみなぎらせて一心に耳を傾けた。エレナはどうしても動揺し、話が前後したり、名前を取りちがえたり、しどろもどろの弁明をしたりした。そういう場面になると、レオはエレナのことばをさえぎり、ただ事実だけを求めた。明快さだけを要求し、正確な詳細に対する衒学《げんがく》的なまでの熱意を示した。怒り狂うことも怒鳴ることもなかった。その感情の欠落がかえってエレナを怯《おび》えさせた。話が終わりに近づくと、エレナは思った――レオの中で何かが死んでしまった。レオが言った。

「おまえの日記を見せてくれ」

エレナは戸惑い顔で顔を上げた。レオは繰り返した。

「おまえの日記だ。渡してくれ」

エレナは姉を見てから、またレオに視線を戻して言った。

「わたしの日記?」

「そう、おまえの日記だ。どこにある?」

「全部アメリカ人に没収されてしまったわ。服もスーツケースも何もかも。日記はその中よ」

レオは立ち上がると、部屋の中を歩きまわりはじめた。

「読むべきだった」

彼は自らに腹を立てて言った。エレナには意味がわからなかった。

「わたしの日記のこと？」

「おまえたちがニューヨークに発《た》つまえに見つけたんだ。マットレスの下にあったのを。なのに、そのまま戻してしまった。その日記にはこのミハイル・イワノフという男のことが書かれていたはずだ。ちがうか？　この男がおまえのことをどう思っているか、おまえはあれこれ憶測したはずだ。この男がおまえに頼んだことも細かく書いたはずだ。おまえは恋してたんだから。おまえは盲目になってたんだから。私が読んでいたら、それが偽《にせ》の関係だったことがわかったかもしれない」

レオは突然立ち止まると、両手で顔を押さえた。

「その日記を読んでいたら、私にはすべてがわかっていただろう。今度のことすべてを阻止することができていただろう。おまえたちがニューヨークに行くのをなんとしても阻止していただろう。ライーサも死ぬことはなかっただろう。また捜査官として振る舞ってさえいれば。なのに、私はおまえのことに首を突っ込むのはまちがったことだと思ってしまった。そうするのがほんとうの私なのに。それが私のするべきことなのに。そういうことだけが私の特技なのに。ライーサの命を救えたのに」

レオは途方もない早口でしゃべっており、話すことばとことばがぶつかり合っていた。

「おまえはこの男に恋してた。このミハイル・イワノフという男に。秘密の部署で働く男に。この男はおまえにすべては平等と正義のためだと言った。エレナ、こいつはおまえのことなど初めから愛してなかった。こいつにとっての愛とはただおまえを操るためだけのものだった。世の中には金を欲しがるやつもいれば、力を欲しがるやつもいる。が、おまえは愛が欲しかった。それがおまえの値段で、おまえは買われたのさ。すべては計画されたことだった。愛などそもそもでたらめだった。なんとも見え透いて単純な罠《わな》だった」

エレナは涙を拭《ふ》き、ソヴィエトに帰ってきて初めて怒りを覚えた。

「そんなことはあなたにだってわかるはずがないでしょうが。わたしたちのあいだに何があったのか知りもしないで」

「いや、それがわかるのさ。私自身そういう卑怯《ひきょう》な真似《まね》をしたことがあったからだ。しかし、もっと悪いのは、やつらにはちゃんとわかっていたことだ。コンサートに行くようジェシー・オースティンを説得できるのは、自分たちの計略のことなど何も知らない人間しかいないと。自分たちに必要なのは愛と楽観主義で胸がいっぱいの人間だと。そうでないと、ジェシー・オースティンも計略にきっと気づいただろう。おまえが嘘《うそ》をついていたり、自分のしゃべっていることをほんとうは信じていなかったりしていたら、きっと彼は察知していただろう。おまえがどれほど懇願しても、彼はコンサートに来なかっただろう」

エレナは立ち上がった。

「わたしが悪いのはわかってる！　わかってる！」

レオは首を振り、声を落として言った。

「ちがう、私は自分を責めてるんだ。私はおまえに何も教えなかった。私はおまえをこの世界に無垢《むく》のまま、裸のまま送り出してしまった。その結果がこれだ。私もライーサも、嘘や欺瞞《ぎまん》や策謀といったものから何よりおまえを守りたかったのに。これがわれわれの生きている世界の真実だ。私はおまえの役に立てなかった。ライーサの役にも立てなかった。ただひとつ私が彼女に差し出すことができたもの――庇護《ひご》を与えることが私にはできなかった」

レオはフロル・パニンのほうを見て言った。

「イワノフは今どこにいる？」

「私が知っているのは、イワノフは今列車に乗っているということだけだ。しかし、その列車がどこに向かっているかまでは知らない」

レオはいっとき黙った。パニンは真実を話している。そう思った。それでも、まだ疑念は残った。

「誰が妻を殺したんだ？」

「世界に向けての答はアンナ・オースティンだ」

「それは嘘だ」

「何があったのか、それはわれわれにもわからない」

レオの怒りがそこで爆発した。

「それでも、公式見解が嘘だということだけはわかってるだろうが！　それだけはあんたたちにもわかってるだろうが！」

フロル・パニンはうなずいて言った。

「確かに、アメリカ側の見解に現実味はない。しかし、外交上の危機を避けるため、われわれとしてはそのアメリカ側の見方に疑義を差しはさむことはひかえることにしたんだ」

「誰がジェシー・オースティンを殺したんだ？　こっち側の人間か？　それともアメリカ側の人間か？　こっち側の人間じゃないのか？」

「私の知るかぎり、〈A機関〉の計画はただジェシー・オースティンを国連のまえまで連れ出すことだった。そこであわよくばオースティンが逮捕され、警察に連行され、その騒ぎの一場面にロシアの生徒が花を添える形になれば、プロパガンダ的観点から申し分のない聖画になるというわけだ。反共主義的風潮が強い今のアメリカにはいり込もうと躍起になっている部署が考えたことだ。ジェシー・オースティンを復活させ、彼の名をまた世界に知らしめる。それが彼らの狙《ねら》いだった」

レオはまた部屋の中を歩きはじめた。

「生徒の公演などという企画を立てるだけで、それ以外は何もしないなどというのは、あんたたちにはそもそもできないことだ。そんなことはおれにしても初めからわかっていたのに。あんたたちにはただコンサートを開くなどとてもできない。さらにその先までいかないことには、さらに何かやらないことにはな」

「そもそも誤って練られた計略が恐ろしい結果を招いたということは言える」

「おれをニューヨークに行かせてくれ。ニューヨークで捜査させてくれ」

「同志レオ、よく聞け。それはできない相談だ」

「妻を殺した犯人はなんとしても突き止めなきゃならない。見つけて、殺さなきゃならない」

「レオ、きみに渡航許可が下りるなどということはありえない。そういうことは絶対に起こらない。きみにできることは何もない」

レオは首を振った。

「何かあるはずだ！　おれに残されてることはもうそれしかないからだ！　誓って言おう。おれは妻を殺した犯人を必ず見つける。こんな事態を招いたやつを突き止める。必ずそいつらを探し出す」

同日

アパートメント・ビルの屋上にどれぐらい坐《すわ》っていたのか、レオにははっきりとはわからなかった。少なくとも、数時間はもう経《た》っているだろう。パニンが帰ったあと、娘たちと一緒に家具をまたもとの場所に戻し――ベッドも並べて置き直し――いくらかは家庭らしく見えるようにした。そのあと、夕食の用意を始めたのだが、始めたそばからやる気がしなくなり、調理を途中で放り出してしまったのだった。自分の身を置くのに思いついた場所はここしかなかった。

十代の少年少女は、ほかにどこも行くところがないと、キスをしたりいちゃついたりするのによくここを利用していた。今夜は篠突《しのつ》く雨のせいで誰もいなかった。服はびしょ濡《ぬ》れになっていたが、レオは寒さを覚えなかった。雨に灯りのぼやけたモスクワの市《まち》が遠くまで見渡せた。立ち上がると、屋上のへりまで歩き、下を見下ろした。そして、その場に長いこと立ち尽くした。そこから戻らなければならない理由を挙げて、自らを諭し、誓いを思い出した。へりからさがると、市《まち》に背を向け、レオはかつてわが家と思っていたアパートメントまで階段を降りた。

八年後

ソヴィエトとフィンランドの国境
ソヴィエトの検問所
モスクワの北西七六〇キロ
ヘルシンキの北東二四〇キロ
一九七三年一月一日

そのリュックサックはフィンランドに不法入国しようとして撃たれた男のものだった。森の積雪が腰の高さにまで及ぶ過酷な冬にもかかわらず、男が無謀な越境を企てたのは、悪天候と常闇《とこやみ》に近いこの時期なら見つかりにくいと思ったのだろう。が、厳重警備のこの地域に足を踏み入れること自体、西側世界への逃亡、反逆罪と見なされる。森の中をスキーでパトロールしている兵士は不審者を見かけたら、即刻射殺するよう命じられていた。反逆者が国境をすり抜け、外国に避難場所を求め、ソヴィエト連邦に関する機密情報を明かしたりしたら、その影響は広範囲に及ぶことになる。警備兵の個人的なレヴェルにまで。そんなことになっていたら、そのときその地区を担当していたエリ・ロムは軍事裁判にかけられ、職とともにおそらくは自由も失い、職務怠慢、さらに悪くすれば、破壊工作を意図的に看過したということでも告発されていただろう。

エリはリュックサックの中身を検《あらた》めた。旅に必要な基本的なものがはいっていた。水、パン、燻製《くんせい》肉。着替えもあった。どれも黒っぽい服だった。分厚い毛布。マッチが数箱。それに医薬品。鋭い狩猟用ナイフ。鉄製のカップ。どれも基本的なアウトドア用品で、ことさら注意を惹《ひ》くものはなかった。エリはリュックサックを逆さまにしてみた。ほかには何も出てこなかった。リュックサックの縫い目に沿って指を這《は》わせてみた。指先に違和感が感じられた。何かが隠されている。まちがいなかった。縫い目に沿ってふくらみがあり、そこに秘密のポケットがあった。リュックサックの布地を切り、ポケットの中身を取り出した。薄い金貨が数枚、ビニールにしっかりと包まれていた。そのことからこれが用意周到な脱出作戦であることがわかった。一般市民が金《きん》を手に入れるというのはほぼ不可能なことだ。ということは、この脱出作戦には外国が関与しており、この男はプロのスパイだということも大いに考えられた。

秘密のポケットには金《きん》以外のものもはいっていた。写真が二枚。機密めいたものを予測していたエリはいささか拍子抜けした。情報性ということで言えば、見るかぎりその写真にはなんの価値もなさそうに見えた。それぞれ二十代後半に見える女性の結婚記念写真。さらに慎重にたたまれた新聞の切り抜きが何枚もはいっていた。それを広げてみて、エリの当惑はさらに増した。ジェシー・オースティンという男が射殺された事件に関する、すでに褪《あ》せたソヴィエトの新聞記事の切り抜きだった。オースティンというのはかつては有名だった共産主義者の歌手で、愛人のライーサ・デミドヴァにニューヨークで殺されていた。事件があったのは何年もまえ、新聞の日付を見ると、一九六五年のことだ。それらの記事に関する大量の手書きのメモもあった。細かい丁寧な筆跡で、事件に関して考えたこと、名前のリスト、男が話を聞きたいと思っている人々の名が挙げられていた。明らかに、男はアメリカ合衆国のニューヨークまでたどり着こうとしていた――〝第一の敵〟のところまで。男の目的は何か特別のものので、エリはこれらの新聞そのものが何かの暗号になっているのではないかと思った。ただちにモスクワの上層部に直接報告しなければならない。

捕らえられた男は階下《した》の留置場にいた――国境警備の兵士に撃たれはしたが、死んではいなかった。狙撃《そげき》兵がライフルで遠くから撃ち、警備兵が男のあとを追ったのだが、一度は男を見失っていた。男は撃たれた地点からどうにかして雪の中を移動していた。警備兵はいったん基地に戻り、捜索隊を増強して、あたり一帯を隈《くま》なく探し直したところ、犬が見つけ、うまく生かしたまま男を逮捕することができたのだった。男が負った傷は一発の銃弾によるものだったが、命に別条はなく、兵舎で簡単な手当てをすでに受けていた。男の頑固さ、すぐに捕まってもおかしくないところを数時間も逃げ延びた能力、リュックサックにはいっていた過不足ない、修練の賜物《たまもの》のような物品は、男に軍隊経験のあることを思わせた。が、男は警備兵には何も語ろうとしなかった。名前さえ。

エリは留置場の監房にはいった。男は椅子《いす》に坐っていた。背中に包帯が巻かれていた。狙撃兵の銃弾は男の右肩に命中していた。男のまえには食べものをのせた皿が置かれていたが、手つかずだった。失血したせいで男の顔は青ざめていた。肩には毛布が掛けられていた。エリは拷問《ごうもん》が好きなタイプではなかった。彼の唯一《ゆいいつ》の関心事は国境を守ること、そして国境を守ることで自分の地位も守ることだけだった。意図的に男の視野にはいるように新聞の切り抜きと写真を持ち、テーブルについた。それらを見るなり、男は活気づいた。エリは尋ねた。

「おまえの名前は？」

男は答えなかった。エリは指摘した。

「おまえは今すぐに処刑されてもおかしくない。われわれに話をしたほうがおまえのためだ」

男はエリのことばになんの関心も示さなかった。ただ、じっと新聞の切り抜きを見つめていた。ニューヨークの通りで撮られたジェシー・オースティンの写真だ。エリは書類を重ね合わせて続けた。

「これの何がそれほど重要なんだ？」

男は手を伸ばし、指を鉤爪《かぎづめ》のようにして、エリが手にしているものをしっかりとつかんだ。自分のほうから手を放さないと、男が切り抜きを破りかねないことがわかり、エリは手を放した。そして、男が自分の眼のまえで書類を束ねるのを興味深げに眺めた。男はまるで宝物の地図でもあるかのように恭《うやうや》しく、それらの書類を手にしていた。

M・シェイボン
黒原敏行訳

ユダヤ警官同盟（上・下）

ヒューゴー賞・ネビュラ賞・ローカス賞受賞

若きチェスの天才が殺され、酒浸り刑事とその相棒が事件を追う。ピューリッツァー賞作家によるハードボイルド・ワンダーランド！

M・シェイボン
黒原敏行訳

シャーロック・ホームズ最後の解決

声を失った少年のオウムが失踪した。同時に起こる殺人事件。オウムが唱えていた謎の数列とは？　鬼才が贈る、正統派ホームズもの。

G・ジャーキンス
二宮　磬　訳

いたって明解な殺人

犯人は明らかなはずだった。だが見え隠れするねじれた家族愛と封印された過去のタブー。闇が闇を呼ぶ絶品の心理×法廷サスペンス！

K・トムスン
熊谷千寿訳

ぼくを忘れたスパイ（上・下）

危機の瞬間だけ現れる鮮やかな手腕――認知症の父が元辣腕スパイ？　謎の組織が父子を狙う目的とは。謎が謎を呼ぶ絶品スリラー！

R・ドイッチ
佐藤耕士訳

13時間前の未来（上・下）

時が戻ってくれれば――。最愛の妻を殺され、容疑者にされた男は一時間ずつ時を遡る。残された時間は12時間。異色傑作ミステリ。

J・バゼル
池田真紀子訳

死神を葬れ

地獄の病院勤務にあえぐ研修医の僕。そこへ過去を知るマフィアが入院してきて……絶体絶命。疾走感抜群のメディカル・スリラー！

新潮文庫最新刊

坂木司著
夜の光
ゆるい部活、ぬるい顧問、クールな関係。天文部に集うスパイたちが立ち向かう、未来というミッション。オフビートな青春小説。

塩野七生著
ローマ世界の終焉
ローマ人の物語 41・42・43
（上・中・下）
ローマ帝国は東西に分割され、「永遠の都」は蛮族に蹂躙される。空前絶後の大帝国はいつ、どのように滅亡の時を迎えたのか——。

新潮社編
塩野七生『ローマ人の物語』スペシャル・ガイドブック
ローマ帝国の栄光と衰亡を描いた大ヒット歴史巨編のビジュアル・ダイジェストが登場。『ローマ人の物語』をここから始めよう！

北杜夫著
マンボウ最後の大バクチ
人生最後の大「躁病」発症!? 老いてなお盛んな躁病に、競馬、競艇、カジノと、ギャンブル三昧、狂乱バブルの珍道中が始まった。

山田詠美著
アンコ椿は熱血ポンちゃん
仲間と浮かれ騒ぐ日々も、言葉を玩味する蟄居の愉しみも。人生の歓びを全部乗せて、人気エッセイ「熱ポン」は本日もフル稼働！

村岡恵理著
アンのゆりかご
—村岡花子の生涯—
生きた証として、この本だけは訳しておきたい——。『赤毛のアン』と翻訳家、村岡花子の運命的な出会い。孫娘が描く評伝。

Title : AGENT 6 (vol. I)
Author : Tom Rob Smith

エージェント6 (上)

新潮文庫　　ス－25－5

Published 2011 in Japan
by Shinchosha Company

平成二十三年九月一日発行

訳　者　田《た》口《ぐち》俊《とし》樹《き》

発行者　佐藤隆信

発行所　株式会社　新潮社

郵便番号　一六二―八七一一
東京都新宿区矢来町七一
電話　編集部(〇三)三二六六―五四四〇
　　　読者係(〇三)三二六六―五一一一
http://www.shinchosha.co.jp

価格はカバーに表示してあります。

印刷・株式会社光邦　製本・憲専堂製本株式会社

ISBN978-4-10-216935-3 C0197